张立华 著

向历史借智慧

中国出版集团公司
华文出版社

图书在版编目（CIP）数据

向历史借智慧 / 张立华著 . — 北京：华文出版社，2022.12

ISBN 978-7-5075-5441-0

Ⅰ.①向… Ⅱ.①张… Ⅲ.①历史故事—作品集—中国—当代 Ⅳ.① I247.81

中国版本图书馆 CIP 数据核字（2022）第 214254 号

向历史借智慧

著　　者：张立华
责任编辑：张明华
出版发行：华文出版社
社　　址：北京市西城区广外大街 305 号 8 区 2 号楼
邮政编码：100055
网　　址：http://www.hwcbs.cn
电　　话：总 编 室 010-58336239　　发 行 部 010-58336267
　　　　　责任编辑 010-63421256
经　　销：新华书店
印　　刷：北京博海升彩色印刷有限公司
开　　本：710mm×1000mm　1/16
印　　张：18.5
字　　数：248 千字
版　　次：2022 年 12 月第 1 版
印　　次：2022 年 12 月第 1 次印刷
标准书号：ISBN 978-7-5075-5441-0
定　　价：75.00 元

本书若有印装质量问题，请与发行部联系调换

卷首寄语

什么是智慧？智就是思辨力，慧就是契悟力。

智慧是有价值取向的，正如古希腊思想家杨布利柯所说："智慧是最高的善。"因此，再精明的阴谋诡计也不是智慧。智慧的思辨契悟对象是道德，道是宇宙万物的规律，德是人类文明的轨范，智慧就是对宇宙万物规律和人类文明轨范的思辨力与契悟力。

提高思辨力的方法，在于科学持久的思辨训练；增强契悟力的方法，在于灵感的触发点拨。思辨力和契悟力是智慧的双翼，思辨是羽化，契悟是腾飞。所谓"羽化"，就是长翅膀的过程。思辨力只能从思辨训练中获得，没有思辨就没有智慧，拒绝思辨就是拒绝智慧。

光知道抄别人作业答案而不会思考的学生，绝对不可能成为真正的学霸！光知道因袭前人的智慧而不会思辨的人，绝对不会成为智慧的哲人！

什么是思辨？思辨就是质疑、解疑的过程。质疑就是发现问题，提出问题；解疑就是分析问题，解决问题。因为分析和解决的对象是问题，所以如果没有问题，分析问题就成了无源之水，而解决问题就成了空中楼阁——连问题都没有,你又分析个啥?解决个啥?

问题就是智慧之门,如果不能发现问题,那就等于没有找到智慧的门。因此,增益智慧的第一步就是要发现问题,发现有价值的问题。

发现了问题,找到了智慧的门,并不等于能够入门,因为这门上还有一把锁,而打开这把锁的钥匙就是思辨。没有钥匙,你连自己的家都进不去,更不要说进入智慧之家了。

思辨力增强了,灵感才会光顾,契悟力才会提高,智慧才会增益。

智慧是人类追求的最高境界,有了智慧,你将无往而不胜,顺利登上成功的峰巅!

《向历史借智慧》中的"历史",是广义的历史,是涵盖中华文化各个方面的大历史,它将引领你在这浩瀚的历史长河中发现问题,帮你找到智慧之门,并给你一把思辨的钥匙,使你能够步入智慧的殿堂,尽享智慧的盛宴。

读史明智的前提与方法
——《向历史借智慧》序言

英国文艺复兴时期的培根,是英国唯物主义哲学的创始人。英国政治家斯迈尔斯说:"培根的书比任何其他的书更能让人修身养性""他教会我们如何获得成功,如何造就伟大"(《自助力》)。培根在《论读书》一文中有一句几乎尽人皆知的著名格言,那就是"读史使人明智"。

一、读史明智的四大前提

其实,培根"读史使人明智"这句格言只说对了一半,因为读史使人明智是有前提条件的。概括来说,读史明智有四大前提,那就是:

  必须读真实的历史
  必须读全面的历史
  必须能够读懂历史
  必须具有"腾空能力"

如果没有这些前提,读史就未必能够明智,有时反倒会越读越傻,甚至愚不可及。

孟子说:"尽信书不如无书。"(《孟子·尽心下》)虽然孟子所说的"书"指的是《尚书》,但却有广泛的真理性。如果你读的历史是虚假的历史,那你只能上当受骗;如果你读的历史是片面的

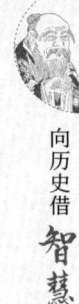

向历史借智慧

中国的历史涂饰太厚，很不容易察出底细来。

历史，那你就会偏执一端；如果你读不懂历史却自以为读懂了，那你就会自欺欺人。如此读史，非但不能明智，反而会越读越愚蠢。如果你读史没有"腾空能力"，那你就读不出字面背后的意义。这就好比说游泳可以健身，但前提是你必须会游泳，否则不仅不能健身，还可能会呛水，甚至溺水。

鲁迅先生说：

> 历史上都写着中国的灵魂，指示着将来的命运，只因为涂饰太厚，废话太多，所以很不容易察出底细来。正如通过密叶投射在莓苔上面的月光，只看见点点的碎影。（《华盖集·忽然想到·四》）

中国现代真正读懂中国历史的人为数不多，鲁迅先生是其中的一个。他通过笔下的狂人说：

中国历史满本都写着两个字是"吃人"！

> 凡事总须研究，才会明白。古来时常吃人，我也还记得，可是不甚清楚。我翻开历史一查，这历史没有年代，歪歪斜斜的每叶上都写着"仁义道德"几个字。我横竖睡不着，仔细看了半夜，才从字缝里看出字来，满本都写着两个字是"吃人"！（《呐喊·狂人日记·三》）

中国历代史书都没有说哪个封建王朝的历史是"吃人"的历史，只有鲁迅先生读出来了，这就是读史的"腾空能力"。

再比如，韩信和陈平都有非凡的才能，都是弃楚投汉，可是刘邦对这两人的信任却截然不同。

韩信初到汉军时并未引起重视，滕公夏侯婴向刘邦推荐韩信，但刘邦却"未之奇也"，并不觉得韩信有什么了不起。丞相萧何对韩信的才能十分震惊，多次向刘邦举荐，但刘邦却一点也不"感冒"。直到韩信假逃亡，被萧何月夜追回，又向刘邦苦苦推荐，刘邦这才勉强答应拜韩信为大将。

陈平就不同了，他到了汉军，通过魏无知得到刘邦的召见。

魏无知的地位和影响，根本无法与夏侯婴、萧何相比，可是刘邦当天就任命陈平为都尉，并且让他做参乘，就是在刘邦的车右边陪乘，掌管护军军务。众将都喧哗起来，说："大王得到楚国的逃兵刚一天，还不知道他本领的高低，就跟他同乘一辆车子，还反过来让他监督我们这些老将！"刘邦听到这些议论，反而越发宠幸陈平。

两人的遭遇如此大相径庭，这背后一定有深层的原因，但各种史料都没有交代，也没有可供推理的前提条件。在这样的情况下，如果要想得出合情合理的结论，那就只有靠"腾空能力"了。

如此说来，所谓读史的"腾空能力"，实际上就是悬揣合于事实的能力，就是一种超强的分析能力，就是创造性思维的契悟能力。

二、读史与明智相辅相成

读史与明智是相辅相成的：读史使人明智，而明智的人更爱读史。不明智的人因为读不懂史，所以也就不愿意读史，他们更喜欢电视剧。这样一来，明明是记录的真历史，他们却决不相信；明明是编造的假历史，他们却深信不疑。长此以往，则智者越来越智慧，愚者越来越愚蠢。

所谓明智就是聪明有智慧，那什么是智慧呢？智就是思辨力，慧就是契悟力。但并不是随便什么思辨契悟都可以称得上智慧，譬如阴谋诡计厚黑学就不是智慧，因为智慧是有价值取向的。智慧的思辨契悟对象是道德，道就是宇宙万物的规律，德就是人类文明的轨范，智慧就是对宇宙万物规律和人类文明轨范的思辨力与契悟力。

简而言之，智慧就是一般辞书所说的"分析、判断、创造、思考的能力"（《国语辞典》），就是"辨析判断和发明创造的能力"（《现代汉语词典》）。"分析判断"的能力就是思辨力，"发明创造的能力"就是契悟力。

向历史借智慧

没有思辨就没有智慧，拒绝思辨就是拒绝智慧。

　　思辨力和契悟力是智慧的双翼，提高思辨力的方法在于科学持久的思辨训练，增强契悟力的方法在于灵感的触发点拨。思辨力只能从思辨训练中获得。因此，可以毫不夸张地说：没有思辨就没有智慧，拒绝思辨就是拒绝智慧。

　　光知道抄别人作业答案而不会思考的学生，绝对不可能成为真正的学霸！光知道阅读前人的智慧故事而不会思辨的人，绝对不会成为明智的人！

　　老子说："知人者智，自知者明。"（《道德经》第三十三章）韩信在项羽麾下整整二十个月，两头算有三年的时间，一直就是个执戟郎中。他曾屡次上书献计献策，而且范增还多次举荐他，可是项羽自视甚高，刚愎自用，根本就瞧不起韩信。这就是既无知人之智，也无自知之明。

　　韩信弃楚投汉，夏侯婴与萧何一眼就看出了韩信有大将之才，因此屡次向刘邦举荐，刘邦却犹豫不决。直到韩信"佯走"，萧何月夜追回韩信，又见到了张良的角书，刘邦这才重用韩信为大将。

明智与不明智的区别。

　　最终结果是，项羽乌江自刎，刘邦坐了天下，这就是明智与不明智的区别。

借智慧不是抄智慧。

　　《向历史借智慧》是对历史智慧的借鉴升华，而不是历史智慧的复制粘贴。借智慧不是抄智慧，智慧是抄不得的。俗话说："教的曲儿唱不得。"因为青年男女对唱山歌谈恋爱，大多是即景生情，临场发挥的，而教的现成歌曲却是死的，固定不变的，根本没办法应付千变万化的对唱，一对唱就露馅儿了。

曹冲称象的方法并不聪明。

　　小学课本中有一篇《曹冲称象》的课文，很多教学参考材料都说：学习这篇课文，就是要"让学生感悟曹冲是个遇事爱动脑筋、能找出解决问题办法的聪明孩子"。其实，曹冲称象的方法不仅不聪明，而且还很笨拙，既费时，又费力。

　　课文把曹操手下的官员描写得非常愚蠢，有的说要"砍一棵大树做秤杆"，还有的说"谁有那么大的力气提得起这杆大秤呢？"有人甚至说："把大象宰了，割成一块一块的再称。"其实，这些官员并非不知道如何称象，他们是假装不知道，以便让曹冲露脸出彩。

如果你完全相信课文所说的，认为曹冲称象很聪明，官员们都很愚蠢，那你就是抄智慧，这史你就白读了，甚至一辈子也不能明智。

楚汉相争时，刘邦被项羽围困在荥阳，形势危急。谋臣郦食其（yì jī）献计说："商汤王讨伐夏桀时，将夏桀王的后裔封在杞国；周武王讨伐商纣时，将商纣王的宗亲封在宋国。如果陛下能够效法汤武，重新封立六国的后裔，六国的君臣百姓一定都会对陛下感恩戴德，无不归顺服从。这样，陛下就可以面南称霸天下了，而楚王也只得乖乖地前来朝拜了。"

刘邦一听，这计策太好了，他心想，自己马上就可以成为商汤王、周武王了！于是就让郦食其赶紧刻六国印玺，准备分封。

这时张良回来了，刘邦很得意地把这事告诉了张良，张良一听就急了："什么？分封？这是谁给陛下出的馊主意？如果这样做，陛下统一天下的大业就彻底泡汤了！"

张良告诉刘邦，商汤、周武之所以那么做，是因为已经砍掉了夏桀、殷纣的脑袋，陛下现在砍掉项羽的脑袋了吗？被分封的殷商后裔等一旦反叛，周朝有足够的实力去平定反叛，陛下有这样的实力吗？周武王发放钱粮赈济百姓，陛下有这些钱粮吗？周武王可以马放南山、刀枪入库，向天下显示不再战争，陛下有这个能力吗？……刘邦这才恍然大悟。

郦食其的做法就是向历史抄智慧，而张良则是向历史借智慧。

兵法云："置之死地而后生。"但刘邦背水列阵，置之死地不仅未生，而且"死伤太半"，河里填满了士兵的尸体，"睢水为之不流"。而韩信背水一战，不仅能"置之死地而后生"，而且士兵还能以一当十，最终大获全胜。这是因为刘邦是向历史抄智慧，而韩信则是向历史借智慧。

再比如初中语文课本中的《曹刿论战》，两千多年来都以为曹刿智慧，庄公愚昧。但一经思辨你会发现，庄公可能比曹刿高明得多，智慧得多。衣食分人，虽然"小惠未遍"，但分给公卿将相

> 郦食其的抄智慧与张良的借智慧。

> 刘邦的抄智慧与韩信的借智慧。

> 《曹刿论战》中庄公的智慧。

笼络人心是相当重要的。否则，打仗时将领不卖力，光靠士兵能取胜吗？

祭神以信也未必就是"小信未孚"，在神灵至上的当时，如果一个国君连神都敢欺骗，那他即使"以情（诚）"断狱，百姓会相信他吗？

长勺之战，鲁国战胜齐国，真的就靠"齐人三鼓"的小术吗？战争的背后到底还有多少鲜为人知的内幕？如果今人只知道克隆"齐人三鼓"之术，那又能获取什么智慧呢？

三、读史明智的根本方法

有了读史明智的四个前提条件，还要讲求读史的方法，方法不对头，读史也未必能使人明智。那么，怎样读史才能真正明智呢？办法只有一个，那就是接受哲人的智慧教育，恒常科学地进行思辨训练。

孔子的智慧教育。

中国第一个最伟大的智慧教育导师是孔子，遗憾的是孔子的智慧教育方法，在历史文献中只留下了吉光片羽的记载。而且，即便是仅存的这一点吉光片羽，两千多年来也被人们忽略了，人们只是把它当作一般的教育文献来阅读。

因为对孔子的智慧教育一无所知，所以有些人便质疑孔子"弟子三千"和"七十二贤人"，认为前者不过是"白发三千丈"之类的夸张。他们以现代小学为例，一位班主任教一个班的语文和数学，约五十人。小学六年一届，一生最多能教六届，不过三百个学生。孔子弟子三千，若以六年一届来进行教育，每一届就得有五百学生，这在当时的条件下是根本不可能实施的。所以，他们认为孔子的弟子最多只有三百人。可是，他们哪里知道，孔子的智慧教育根本就不是授课制，更不是班级授课制。

有人还说，孔子三千弟子才出了七十二贤人，优秀率只有百分之二强。今天的重点高中升学率都在百分之九十以上。如果孔子在今天的重点高中任教，连一个合格的老师都算不上。其实，他

们根本就不知道这"七十二贤人"的水平境界究竟有多高:

> 七十人者,万乘之主得一人用可为师。(《吕氏春秋·孝行览第二·遇合》)

这七十多人中,如果具有万辆兵车的大国诸侯国君,任意延请一位来任用,都可以作为老师。这七十多位贤人个个都是帝王师啊!两千多年之后,人们仍然对他们推崇备至。由此可见,他们的水平境界有多高,影响有多大。

如果没有借鉴性升华,没有原创性思辨,只知道复制粘贴,那又怎么能从读史中获得智慧呢?

思辨是智慧的不二法门。只有恒常地进行科学的思辨训练,才能增益智慧,舍此别无他途。

什么是思辨?思辨就是质疑解疑的过程。质疑就是发现问题,提出问题;解疑就是分析问题,解决问题。这里的关键是发现问题,如果不能发现问题,那分析问题就成了无源之水,而解决问题就成了空中楼阁——连问题都没有,你又分析个啥?解决个啥?所以说,智慧的第一步就是发现问题,发现很多有价值的问题。

可是,我们的教育更重视的却是问题的答案,而不是如何发现问题。其实,就增益智慧来说,"提出问题远比解决问题更有价值"(爱因斯坦)。这个问题,已经引起了教育主管部门的重视,二〇一七年教育部制定的《普通高中语文课程标准》,第一次将智慧教育作为"课程目标",将"思辨性阅读"作为课程内容的要求,将"展现学生智慧"作为语文高考"命题和阅卷的原则",这可以说是中国当代智慧教育的里程碑。

智慧教育的课程标准虽然制定出来了,但是智慧教育的教材却迟迟没有跟上。因为此前我们的教育主要是知识教育,这已经有两千多年的历史了,现在要马上来一个质的飞跃,编出一套科学实用的智慧教育教材来,的确是相当困难的。然而,如果没有智慧教育的教材,第一线语文师生要想达到智慧教育的课程标

向历史借**智慧**

开启中华智慧教育的新篇章。

准,那几乎是不可能的。从智慧教育的角度来说,《向历史借智慧》可以说是一套智慧教育的新教材,至少也是一套智慧教育的读本。

教育,尤其是基础教育,这是民族的百年大业,每一个有能力的文化人都应该担负起这样的历史责任。智慧的灵苗须及早培养,否则,一旦枯槁,再怎么浇灌也无济于事。智慧的大树须终生呵护,否则,就不能结出丰硕的智慧果实。因此,笔者便不揣谫陋,尽绵薄之力,撰写了这套《向历史借智慧》系列丛书,分册陆续出版,希望能够为中国的智慧教育开辟一条蹊径,开启中华智慧教育的新篇章。本书就是这样栽植的第一棵智慧树。

笔者从二〇〇七年便开始研究智慧教育,研究了十年之后,才开始动笔写作《向历史借智慧》这套丛书,而第一部就花了近五年的时间。因为每一篇都要有自己独到的东西,都要发人所未发,见人所未见,都要独辟蹊径,成一家之言。这期间,曾经把某些文章的小部分在上海《解放日报》、《上观》(原《上海观察》)和新华网等媒体上发表,颇受读者青睐。这次出版,对所有发表过的文章都重新进行了大规模的修改和补充,原来两三千字的文章,这次都是万字以上,有的甚至在两万字左右。

尽管本人对书稿竭尽全力,但由于这项工作是筚路蓝缕的开山探索,因此,缺点和错误,在所难免,恳切希望得到广大读者,特别是中小学语文教师和其他文化学人的赐教指正。

《向历史借智慧》系列丛书,是一片广袤无垠的智慧园地,欢迎有志于智慧教育研究的同仁参与并指教,以便尽快形成一片智慧教育的蓊郁森林。

张立华
二〇二二年三月记于北京后沙峪之居广居

目录

"脑袋进水"的幽默智慧
——测测你的智慧思辨力 / 001

一、到底谁会去洗澡? / 001
二、机智幽默的侯白 / 004
三、如何从数百尺深坑中出来 / 011

殷纣王继位的合法性
——关于嫡庶的智慧思辨 / 016

一、同父同母 何分嫡庶 / 017
二、嫡庶之辩 另有原因 / 018
三、嫡庶之辩 如何推翻 / 030

受命俯首以粥糊口的上卿
——孔子七世祖正考父的恭俭智慧 / 033

一、孔子十世祖传位于弟 / 035
二、孔子七世祖校订《商颂》 / 036
三、孔子七世祖辅政三代 / 039

001

是美人之祸，还是政治阴谋？
——孔子六世祖孔父嘉被杀的真正原因　　　/ 041

一、穆公立侄　为报兄恩　　　/ 041
二、殇公即位　连年战乱　　　/ 042
三、太宰弑君　孔父被杀　　　/ 044

孔子的父亲叔梁纥
——孔子祖先逃亡鲁国的前前后后　　　/ 059

一、孔子的祖先何时逃亡鲁国？　　　/ 059
二、孔子曾祖父为鲁国防大夫　　　/ 068
三、孔子的父亲叔梁纥屡立战功　　　/ 070

伟大的祷告与圣人的诞生
——孔子父母"野合"婚姻的智慧　　　/ 076

一、叔梁纥的求婚与繁琐的士婚礼　　　/ 076
二、"野合"的婚礼与虔诚的祷告　　　/ 084
三、孔子的诞辰与教师的节日　　　/ 090

孔子少年时的悲惨遭遇
——"大夫"之子为何成了草根一族　　　/ 099

一、三岁丧父　自幼好礼　　　/ 099
二、孔子厝母　智寻父墓　　　/ 101
三、孔子赴宴　阳虎拒之　　　/ 109

以怒疗恶疾　病愈烹良医
——医哲文挚与暴君湣王　　　/ 111

一、哲人名医　难治怪病　　　/ 111
二、齐王病愈　烹杀良医　　　/ 115
三、抽筋悬梁　罪有应得　　　/ 118

韩信报恩报德的智慧
——兼正"蓐食""百钱"之误解 / 121

一、韩信蹭饭　亭长蓐食　　　　／ 121
二、张解"蓐食"　王氏质疑　　　／ 124
三、晨炊蓐食　班马"笔"较　　　／ 140
四、封王归来　赐钱亭长　　　　／ 144

千金增陵　择地厝母
——韩信的知恩图报与远大志向 / 152

一、漂母饭信　不望回报　　　　／ 152
二、投金增陵　报答漂母　　　　／ 162
三、择地厝母　志向非凡　　　　／ 165

千古成功一字忍　胯下原来是龙门
——揭秘兵仙韩信的身世之谜 / 167

一、三个故事　缺少过渡　　　　／ 168
二、胯下之辱　笔力千钧　　　　／ 169
三、成事在忍　以德报怨　　　　／ 173

项羽门下执戟卫　刘邦将坛点兵侠
——择木而栖改变楚汉历史的兵仙韩信 / 179

一、仗剑从戎　执戟郎中　　　　／ 179
二、弃楚投汉　语惊萧何　　　　／ 186
三、登坛拜将　纵论天下　　　　／ 192

萧何月夜追韩信
——改写楚汉历史的关键一步 / 202

一、奉劝刘邦　立足汉中　　　　／ 202

二、萧何"逃亡" 震惊刘邦　　　　　　　　　　／ 205

三、求贤若渴　夜追韩信　　　　　　　　　　／ 207

曹冲称象的方法是否最优？
——一篇经典故事的智慧思辨　　　　　　　／ 217

一、三种语文课本中的曹冲称象　　　　　　　／ 218

二、曹操的官员为什么不会称象？　　　　　　／ 222

三、曹冲称象的方法费时费钱　　　　　　　　／ 227

曹冲称象的方法从何而来？
——从燕王称猪到曹冲称象　　　　　　　　／ 231

一、课本为什么要改曹冲的年龄？　　　　　　／ 231

二、战国时燕昭王浮舟称猪　　　　　　　　　／ 233

三、"校可知"与"不校可知"　　　　　　　　／ 239

曹冲称象的真假问题与故事新编
——曹冲的称象与佛经的称象　　　　　　　／ 249

一、何焯对曹冲称象的质疑　　　　　　　　　／ 249

二、陈寅恪对曹冲称象的质疑　　　　　　　　／ 252

三、《三国志》曹冲称象的真假　　　　　　　／ 256

四、瑕疵斑斑的曹冲称象新编　　　　　　　　／ 259

"脑袋进水"的幽默智慧
——测测你的智慧思辨力

犹太民族有句名言:"两个犹太人有三个脑袋。"就是说,两个人通过辩论交流,可以产生新的思想智慧。

犹太人不但重视知识,还特别重视才能。他们把只有知识却没有才能的人喻为"驮着很多书本的驴"。他们崇尚创新,认为没有创新的学习只是模仿,学习应该以思考为基础,要敢于怀疑,随时发问。怀疑是开启智慧大门的钥匙,知道得越多,就越会发生怀疑,而问题也就随之增加。因此,引导孩子提出疑问,鼓励思辨探索与创新,成了犹太人的生活习惯。放学回家的孩子,家里人跟他说的第一句话就是:"你又提问题了吗?"

一、到底谁会去洗澡?

哲学系的本科生比尔,想要跟一位犹太拉比(老师)辅修智慧。拉比说:"我要先测测你的智慧思辨力,如果测试合格,我就收你这个学生。"

比尔说:"这没问题,我是学哲学的,熟悉各种思维形式,思辨是我的长项。"

拉比给比尔出了一个问题:"甲乙两人同时从一座烟囱里掉出来,甲满脸是烟灰,而乙的脸上却很干净。那么,他们俩谁会去洗澡呢?"

有些阅读面较宽且性格急躁的读者,刚一看这两句,可能就

向历史借智慧

会说:"哦,我看过这故事,不就是什么什么吗?"于是,就不想再往下读了。如果真是这样,那你就与智慧失之交臂了。笔者可以负责地告诉你:本书的所有篇章,都有独到之处,绝对不是人云亦云,老生常谈。

比尔说:"那当然是甲了!"

拉比说:"你错了,应该是乙去洗澡。因为甲看到乙的脸上很干净,就推想自己脸上也是干净的,所以,甲不去洗澡。而乙看到甲满脸烟灰,就推想自己的脸会和他一样脏,所以,乙会去洗澡。"

比尔说:"我懂了,请您再测试一次,我一定能答对。"

拉比说:"如果他俩又一次从同一座烟囱里掉出来,谁会去洗澡呢?"

两人第二次从同一座烟囱里掉出来,谁会去洗澡?

比尔说:"当然是乙去洗澡了,您不是刚说过吗?"

拉比说:"不!你又错了,应该是甲去洗澡。因为乙看到甲满脸烟灰,正要去洗澡,但他看到甲却不去洗澡,于是意识到自己并不脏,所以不去洗澡。而甲看到乙打算去洗澡,于是意识到自己脸上一定是脏的,所以甲就去洗澡了。"

比尔不甘心,请求第三次测试。

拉比说:"当他俩第三次从同一座烟囱里掉出来时,谁又会去洗澡呢?"

两人第三次从同一座烟囱里掉出来,谁会去洗澡?

比尔说:"那当然是甲了!"

拉比说:"不!应该是两人都不去洗澡。乙看到甲满脸烟灰,正准备去洗澡,但他看到甲不去洗澡,于是意识到自己的脸上并不脏,所以并不去洗澡。而甲看到乙最终并没有去洗澡,也就觉得自己的脸并不脏,所以也不去洗澡了。"

比尔说:"这回我明白了。"

拉比说:"那我问你,当他俩第四次从同一座烟囱里掉出来,谁又会去洗澡呢?"

两人第四次从同一座烟囱里掉出来,谁会去洗澡?

比尔说:"当然是两人都不去洗澡啦!"

拉比说:"你又错了!应该是两人都去洗澡。你想想,两个人同时从一座烟囱里掉出来,怎么可能一个满脸烟灰,另一个却很干净呢？"

比尔有点发蒙："拉比！您几次问的都是同一个问题，可是答案却不同，这是什么逻辑？"

拉比笑着说："这就是思辨逻辑，这就是智慧。"

这个故事，在其他书中或网上到处都是，毫不稀奇，但基本是到此为止，而本书的这个故事却才刚刚开头。

比尔无奈地苦笑着摇了摇头说："看来，我是与智慧无缘了。"

拉比说："我可以再给你一次机会，你不必现在就回答，你可以去图书馆随便翻书，还可以请教除我以外的任何人，而且时间不限，什么时候有了答案，就随时来找我。"

比尔立时精神振作起来，高兴地说："这太好了，您真是一个好拉比，我一定能答对！"

拉比说："当他俩第五次从同一座烟囱里掉出来的时候，谁又会去洗澡呢？"

比尔满怀信心地走了。可是，他显然小看了这个问题，直到今天他也没有再来见这位拉比，因为他一直没有找到答案。

比尔的失败在于没有自己的思辨，他总是被拉比牵着鼻子走，当然也就与智慧无缘了。其实，拉比的最后一个问题是可以回答的。

比尔："甲会去洗澡，乙是不会去洗澡的，因为乙的脸上很干净。"

拉比："他俩同时从一座烟囱里掉出来，甲满脸烟灰，乙的脸上怎么会很干净呢？"

比尔："因为乙事先穿上了防护套。"

拉比："我们讨论问题是在正常情况下，而你说的是特殊情况。"

比尔："如果在正常情况下，甲乙都不会去洗澡。"

拉比："为什么呢？"

比尔："因为在正常情况下，两人是不会同时从一座烟囱里掉出来的。"

拉比:"你这是推翻了假定的前提,讨论问题必须基于假定的前提。"

比尔:"可是,拉比您已经推翻了自己假定的前提。您先是说两人同时从一座烟囱里掉出来,甲满脸烟灰,乙的脸上却很干净。可是,后来您又反问:'两个人同时从一座烟囱里掉出来,怎么可能一个满脸烟灰,另一个却很干净呢?'您这不就是推翻了自己假定的前提吗?既然您可以推翻假定的前提,我为什么不可以呢?"

拉比:"恭喜比尔,你被录取了。"

如果说原来这个故事的智慧段位只有七段,那现在这个故事的智慧段位已经提升为九段了。这才是思辨阅读,这才是创造性思维,这才是向历史借智慧。

二、机智幽默的侯白

在中华文化宝库中,有很多类似的智慧思辨材料,只是散见于各书没有人挖掘整理,没有人进行系统的分析和再创造而已。

隋文帝开皇年间(581年—600年),有位秀才名叫侯白,字君素。唐代魏徵主编的正史《隋书》中有侯白的简传,附在《陆爽传》的后面,只有一百多字:

(陆)爽同郡侯白,字君素,好学有捷才,性滑稽,尤辩俊。举秀才,为儒林郎。通侻不恃威仪,好为诽谐杂说,人多爱狎之,所在之处,观者如市。杨素甚狎之。素尝与牛弘退朝,白谓素曰:"日之夕矣。"素大笑曰:"以我为牛羊下来邪?"高祖闻其名,召与语,甚悦之,令于秘书修国史。每将擢之,高祖辄曰"侯白不胜官"而止。后给五品食,月余而死,时人伤其薄命。著《旌异记》十五卷,行于世。(《隋书》卷五十八《侯白传》)

滑稽才子《侯白传》。

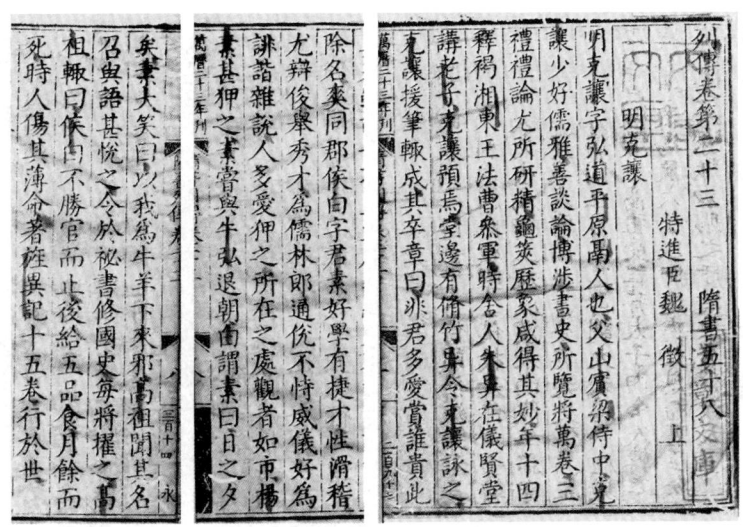

▲ 明万历二十二年（1594年）南监刊本《隋书》卷五十八列传第二十三《侯白传》书影

陆爽是魏郡临漳人，魏郡的郡治是曲梁，在今河北省邯郸市永年区（原永年县）。北齐时，陆爽曾任殿中侍御史、中书侍郎等官。北齐灭亡后，陆爽等人被北周武帝征召入关中，别人都是用车装载着箱包行李等物品，陆爽却只载着数千卷书来到长安，被授予宣纳上士。隋文帝受禅后，陆爽任太子洗马，与左庶子宇文恺等撰《东宫典记》七十卷。陆爽博学多才，能言善辩。也许是因为侯白与陆爽同郡，亦以能言善辩见长，所以就把《侯白传》附在《陆爽传》下。

有的书上称侯白为"山东人"，那他到底是河北人还是山东人呢？其实这里的"山东"并不是行政区名，不是指今天的山东省，而是泛称太行山东麓。

侯白勤奋好学，考中秀才后，曾任儒林郎，口才敏捷，生性滑稽幽默，尤其善于辩论。他喜欢开玩笑说怪话，人缘很好，大家都喜欢亲近他，所到之处，"观者如市"——他到了哪里，哪里就有很多人围观，像集市一样热闹。隋文帝闻其名，让他在秘书监修国史，给五品俸禄。著有《旌异记》十五卷（今存一卷）和《启颜录》十卷（今只有残本和辑佚本）。

《启颜录》是一部文言逸事小说类幽默笑话集，原本已亡佚。

向历史借智慧

侯白为什么能让县官像狗一样狂吠？

现在存世的残本或收录遗闻者有八种，时代最早的是敦煌写本，现藏英国伦敦博物馆，编号为 S.610。

《太平广记》中收录了《启颜录》若干则，其中有一则是侯白与朋友打赌，他能让县官像狗一样狂吠。

▲ 敦煌写本隋侯白《启颜录·辩捷·论难》书影

白初未知名，在本邑，令宰初至，白即谒，谓知识（认识的人，朋友）曰："白能令明府（县令）作狗吠。"曰："何有明府得遣作狗吠？诚如言，我辈输一会饮食。若妄，君当输。"于是入谒，知识俱门外伺之。令曰："君何须，得重来相见？"白曰："公初至，民间有不便事，望谘公。公到前，甚多贼盗，请命各家养狗，令吠惊，自然贼盗止息。"令曰："若然，我家亦须养能吠之狗，若为可得？"白曰："家中新有一群犬，其吠声与余狗不同。"曰："其声如何？"答曰："其吠声恘（yōu）恘者。"令曰："君全不识好狗吠声。好狗吠声，当作号号。恘恘声者，全不是能吠之狗。"伺者闻之，莫不掩口而笑。白知得胜，乃云："若觅如此能吠者，当出访之。"遂辞而出。（《太平广记》卷二四八《诙谐四》引侯白《启颜录》）

▲ 明嘉靖许自昌校刊本宋李昉《太平广记》卷二百四十八《诙谐四》引隋侯白《启颜录》书影（一）

侯白当初在县邑还没有什么名声的时候，上面来了一位新的县令，因为侯白是秀才，所以要到县衙礼节性地拜谒县令。从县衙出来之后，他对几个秀才朋友说："我能让县令像狗一样吠叫。"朋友们说："那不可能，县令怎么能听你的话像狗一样吠叫呢？如果县令真如你所说的那样像狗一样吠叫，我们就输一顿酒宴，请你吃饭。但如果你输了，你就请我们吃饭。"双方就这样说定了。

侯白于是又返回去见县令，他的朋友们都躲在外面偷偷地听着。县令问："您已经来拜见过了，何须又来拜见？"

侯白说："大人刚到任，对这里的情况还不太了解。大人没来之前，这里盗贼猖獗，当时的县令就下令各家各户都要养狗，而且要养喜欢狂吠的狗，各家都有狗叫，自然盗贼也就不来了。现在只有大人您家还没养狗，我怕盗贼会光顾府上，特意回来禀告大人。"

县令说："如果真是这样，我家也要养喜欢狂吠的狗，那到哪去弄这种喜欢狂吠的狗呢？"

侯白说："我家那条喜欢狂吠的母狗，前段时间新生了一窝小狗，现在长大了，可以送给大人，只是它们的狂吠声与别的狗不同。"

县令问："那狂吠声有什么不同呢？"

侯白回答说："它们的狂吠声都是这样的：怮（yōu）！怮！怮怮！怮怮怮怮！"

县令说："您根本不知道喜欢狂吠的狗的叫声，喜欢狂吠的狗都是这样叫的：号！号！号号！号号号号！'怮怮'吠叫的，都不是喜欢狂吠的狗。"

在外面偷听的几位朋友，忽然听到县令像狗一样"号号"地叫了起来，莫不掩口而笑。

侯白就对县令说："那我就按照大人说的出去找几条喜欢狂吠的狗，找到了就给大人送过来。"

于是便告辞出来了。朋友们请侯白吃饭的时候问他："县令怎

么忽然就像狗一样'号号'地叫起来了呢？"侯白说："天机不可泄露，咱们这回打赌可不包括这项内容。你们要想知道，那还得再请我一顿。"

后来，侯白到朝廷做官，起初只是个散官，没有什么具体的职事，隶属于开国元勋越国公杨素。杨素很喜欢听他说幽默笑话。

侯白如何让枯死的槐树复活？

隋侯白，州举秀才至京，机锋辩捷，时莫之比。尝与仆射（yè）越国公杨素并马言话，路傍有槐树，憔悴死。素乃曰："侯秀才理道过人，能令此树活否？"曰："能。"素云："何计得活？"曰："取槐树子于树枝上悬着，即当自活。"素云："因何得活？"答曰："可不闻《论语》云'子在，回何敢死？'"素大笑。（《太平广记》卷二四八《诙谐四》引侯白《启颜录》）

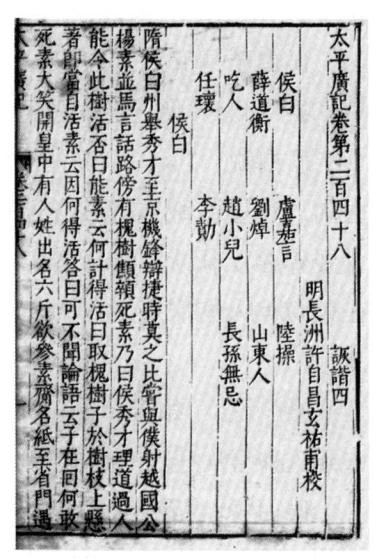

▲ 明嘉靖许自昌校刊本宋李昉《太平广记》卷二百四十八《诙谐四》引隋侯白《启颜录》书影（二）

有一天，侯白与仆射越国公杨素一同骑马并排着走，两人边走边说话。路旁有一棵槐树，已经枯萎了。杨素就说："侯秀才的办法特别多，超过常人，你能有什么办法让这棵槐树复活吗？"

侯白说："能。"

杨素说："有什么办法让它复活呢？"

侯白说："取来槐树子挂在槐树枝上悬着，这棵槐树就应当会自己复活。"

杨素说："为什么它会自己复活呢？"

侯白回答说："您没听《论语》中说'子在，回何敢死吗？'"

杨素听了，哈哈大笑。

侯白引文的原始出处是这样的:

> 子畏（同"围"）于匡，颜渊后。子曰："吾以女为死矣。"曰："子在，回何敢死？"（《论语·先进第十一》）

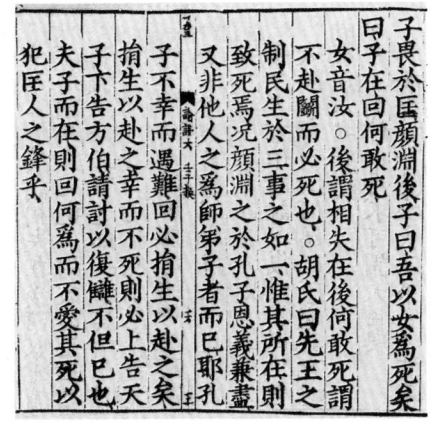

▲ 宋嘉定十年（1217年）当涂郡斋刻嘉熙四年（1240年）递修本宋朱熹集注《四书章句集解》卷第六《论语·先进第十一》书影

孔子在匡地被匡人围困之后，颜渊最后才来。孔子说："我以为你死了。"颜渊回答说："老师您还活着，我怎么敢死呢？"

这件事司马迁的《史记》是这样记载的:

> 将适陈，过匡，颜刻为仆，以其策指之曰："昔吾入此，由彼缺也。"匡人闻之，以为鲁之阳虎，阳虎尝暴匡人，匡人于是遂止孔子，孔子状类阳虎，拘焉五日。颜渊后，子曰："吾以汝为死矣。"颜渊曰："子在，回何敢死！"（《史记·孔子世家第十七》）

▲ 宋建安黄善夫家塾刻本三家注《史记》第四十七《孔子世家第十七》书影

孔子离开了卫国将要到陈国去，经过一个叫匡的地方，弟子颜刻为他赶车。颜刻用马鞭指着前面说："从前我进入过这个城，就是从那缺口进去的。"匡人听说，误以为是鲁国的阳虎来了，阳虎曾经残害过匡人，于是匡人就围困了孔子。孔子的模样

很像阳虎，所以被困在那里整整五天。颜渊后来赶到，孔子说："我还以为你死了。"颜渊说："老师您活着，我怎么敢死！"

"回"古音读 huái，与"槐"字同音，以"回"为声旁的字今音仍有读 huái 的，如"徘徊"的"徊"，便是证明。"子在，回何敢死！"借语音双关，表示槐树的种子在，槐树怎么敢死呢？所以，杨素才哈哈大笑。

侯白非常善于创作谜语，尤其善于创作幽默谜语：

> （侯）白仕唐，尝与人各为谜。白云："必须是实物，不得虚作解释，浪惑众人。若解讫，无有此物，即须受罚。"白即云："背共屋许大，肚共碗许大，口共盏许大。"众人射不得。皆云："天下何处有物，共盏许大口，而背共屋许大者，定无此物，必须共赌。"白与众赌讫，解云："此是胡燕窠。"众皆大笑。（《太平广记》卷二四八《诙谐四》引侯白《启颜录》）

侯白创作的胡燕窠谜语为什么谁都猜不着？

侯白在唐代做官时，曾经和别人在一起玩破谜儿（破解谜语）的游戏。侯白说："必须是实物，不得作虚妄的解释，不能随便惑弄大家。如果把谜底解释完了之后，却没有这种实物，那就要受罚。"侯白说完后，随即破了一个谜儿：

> 后背像房屋那么大，肚子像碗那么大，口像小杯子那么大。

众人谁都猜不着。大家都说："天下什么地方会有这样的东西，有着小杯子那么大的口，而后背却像房屋那么大，绝对没有这种东西。你把谜底说出来吧，我们大家一块和你打赌。"侯白跟大家打赌，约定好了赌什么之后，侯白解释谜语说："这就是胡燕的巢。"众人一听都大笑起来。

胡燕在屋檐下筑巢，那巢背靠着房屋，所以说"背共屋许大"；胡燕巢是大肚小口的形状，所以说"肚共碗许大，口共盏许大"。侯白的想象力确乎丰富。

> 又逢众宴，众皆笑白后至，俱令作谜，必不得幽隐难识及诡谲希奇。亦不假合而成，人所不见者。白即应声云："有物大如狗，面貌极似牛，此是何物？"或云是獐，或云是鹿，皆云不是。即令白解，云："此是犊子。"（《太平广记》卷二四八《诙谐四》引侯白《启颜录》）

有一次，杨素设宴请客，侯白来晚了一会儿，大家都说："罚侯白破个物谜，必须是大家都知道的常见的东西，不得猜稀奇古怪的东西。"侯白便应声说道："有一物像狗那么大，而样子却非常像牛，这是个什么物呢？"大家有的说是獐，有的说是鹿，侯白都说不是。最后谁也猜不着，就让侯白公布谜底。侯白说："这就是犊子。"这就是牛犊啊。众人哈哈大笑。

▲ 明嘉靖许自昌校刊本宋李昉《太平广记》卷二百四十八《诙谐四》引隋侯白《启颜录》书影（三）

三、如何从数百尺深坑中出来

侯白《启颜录》中有一则"脑袋进水"的故事，今人常用"脑袋进水"来比喻人头脑有问题，指人头脑痴愚蒙圈，思维不合常理。但"脑袋进水"这个典故的最初运用，却非但不愚昧，反倒是充溢着智慧的灵光，与"谁去洗澡"的睿智相比，甚至有过之而无不及。

有一天，杨素闲来无事闷得慌，就找来侯白说趣话消愁解闷。杨素对侯白说："别人都说你聪明智慧，什么事都难不倒你。那我考考你，有一个大深坑，坑深数百尺，你在坑里怎么才能

出来？"

侯白问："坑里有梯子吗？"

杨素说："就说没梯子嘛，要是有梯子，谁都能出来，那还用得着问你吗？"

侯白问："那这个坑口多大呢？"

杨素说："坑口大小当然——"他刚想说"坑口大小当然随你的便了"，忽然觉得不对，于是改口说，"坑口大小当然不能由你设定，因为如果你把坑口设置得很大，坑底面积很小，那坑壁不就成缓坡了吗？你不就可以顺利地走出来了吗？想把我绕进去，没那么容易。"

侯白说："我没想把坑口设置得那么大，在坑壁直立的条件下，我可以设置坑的直径的大小吗？"

杨素说："那没有——"他刚想说"那没有问题"，但一想不对，于是改口说，"不行，坑底和坑口的直径都是一丈，坑深数百尺，坑壁直立，这是条件。你想把坑的直径设置成一米左右，那你背靠着坑壁，两腿登着坑壁，这样撑着出来，没门儿！"

侯白问："那坑外边有人吗？"

杨素说："坑外边当然没人，有人不就把你救出来了吗？不仅坑外没人，也没人知道你在坑里，连我也不知道你在坑里，没有任何外援，就问你自己怎么出来。"

侯白问："那我是一个什么样的人呢？"

杨素说："你是一个什么样的人？你就是现在的你。你打算把自己想象成武林高手是吧？身轻如燕，飞檐走壁，嗖的一下子你就跑出来了——做梦去吧！你是不是还想自己会土遁啊？"

侯白问："那我是不是盲人呢？"

杨素说："当然也不是盲人。我也不欺负你，盲人不就更出不来了吗？"

侯白又问："那我是不是有什么病呢？"

杨素说："你也没什么病，挺健康的。"

侯白又问："那是冬天呢？还是夏天呢？"

杨素说:"冬天夏天可以随你便。"

侯白又问:"那是什么天气呢?"

杨素说:"什么天气由——"他刚想说"什么天气由你随便定",忽然觉得不行,于是又改口说,"什么天气由不得你,就是晴天,没雪也没雨。你是不是想说冬天忽然来了暴风雪,把坑填平了,你就出来了?或者是夏季来了大暴雨,水很快就流满了坑,我知道你水性不赖,你会游泳就从坑里游出来了。别说,你鬼点子还真不少,可惜在我这里用不上。"

侯白挠了挠头,又问道:"那是白天呢,还是黑夜里?"

杨素有点不耐烦了:"这跟白天黑夜有什么关系?随便白天黑夜,只问你怎么出来?出不来就认输吧。"

侯白胸有成竹地说:"只要给我一样东西,我就能出来。"

杨素问:"说吧,什么东西?要梯子什么是不行的。"

侯白说:"我只要针。"

"要针?"杨素边思考边说,"你不会是要一满坑的针吧?用针把坑填满,你就出来了,是吧?"

侯白说:"大人太小瞧我的智商了,我干吗要一满坑的针啊?我就要一根针。"

杨素说:"一根针?"

侯白说:"对对对,我就要一根普通的绣花针。"

杨素想了一会儿,觉得没有什么风险,于是说:"就给你一根绣花针,看你怎么出来?"

侯白自信满满地说:"那我就出来了。"

杨素吓了一跳,连忙问:"你怎么出来的?"

侯白说:"我用这根绣花针刺破我的脑袋,脑袋就会流出水来。等到水把坑灌满了,我水性好就游上来了。"

▲ 明嘉靖许自昌校刊本宋李昉《太平广记》卷二百四十八《诙谐四》引隋侯白《启颜录》书影(四)

侯白仅凭一根针,为什么就能从数百尺的深坑里出来?

"脑袋进水"的幽默智慧——测测你的智慧思辨力

杨素大惑不解地问道："可是你脑袋里哪来的那么多水呀？"

侯白说："我脑袋里如果没进那么多水，我又不是盲人，又没有病，大白天的我怎么会到这数百尺深坑里呢？"

杨素听罢，笑得前仰后合，叹服不已。

这个故事的思辨智慧确有超越"烟囱"思辨智慧的地方。它不仅有"烟囱"故事的平行思维，还有似愚实智的超常思维。同样是拆穿前提假设的虚伪，"烟囱"的故事是直接拆穿，而"脑袋进水"的典故则是让假设者自己间接拆穿。侯白先是提出一些与本题无关，且又不合情理的问题，看似愚不可及，实则都是幽默的智慧。然后再另外拟设一个更为虚伪的假设，一步步地把杨素引入彀中，由杨素自己来拆穿这个虚伪的假设。这时，侯白顺势一拨，将杨素的矛拨向他自己的虚伪假设，反客为主，入室操戈，以子之矛，攻子之盾，使杨素的假设前提不攻自破，轰然倒塌。

一个人脑袋里的水怎么会灌满数百尺深的大坑？这是任何一个略具常识的人都可以看出的破绽。除此之外，这里还隐藏着另一个明显的破绽——即便是脑袋里有的是水，水从绣花针刺的小眼儿中流出，那要流到猴年马月才能灌满这数百尺深的大坑啊？侯白的假设故意露出明显甚而赤裸的虚假，使略有思维能力的人即可看出破绽，杨素当然一听便知。唯其如此，才能使他轻易入彀。

"脑袋进水"这个典故至今已有一千四百多年的历史了，遗憾的是我们只把它当成了一个幽默的笑话，看后一笑了之。没人去领悟其中的大智慧，更没有人去探究和推进它那高深的逻辑思辨。

"脑袋进水"这则幽默笑话，原文很短，笔者把它做了进一步的推演。尽管这样，如果到此为止，那也还不足以增益今人的智慧，因为古代的智慧故事即便再好，再有智慧，那也只是古人的智慧，而不是你的智慧。你的智慧，必须通过你自己的思辨才可能获得。因此，本文不能就此收束，还要继续思辨。

杨素说:"这回就算你出来了,如果不许用针,也不许用任何别的东西,你还能从这数百尺的深坑中出来吗?"

侯白说:"我是否从这数百尺的深坑中出来,由谁来判定呢?"

杨素说:"当然是由我来判定了!"

侯白说:"那是不是只要你说我出来了,我就出来了?"

杨素说:"对啊。只有我说你出来了才算数,不能由你自己随便说。"

亲爱的读者,你知道这次侯白会怎么出来吗?请测测你自己的智慧思辨力吧。答案会在后面的某卷里揭示,敬请关注。

向历史借**智慧**

殷纣王继位的合法性

——关于嫡庶的智慧思辨

蒙学经典《三字经》中说：

> 夏传子，家天下。四百载，迁夏社。
> 汤伐夏，国号商。六百载，至纣亡。
>
> （宋·王应麟《三字经》）

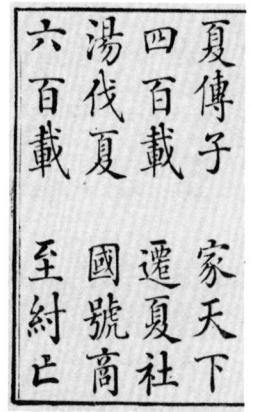
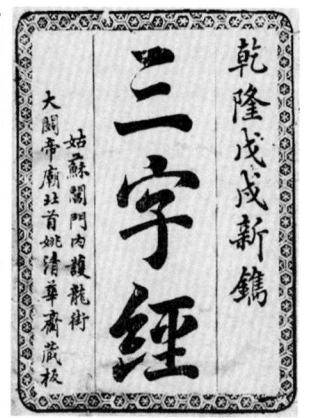

▲ 清乾隆四十三年（1778年）姑苏刊本宋王应麟《三字经》书影

这是对中国古代帝王体制变化的最精练的概括。中国的"家天下"是从夏禹王开始的，所谓"家天下"，就是帝王把国家政权据为己有，当成自己的私人产业，世代相袭。在夏禹之前，从传说中的黄帝，到尧、舜，帝王的更替一直都是采用举贤任能的禅让制，就是统治者把部落首领的位置让给有才华、有能力的人。夏禹的王位，也是帝舜禅让的。但是到了夏禹去世的时候，他却把统治的位置传给了自己的儿子,破坏了禅让制度。从夏禹到清代,中国都是"家天下"的历史。一九一一年辛亥革命以后,才建立了亚洲第一个民主共和国——中华民国。

在"家天下"的历史上,朝代的灭亡,往往都是因为暴君统治的昏庸残酷。在这些昏庸残酷的亡国暴君里,最典型的代表就是殷纣王。

> 夏禹把王位传给儿子,开启了中国"家天下"的历史。

一、同父同母 何分嫡庶

殷纣王名受,"纣"是"受"的音变,字受德,在同父同母的兄弟中排行老三,他上面还有两个哥哥:大哥微子启,二哥微仲衍。微子启,《史记·宋微子世家》作"微子开",是为了避汉景帝刘启的名讳,所以就把"启"改为"开"。

兄弟三人都是同父母所生,为什么老三受德能够继位呢?据《吕氏春秋》记载:

> 纣之同母三人,其长曰微子启,其次曰中(通"仲")衍,其次曰受德。受德乃纣也,甚少矣。纣母之生微子启与中衍也尚为妾,已而为妻而后生纣。纣之父、纣之母欲置微子启以为太子。太史据法而争之曰:"有妻之子,而不可置妾之子。"纣故为后。用法若此,不若无法。(《吕氏春秋·仲冬纪第十一·当务》)

> 同父同母三兄弟,为什么只有老三是嫡子?

微子启是殷纣王的大哥,微仲衍是殷纣王的二哥,按说帝位应该传给长

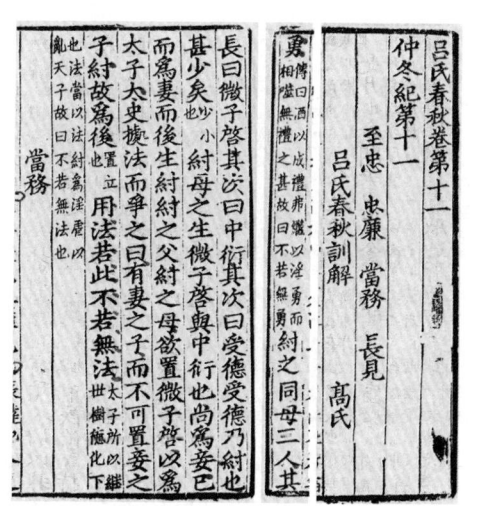

▲ 元至正嘉兴路儒学刻本《吕氏春秋》卷第十一《仲冬纪第十一·当务》书影(一)

子微子启,没有理由传给三子受德。而帝乙也确实想要立长子微子启为太子,可是太史却依据法典而力争:认为有正妻的儿子在,就不可以立妾的儿子做太子。

三个儿子都是一个母亲所生,按说都是嫡子,怎么会有妾生的庶子呢?

原来,事情是这样的。微子启与微仲衍出生的时候,母亲的身份还是妾,成为正妻之后才生了三子受德。按照法典,儿子的身份要依据母亲的身份来确定,如果母亲的身份是正妻,那儿子就是嫡子;如果母亲的身份是妾,那儿子就是庶子。所以,太史认为微子启与微仲衍都是庶子,而非嫡子。既然有正妻生的嫡子健在,就应该立嫡子为太子,而不能立庶子为太子。这样,三子受德就被立为太子,这就是后来葬送了殷商六百年天下的殷纣王。

二、嫡庶之辩 另有原因

嫡庶之辩这个故事,在《吕氏春秋》一书中,是作为论述"当务"的论据出现的。《当务》开篇就论述了法的"当务"与不"当务":

法的"当务"与不"当务"。

> 法而不当务,惑而乘骥也,狂而操吴干将也……所贵法者,为其当务也。(《吕氏春秋·仲冬纪第十一·当务》)

所谓"当务"就是合于正道,合于事理,合于时务。殷商"太史据法而争",就属于"法不当务"。因此,《吕氏春秋》的作者在《当务》篇文末叹道:"用法若此,不若无法。"像这样用"法",还不如没有"法"。可见,《吕氏春秋》认为,这位太史在执法的时候忘记了法所"当务",

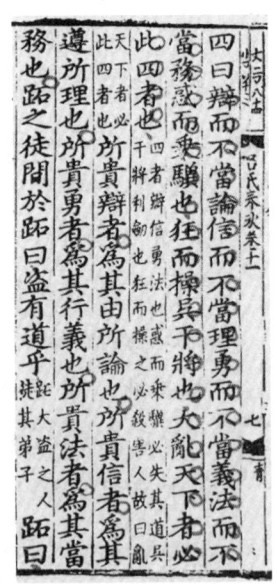

▲ 元至正嘉兴路儒学刻本《吕氏春秋》卷第十一《仲冬纪第十一·当务》书影(二)

如果不知"当务",完全把法律当成教条,这样用"法",真的是"不若无法"。

坚守法律但却不合时务,简直就好像精神迷乱的人却乘着快马奔驰一样危险,就好像神志癫狂的人却握着干将利剑一样危险。守法的可贵,就在于它合于时务。

殷商太史的嫡庶之辩,如果只从表面上看,似乎是在维护宗法的尊严,属于用"法"的胶柱鼓瑟,但实际上恐怕远没有这么简单。这位太史"法不当务"的背后,很可能另有原因。

> 太史"法而不当务"的背后,恐怕另有原因。

帝乙的这三个儿子中,老大微子启与老二微仲衍都很忠厚,而老三受德却很不一般。

据《史记》记载:

> 帝纣资辨(通"辩")捷疾,闻见甚敏。材力过人,手格猛兽。知(同"智")足以距(同"拒")谏,言足以饰非。(《史记·殷本纪第三》)

> 殷纣王"材力过人",善于拒谏饰非。

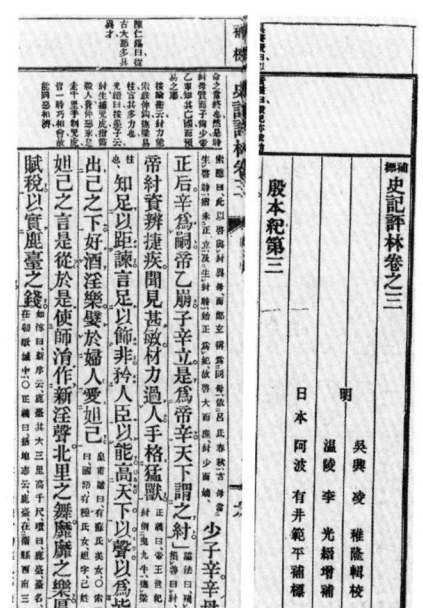

▲ 日本明治十六年(1883年)东京报告社刊本明凌稚隆辑校明李光缙增补日本有井范平补标《补标史记评林》卷之三《殷本纪第三》书影

▲ 日本明治十六年(1883年)东京报告社刊本明凌稚隆辑校明李光缙增补日本有井范平补标《补标史记评林》扉页书影

殷纣王继位的合法性——关于嫡庶的智慧思辨

《史记·殷本纪》说，殷纣王天资聪颖，口才极好，反应敏捷，接受能力和理解能力都很强，而且气力过人，能徒手与猛兽格斗。他的智慧足以驳回臣下的任何谏劝，他的话语足以掩饰自己的任何过错。唐张守节《史记正义》援引西晋皇甫谧的《帝王世纪》说，纣王能够"倒曳九牛，抚梁易柱"。他能够拽着九条牛使九条牛倒退，能够用手托住房屋的梁柁，换上支撑梁柁的柱子，真是力大无比。

▲ 文渊阁四库全书本唐张守节《史记正义》卷三《殷本纪第三》书影

明凌稚隆辑校的《史记评林》援引东汉王充《论衡》的话说：

> 传语又称，纣力能索铁伸钩，抚梁易柱，言其多力也。（《论衡·语增篇》）

传说称，殷纣王能把铁兵器拧成绳索一样，能把铁钩拉直，能够一只手托着梁柁，另一只手给梁柁换上支柱，这是说他的力气很大。

宋代罗泌所撰《路史》援引晋皇甫谧《帝王世纪》云：

> 大抵书传所记桀纣之事，多出模仿。如《世纪》等倒拽九牛，抚梁易柱；引钩申索，握铁流汤。（《路史》）

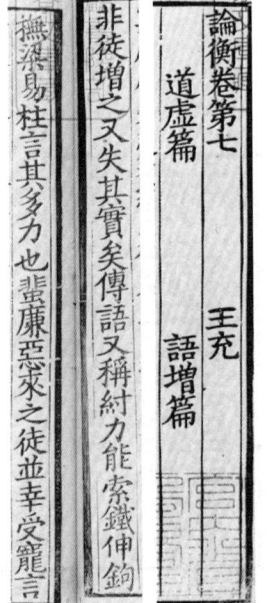

王充《论衡》说殷纣王能"索铁伸钩，抚梁易柱"。

《路史》援引《帝王世纪》称殷纣王能"倒拽九牛，抚梁易柱；引钩申索，握铁流汤"。

▲ 日本宫内厅藏宋孝宗朝刊本汉王充《论衡》卷第七《语增篇》书影

卷三十七《发挥》卷第六）

《路史》援引《帝王世纪》，不仅有"倒拽九牛，抚梁易柱"，而且还多出了"引钩申索，握铁流汤"。纣王不仅能把铁链子的环拉伸得变形，而且还能把铁器攥出"汤"（铁汁）来。这当然是虚饰之语，小说家言，不可当真。

明代李光缙《增补史记评林》援引《墨子》的话说：

> 《墨子》云：纣生捕兕（sì）虎，指画杀人。（《增补史记评林》卷之三《殷本纪第三》）

▲ 宋孝宗淳熙丙申刊本宋罗泌《路史》卷三十七《发挥》卷第六书影

李光缙引《墨子》称"纣生捕兕虎，指画杀人"。

殷纣王能够活捉雌犀牛和老虎，能用手指头比画一下就把人杀死。而今本《墨子》所说却与此不同：

> 昔夏王桀，贵为天子，富有天下，有勇力之人推哆、大戏，主别（当作"生列"，"列"同"裂"）兕虎，指画杀人。……昔者殷王纣贵为天子，富有天下，有勇力之人

毕沅校注本《墨子》并无"纣生捕兕虎，指画杀人"之说。

▲ 清乾隆四十九年（1784年）毕沅校注本《墨子》卷之八《明鬼下第三十一》书影

费中（即"费仲"）、恶（wū）来、崇侯虎，指寡（"寡"通"画"）杀人。（《墨子·明鬼下第三十一》）

《墨子》中的"主别（生列）兕虎，指画杀人"，说的是夏桀王的两个武士推哆、大戏，而不是说殷纣王。下句中的"指寡杀人"，说的是殷纣王的三个武士费中、恶来和崇侯虎，也不是说殷纣王。

那么，是不是李光缙记忆有误呢？恐怕还不能简单地这样下结论，因为还有些书也曾这样援引过《墨子》，如明代王世贞《弇（yǎn）州四部稿》：

> 《墨子》曰：纣生捕兕虎，指画杀人。（《弇州四部稿》卷一百五十九《说部·宛委余编四》）

《弇州四部稿》引《墨子》称"纣生捕兕虎，指画杀人"。

又如明代学者徐应秋的《玉芝堂谈荟》：

> 《墨子》：纣生捕虎豹，指画杀人。费仲、恶来，足走千里，手制兕虎。（《玉芝堂谈荟》卷九《手举万钧》）

《玉芝堂谈荟》引《墨子》称"纣生捕虎豹，指画杀人"。

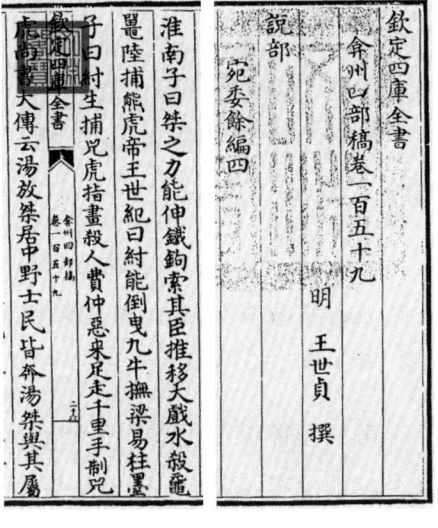

▲ 文渊阁四库全书本明王世贞《弇州四部稿》卷一百五十九《说部·宛委余编四》书影

▲ 文渊阁四库全书本明徐应秋《玉芝堂谈荟》卷九《手举万钧》书影

王世贞是明代文学家、史学家，比李光缙大二十三岁，徐应秋是明代万历四十四年（1616年）进士，学者兼著名藏书家，比李光缙稍晚些。三人均援引《墨子》说殷纣王"生捕兕虎（或作'虎豹'），指画杀人"，究竟是另有版本所据，还是王世贞误记，李光缙和徐应秋因袭？虽不能百分之百地肯定，但后者的可能性无疑更大一些。

首先，毕沅是清代乾隆二十五年（1760年）殿试状元，著名学者，校勘大家。他校注的《墨子》，并没有纣王"生捕兕虎，指画杀人"的版本异文。清代著名藏书家、目录学家黄丕烈以道藏本校勘并跋的明铜活字本《墨子》，也没有这样的版本异文。

明代嘉靖三十二年（1553年）吴兴陆隐序刊本《墨子》，同样也没有纣王"生捕兕虎，指画杀人"的版本异文。

明道藏本是迄今发现的《墨子》完整保存的最早版本，也是明以后各家版本的直接祖本，但都没有李光缙所援引的纣王"生捕兕虎，指画杀人"。

毕沅校注本和黄丕烈校本《墨子》都没有"纣生捕兕虎，指画杀人"的版本异文。

陆隐序刊本《墨子》也没有"纣生捕兕虎，指画杀人"的版本异文。

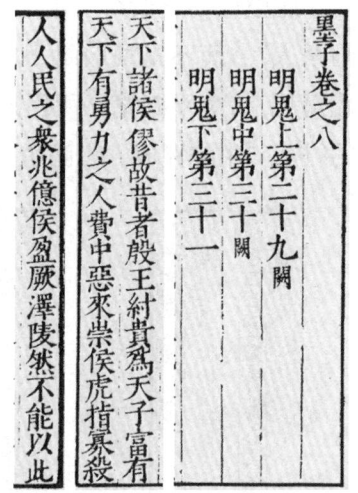

▲ 清黄丕烈校跋明嘉靖三十一年（1552年）福建芝城铜活字蓝印本《墨子》卷之八《明鬼下第三十一》书影

▲ 明嘉靖三十二年（1553年）吴兴陆隐序刊本《墨子》卷之八《明鬼下第三十一》书影

宋代李昉编辑的大型类书《太平御览》中援引《墨子》"指画杀人"的相关内容有三处：

《墨子》曰：昔夏桀贵为天子，富有天下。勇力之人，生裂兕虎，指画杀人。（《太平御览》卷八十二《皇王部七·帝桀》）

《太平御览》援引《墨子》"指画杀人",并不是说殷纣王。

这里说的是夏桀王手下的"勇力之人"能够"生裂兕虎,指画杀人",而不是说夏桀王本人能够"生裂兕虎,指画杀人",更不是说殷纣王本人能够"生裂兕虎,指画杀人"。

《墨子》曰:桀有勇力之人大戏,纣有勇力之人费仲、恶来、崇侯虎,并指画杀人。(《太平御览》卷三百七十《人事部十一·指》)

这里说的是殷纣王手下"有勇力之人费仲、恶来、崇侯虎",他们都能够"指画杀人",而不是说殷纣王本人能够"指画杀人"。

《墨子》曰:纣有勇力之人,生捕兕虎,指画杀人。(《太平御览》卷三百八十六《人事部二十七·健》)

这里说的是殷纣王手下"有勇力之人",能够"生捕兕虎,指画杀人",而不是说殷纣王本人能够"生捕兕虎,指画杀人"。由此可见,《太平御览》所用的宋本《墨子》,也没有李光缙所援引的纣王"生捕兕虎,指画杀人"的说法。

▲ 四部丛刊景宋本宋李昉等《太平御览》卷八十二《皇王部七·帝桀》书影

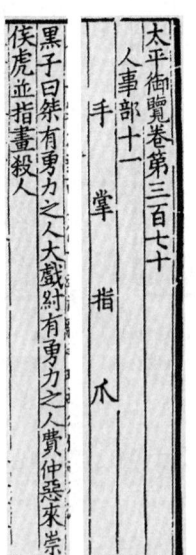

▲ 四部丛刊景宋本宋李昉等《太平御览》卷三百七十《人事部十一·指》书影

▲ 四部丛刊景宋本宋李昉等《太平御览》卷三百八十六《人事部二十七·健》书影

《史记·律书第三》中有殷纣王"手搏豺狼"的记载：

> 夏桀、殷纣手搏豺狼，足追四马，勇非微也；百战克胜，诸侯慑服，权非轻也。

这里说夏桀王和殷纣王都能徒手与豺狼搏斗，奔跑起来能追得上四匹马拉的车子。《史记·殷本纪》的"手格猛兽"与《史记·律书》的"手搏豺狼"，意思基本相同，"猛兽"是概括的说法，"豺狼"更为具体。这两处虽然与李光缙所引《墨子》的"生捕兕虎"意思略近，但毕竟不同。而且，《史记》是在用自己的语言叙述，当然可以灵活变通；而李光缙则是援引《墨子》，不能

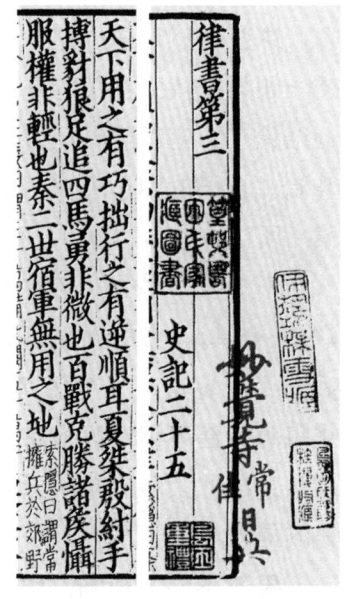

▲ 宋建安黄善夫家塾刻本汉司马迁《史记》卷二十五《律书第三》书影

随意改动。况且，《墨子》原文根本就没有说殷纣王能够"指画杀人"。

综上所述，基本可以得出一个大致的结论：王世贞《弇州四部稿》引《墨子》称"纣生捕兕虎，指画杀人"，或系记忆之误；李光缙和徐应秋援引《墨子》称"纣生捕兕虎（或作'虎豹'），指画杀人"，或系因袭之误。虽然王世贞等对《墨子》的称引很可能有误，但殷纣王勇武非常却是可以肯定的。

哪怕仅据《史记》的记载，殷纣王也是文武兼备之才："资辨捷疾，闻见甚敏。材力过人，手格猛兽。"但他却又是一个地道的奸佞之才："知足以距谏，言足以饰非。"这样的人，会把权力看得比生命还重要，更何况这权力又是王权呢！因此，他肯定会很早就不遗余力、不择手段地谋取王位的继承权，这是毫无疑问的。

相比之下，殷纣王的两个忠厚老实的哥哥，却未必有如此的

向历史借智慧

一本特殊的小书《纣王登基》。

心计。老大很可能认为,自己理当是王位的继承者;而老二则可能认为,将来的王位是大哥的,与自己无关。

这些固然只是推想,但却合情合理。当然,推想毕竟只是推想,如果能找到相关的史料证据,那这推想就可以成为毫无悬念的结论了。笔者隐约记得,在什么书上看过类似的材料,于是就开始在自己的四个书房里寻寻觅觅。因为记忆模糊,没有任何线索,所以,这样的寻觅几乎等于大海捞针。

不知找了多久,忽然眼前一亮,发现了一本薄薄的小书——《纣王登基》。书的封面是后加上去的,书名也是后写的,书的前后缺了好多页,没有任何版本信息,而且中间这些残存的部分,也每每漫漶不清,且多有虫蛀。加之是用蝌蚪古文书写的,非常难认,因此大多不知所云。经过反复琢磨,也只是得到了一点大概的信息。

果然不出我所料,纣王受德很早就惦记着王位了。他深知,除了父王帝乙之外,决定王位继承人最重要的两个人物是自己的两位叔叔,即箕子和比干。

箕子,子姓,名胥余,因为封于箕地(未详),故称箕子。比干因封于比邑(今山西汾阳),故称比干。两人都是商王文丁的儿子,商王帝乙的弟弟。比干幼年聪慧好学,二十岁就做了太师辅佐帝乙。

受德千方百计地表现出自己对两位叔叔的孝敬,因此深得两位叔叔的喜爱。有一次,受德在与叔叔箕子单独饮酒时,非常巧妙隐晦地把话题引到将来王位的继承人问题上,想探探这位叔叔的口风。箕子竟然没有发现受德的用意,便说:"受德啊,你文武全才,将来要像我和你比干叔叔辅佐你父亲一样,好好辅佐你大哥。"受德虽然心里非常不满,但却满脸堆笑地说:"那是一定的,我保证好好辅佐我大哥。"受德知道,箕子叔叔这边是没指望了。

于是,他又去试探比干。尽管受德把这个话题说得自然巧妙,比干还是凛然正色地说:"这件事咱们是不能谈论的,你要对你大哥绝对忠诚,不能有任何非分之想。"受德赶紧把话收回来说:

"我对大哥忠心耿耿那是必须的,无条件的。我跟箕子叔叔都说过了,将来一定好好地辅佐大哥,使他成为一代圣主!"比干连声夸奖说:"嗯,这才是好弟弟,就该这样。"可是,受德心里却是恨死比干了。

以前读《史记》的《殷本纪》和《宋世家》,总有疑惑,觉得比干和箕子无论如何也是纣王的亲叔叔啊,他们再怎么劝谏,纣王不听不理他们不就完了吗?怎么也不至于把比干剖了心,把箕子囚禁起来而且贬为奴隶啊!这不仅太过分,也太不合情理啦!

读了这本小书,我才恍然大悟——原来如此!冰冻三尺非一日之寒啊,这积怨已经很久了!在纣王的眼里,他们早已是自己的政敌了,哪里还是什么叔父,必除之而后快,怎么还能留着他们!这当然都是后来的事了。

且说受德见两位叔叔这里已经没戏了,就转而考虑朝里的其他大臣。想来想去,他想到了太史,于是就开始拉拢太史。

有一次,受德单独请太史喝酒。席间,受德屡次为太史敬酒祝寿,太史受宠若惊。酒过数巡之后,受德又故技重施,巧妙隐晦地把话题引到太子的问题上来。

太史真不愧是太史,他对受德的心思已经猜了个八九不离十。便说:"王子打住,今天的话不能再对任何人说起。从今以后,王子就不用再考虑这件事了!"受德听了这话,心里凉了半截。太史压低声音悄悄说道:"这事就交给我了,王子请放心好了。"受德想不明白,心里没底,他还想深问一句,结果太史摆了一下手说:"到此为止,天机不可泄露。"

到了后来立太子的时候,太史便"据法而争",而商王帝乙和比干、箕子等一班重臣,竟然无言以对!

太史这招的确太高明了!是啊,有嫡子在,就必须由嫡子做太子,庶子是不可以的,这是千古不易的宗法制度,再说什么都没用。微子启虽然是长子老大,但出生的时候母亲的身份还是妾,不是正妻,妾生的孩子就是庶子。而受德就不一样了,虽然跟大哥都是同父同母所生,但他出生的时候,母亲已经是正妻了。因

此,受德才是名副其实的嫡子,当然只能由受德做太子。

这样,老三受德就成了太子,后来便成了殷纣王,重重赏赐了太史,而太史也常常面露骄色。

纣王毕竟"资辨捷疾",聪明绝顶,他要给太史一点颜色看看。于是,他就想怎样才能驳倒太史的嫡庶之论。

有一天,纣王把太史单独召进宫里,先是感谢,然后说道:"太史的嫡庶之论确乎高明,父王和满朝文武竟然无人能驳,就连比干和箕子两位叔叔都无言以对。"太史听了,心里美滋滋的。但纣王接着说:"如果我要是父王,太史的嫡庶之论可就不灵了。"

太史连忙说:"那是那是,大王乃旷古圣主,臣下的嫡庶之辩,焉能难得住大王?"太史嘴上虽然这么说,但心里却在想,你小子真能吹牛,我这嫡庶之辩固若金汤,你还想批驳,真是不知天高地厚!于是说:"臣愿闻其详。"他想将纣王一军。

纣王看出了太史的心思,于是说:"我贵为天子,是不是金口玉牙?"

太史连忙回答说:"当然是金口玉牙。"

纣王说:"可我这满口的牙都是在继承王位之前长的,继承王位之后,只长了一颗立志牙(智齿,也称立世牙)。按照太史的说法,以前长的那些满口牙都应该是'庶牙',只有最后长的这颗立志牙才是'嫡牙'。"

太史听了,惊出了一身冷汗,连声说:"大王圣明,大王圣明!"从此之后,太史在纣王面前非但不敢再露骄色,而且总是屁颠屁颠的。

以前读这段《吕氏春秋》,总觉得太史的嫡庶之论天衣无缝,根本无法批驳,难怪当时无人能辩。读了《纣王登基》这本小书才茅塞顿开,原来这嫡庶之辩看似有理,实则荒唐,太史不过是为了自己的私利而已,并非是在维护宗法的尊严。而这位纣王可真是个佞才,一下子就把嫡庶之论推翻了。明代学者陈仁锡评云:"从古大恶,多具异才。"诚哉斯言!

金口玉牙与嫡庶之辩。

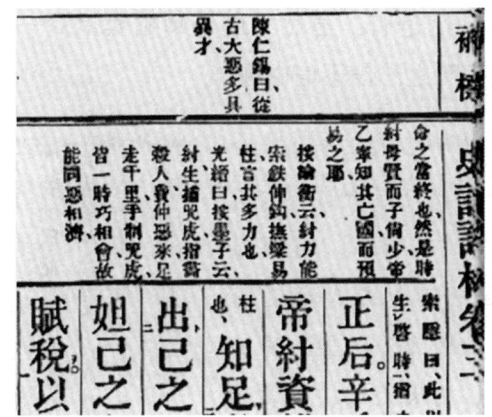

▲ 日本明治十六年（1883年）东京报告社刊本明凌稚隆辑校明李光缙增补日本有井范平补标《补标史记评林》卷之三《殷本纪第三》局部书影

难怪太史公说殷纣王："知足以距谏，言足以饰非。"（《史记·殷本纪第三》）这样的"大恶"做了天子，天下又怎么会不灭亡，人民又怎么会不遭殃？

笔者继续翻阅这本小书，希望它能够解决我心中更多的疑惑。可是这本小书却忽然自己飘了起来。嘿，怪哉！又不是在太空，这书怎么会失重？

抬头一看，原来是一位长者把书拿去了。

这人好面善：既有鸿儒之风，又有仙道之骨，大大的额头，饱满而圆润——啊？太史公？真的是您，笔者有问题向您请教：您在《殷本纪》中说纣王力能"抚梁易柱"，这背后必有一特殊的故事。否则，好好的梁柱，又"抚"它作甚，"易"它作甚？如果是正常修建房屋宫殿，自有奴隶去干，何劳纣王亲为？您不做任何说明，只用这四个字来打发读者，这恐怕不行吧？

太史公却笑而不答，飘然而去。

我大声呼唤："太史公！太史公——"

原来是个梦。笔者竟然在梦中读到了《纣王登基》，而且在梦中驳倒了太史的"嫡庶之辩"，岂非怪也欤？

太史公走了，其他史料中也没有留下任何关于纣王"抚梁易柱"的具体记载，这个问题就成了永久的悬念。

小说演义中倒是有,虽然不过是蜊蛄卖笊篱——瞎(虾)编的,但不妨姑妄听之,信不信由你:

> 纣王乃帝乙之三子也。帝乙生三子:长曰微子启,次曰微子衍,三曰寿王。因帝乙兴于御园,领众文武玩赏牡丹,因飞云阁塌了一梁,寿王托梁换柱,力大无比;因首相商容、上大夫梅柏、赵启等上本立东宫,乃立季子寿王为太子。后帝乙在位三十年而崩,托孤与太师闻仲,随立寿王为天子,名曰纣王,都朝歌。
> (明·许仲琳《封神演义》第一回《纣王女娲宫进香》)

▲ 明金阊书坊刊本明许仲琳《封神演义》第一回《纣王女娲宫进香》书影

三、嫡庶之辩 如何推翻

《吕氏春秋》在《当务》篇中援引嫡庶之辩这个故事,论述了"用法若此,不若无法""所贵法者,为其当务"的观点。

从"不若无法"这方面来看,作者有指责立法不够完善,甚至不合正道、不合情理的意思。作者认为,正是由于有了"嫡庶之法",才导致了太史的"用法"之失,才使得纣王继承了王位,才使得天下大乱,生灵涂炭,殷商灭亡。换言之,产生这些结果的重要原因,就是因为有了这个不合正道事理的"嫡庶之法"。如果没有这个"嫡庶之法",也就不会有这些恶果了。

其实,这样的论述未免偏颇。导致纣王继承王位的主要原因,并不是"嫡庶之法"本身。如果真的没有"嫡庶之法",那受德继承王位的可能性或许会更大。试想:兄弟三人凭文武之才竞争,从文的方面来说，"帝纣资辨捷疾，闻见甚敏"，"知足以距谏，言足以饰非"，两个哥哥哪里是他的对手？从武的方面来说，受德"手格猛兽""抚梁易柱"，更是两个哥哥力所不及。

正是因为有了"嫡庶之法"，才挡住了受德继承王位的路，才使得太史不得不想尽办法来寻找"嫡庶之法"的空子，利用"嫡庶"概念不清的漏洞"据法而争之"，这才使受德继承了王位。如果没有"嫡庶之法"的限制，又何须太史如此辛劳？

另外，还有一个重要的原因，那就是商王帝乙和比干、箕子等重臣，都缺乏与太史争辩的智慧。太史摆出了只有受德才是嫡子的论据，其他人都只能认可，无法否定。这是一场双方智慧的较量，斗争胜负的主要原因，绝不是因为有"嫡庶之法"，而是因为智慧的缺失。

嫡庶之辩是一场智慧的思辨，它直接决定了王朝的兴衰和人民的休咎。如果当时有一位智者，能够驳倒太史的嫡庶之论，那继承殷商王位的就是老大微子启，历史的走向也将为之改变。

周武王灭纣之后，微子启被封于宋国，成了宋国的首任国君。他逝世的时候，把君位传给了弟弟微仲衍，也就是孔子的第十四世祖。《论语》云：

> 微子去之，箕子为之奴，比干谏而死。……孔子曰："殷有三仁焉。"（《论语·微子篇第十八》第一章）

殷纣王的时候，微子离开纣王出走了，箕子被贬为奴隶，比干因为劝谏纣王而被杀。孔子说："殷商有三位仁人。"

这三位虽然称得上仁人，但却称不上智者，因为他们对太史的嫡

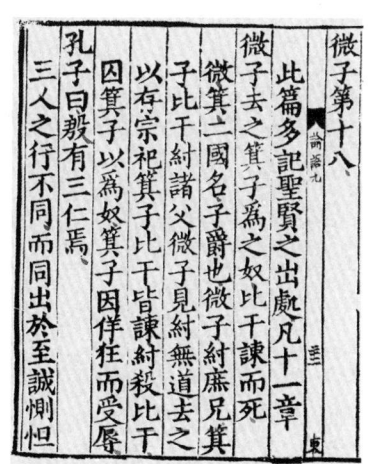

▲ 宋嘉定十年（1217年）当涂郡斋刻嘉熙四年（1240年）递修本宋朱熹《四书章句集注·论语·微子第十八》书影

庶之论，没有任何智慧的反驳。如果他们有思辨的智慧，反驳了太史的嫡庶之论，那这些悲剧就都可以避免了。

三千多年过去了，今天的我们，是否已经增益了思辨的智慧，能否有理有据地批驳太史当年的嫡庶之论？这对我们是一个严峻的挑战，请写出你的智慧思辨吧！如果这就是高考作文题，抑或是公务员考试题，你能交上一份令人满意的答卷吗？

受命俯首以粥糊口的上卿
——孔子七世祖正考父的恭俭智慧

孔子是轩辕黄帝的四十七代孙，也许有人会说这不算什么，今天的华人都可以称为炎黄子孙。《现代汉语词典》（第七版）"炎黄"条解释说：

> 指炎帝神农氏和黄帝轩辕氏，是我国古代传说中的两个帝王，借指中华民族的祖先：~子孙。

《汉语大词典》"炎黄"条解释说：

> 炎帝神农氏与黄帝轩辕氏的并称。为我国古代传说时代的两个帝王。……后世常称"炎黄"为中华民族的始祖。……又如：炎黄子孙。

▲ 日本庆安四年（1651年）刻本明高宗哲集《历代君臣图像》黄帝轩辕像

▲ 日本庆安四年（1651年）刻本明高宗哲集《历代君臣图像》炎帝神农像

孔子祖先世系表。

其实，这里的"炎黄子孙"只是泛称，是把炎帝神农和黄帝轩辕作为中华民族祖先的代表，并不是今天的所有华人都是"炎黄"的自然血缘后代。

但孔子却不同，轩辕黄帝是孔子的四十七世祖，是有血缘关系的。下面就是孔子的祖先世系：

> 四十七世祖黄帝轩辕氏……→三十世祖商王成汤（太乙）→二十九世祖太丁→二十八世祖太甲→二十七世祖太庚→二十六世祖太戊→二十五世祖河亶（dǎn）甲→二十四世祖祖乙→二十三世祖祖辛→二十二世祖祖丁→二十一世祖小乙→二十世祖武丁→十九世祖祖甲→十八世祖康丁→十七世祖武乙→十六世祖文丁→十五世祖商王帝乙→十四世祖宋微仲（微仲衍，殷纣王的二哥）→十三世祖宋公稽→十二世祖宋丁公（名申，谥号丁）→十一世祖宋愍公（宋前愍公）→十世祖弗父何（让位于弟鲋祀宋厉公，厉公封弗父何为宋国上卿）→九世祖宋父周→八世祖世子胜→七世祖正考父（辅佐三代宋君）→六世祖孔父嘉（名嘉，字孔父，穆公、殇公两朝大司马，被华父督所杀）→五世祖木金父（降为"士"）→高祖祁父（睾夷）→曾祖孔防叔（逃亡鲁国）→祖父伯夏→父叔梁纥（子姓，孔氏，名纥，字叔梁，曾任陬邑大夫，妻颜徵在，孔子之母）

这个世系表，是根据《左传》《礼记》《吕氏春秋》《孔子家语》《史记》等记载归纳整理出来的，未必完全准确，但大致可信。

据《礼记·檀弓上》记载，孔子逝世前，曾对子贡说自己是殷商的后代："丘也，殷人也。"商汤王建都于亳（bó，今河南偃师商城），到了商王盘庚的时候便迁都于殷（今河南安阳西北），所以商人也称为殷人，商朝又称殷或殷商。

商朝王位的传承，有时是父死子继，有时是兄终弟及，从成汤到帝辛（纣王），先后共传十七世，三十一位帝王。《史记·殷本纪》说："汤崩，太子太丁未立而卒，于是乃立太丁之弟外丙，是为帝外丙。"成汤的嫡长子太丁（殷墟甲骨卜辞作"大丁"）被立为太子，尚未继位就去世了，于是立太丁之弟外丙为商王。三年后外丙去世，外丙之弟中壬继位，四年后中壬去世，由太丁的嫡长子（成汤的嫡长孙）太甲继位。由于太丁没有正式继承王位，因此商朝的实际帝王只有三十位。但夏商周断代工程简本报告年表，将太丁作为商朝的第二位君主，《现代汉语词典》在附录的《我国历代纪元表》中便采纳了这种说法。

类似的孔子祖先世系表，前人也已编过，如明蔡复赏所辑《孔圣全书》中的《先师宗谱》。

这个《先师宗谱》，有多处错误。一是将沃丁和太庚误为父子，其实两人是兄弟。也就是说，沃丁并不是孔子的祖先。二是将"康丁"误作"庚丁"，"康丁"是孔子的十八世祖。三是出现了两个"太丁"，前一个"太丁"是孔子的二十九世祖，后一个"太丁"当作"文丁"，是孔子的十六世祖。

▲ 明万历十二年（1584年）金陵书坊叶贵刻本明蔡复赏辑《孔圣全书》首卷卷一《先师宗谱》书影

孔子的先祖，从三十世祖商王成汤（太乙），到十五世祖商王帝乙，一直都是帝王。

帝乙有三个儿子：长子微子启、次子微仲衍、三子受德，受德就是殷纣王。纣王继位之后，孔子的先世便由帝王之家降为公卿之家了。

一、孔子十世祖传位于弟

周武王灭纣之后，将微子启封为宋国（国都在今河南商丘）

的第一任国君。

微子启去世前,他的儿子早已经死了,只有孙子遁在世。微子启没有把君位传给孙子,而是按照殷商"兄终弟及"的惯例,将君位传给了弟弟微仲衍,就是孔子的十四世祖宋国第二任国君宋微仲。孔子的先世又从公卿之家变成了诸侯之家。

微仲衍传位给儿子宋公稽,就是孔子的第十三世祖。宋公稽传位给儿子子申,就是孔子的第十二世祖宋丁公,丁为谥号。宋丁公传位给儿子愍(mǐn)公,字共,因为宋国历史上有两位愍公,于是后人便称宋丁公的儿子为宋前愍公,称另一位为宋后愍公,就是宋庄公的儿子,名子捷,在位十一年(前691年—前682年)。

宋前愍公是孔子的第十一世祖。他有两个儿子,长子弗父(fǔ)何是孔子的十世祖,次子是鲋祀,又名鲂祀(方祀)。宋前湣公死时把君位传给了弟弟,这就是宋炀公,名子熙。

鲋祀对传位这件事很不满意,因为这时的"兄终弟及"已经逐渐被"父死子继"所取代。鲋祀认为父亲虽然说传位给叔叔,但这只是客气一下,当叔叔的应该推辞不受,那父亲自然就会把君位传给哥哥,凭什么叔叔当国君?于是就发动政变,杀了叔父宋炀公,让哥哥弗父何继承君位。但弗父何却把君位让给了弟弟鲋祀,这就是宋厉公。

二、孔子七世祖校订《商颂》

从十世祖弗父何开始,孔子的祖先又从诸侯之家降为公卿之家。

九世祖宋父周,八世祖世子胜,七世祖正考父,六世祖孔父嘉,都是公卿。正考父精通历史文献,据《国语》记载:

> 齐闾丘来盟,子服景伯戒宰人曰:"陷而入于恭。"闵马父笑,景伯问之,对曰:"笑吾子之大满也。昔正考父校商之名颂十二篇于周太师,以《那(nuó)》为首,

其辑之乱曰：'自古在昔，先民有作。温恭朝夕，执事有恪。'先圣王之传恭，犹不敢专，称曰'自古'，古曰'在昔'，昔曰'先民'。今吾子之戒吏人曰'陷而入于恭'，其满之甚也。周恭王能庇昭、穆之阙而为'恭'，楚恭王能知其过而为'恭'。今吾子之教官寮曰'陷而后恭'，道将何为？"（《国语》卷五《鲁语下·闵马父笑子服景伯》）

正考父校订《诗经·商颂》，为什么以《那》为篇？

▲ 宋刻宋元递修本《国语》卷五《鲁语下·闵马父笑子服景伯》书影

    齐国大夫间丘明来鲁国结盟，鲁国大夫子服景伯告诫负责接待的官吏说："你们在盟会时如果有失误，就表现得恭敬一些。"闵马父听到后笑了，景伯问他笑什么。闵马父回答说："我笑你太骄傲自满了。从前正考父在周的太师那儿校勘了《商颂》十二篇，首篇是《那》（'那'就是美好的样子）。这首诗的结尾处说：'自古在昔，先民们在祭祀的时候，每天早晚都温和而恭敬，执事者更是恭敬有加。'先圣王教人恭敬，还不敢说是创之于己，声称是'自古'，称古代为'在昔'，称古代的人为'先民'。如今你告诫下属的官吏说：'有失误就表现出恭敬。'真是太自满了。周恭王能遮掩他祖父昭王和父亲穆王的过失，所以才谥号为'恭'。楚恭王能知道自己的过失，所以也谥号为'恭'。现在你教属下官员说'有失误才恭敬'，那没有失误的恭敬又是怎样的呢？"

受命俯首以粥糊口的上卿——孔子七世祖正考父的恭俭智慧

037

这里透露出了一个很重要的信息，就是正考父曾经到周太师处校正商朝著名的颂诗十二篇，以《那》为第一篇。太师是乐官之长，《诗经·商颂》的十二首诗的词和曲都是由正考父和鲁国太师校订的。由此可见，正考父的文化艺术修养之高。

《史记》也有正考父"作《商颂》"的记载：

> 襄公之时，修行仁义，欲为盟主。其大夫正考父美之，故追道契、汤、高宗，殷所以兴，作《商颂》。（《史记》卷三十八《宋微子世家第八》）

▲ 宋乾道七年（1171年）蔡梦弼东塾刻本《史记》卷三十八《宋微子世家第八》书影

《后汉书·曹褒传》注引《韩诗·薛君章句》也说正考父"作《商颂》"：

> 正考甫，孔子之先也，作《商颂》十二篇。（唐·李贤注《后汉书》卷三十五《曹褒传》）

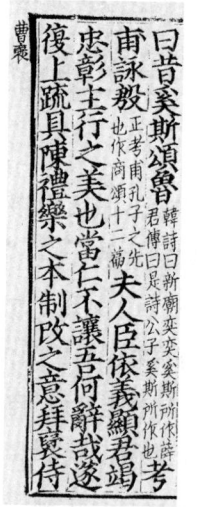

▲ 宋白鹭洲书院刻本唐李贤注《后汉书》卷三十五《曹褒传》书影

《国语》明明说"正考父校商之名颂十二篇于周太师"，而司马迁《史记》与《后汉书》注却说《商颂》十二篇均为正考父所作。如果真是这样，那正考父的文化艺术造诣就太深了。但后世学者大多认为，正考父和鲁国太师只是校订《商颂》，包括文字和乐曲，而非作《商颂》。《商颂》全部诗篇，所显示的都是盛世之德，毫无亡国之思，而且气势恢宏，应该是殷商兴盛时的作品，不像是正考父所作。

今本《诗经·商颂》只有五篇，散佚七篇。有学者认为是孔子"删诗"——整理《诗经》时删去了，恐非。因为《商颂》只有十二篇，数量并不多，又都是孔子祖先正考父校订的，依理揆之，作为后人的孔子不当大加删削。

▲ 唐开成石经本《毛诗诂训传》第廿《毛诗·商颂》书影

三、孔子七世祖辅政三代

正考父做上卿连续辅佐了三代国君，即族侄辈的宋戴公（前799年—前766年在位）、族孙辈的宋武公（前765年—前748年在位，宋戴公的儿子）和族曾孙辈的宋宣公（前747年—前729年在位，宋武公的儿子）。

正考父虽然宗族辈分高，但却谦恭简朴。他在家庙中的鼎上镌刻着这样一段铭文：

> 一命而偻（lǚ，曲背），再命而伛（yǔ，弯腰），三命而俯（弯下身躯）。循墙而走，亦莫余敢侮。饘（zhān）于是，鬻（同"粥"）于是，以糊余口。（《春秋左氏传·昭公七年》）

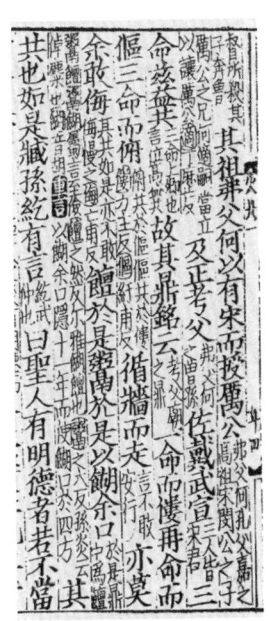

▲ 宋龙山书院刻本《纂图互注春秋经传集解》卷二十一《昭公七年》书影

正考父连续辅佐三代国君。

受命俯首以粥糊口的上卿——孔子七世祖正考父的恭俭智慧

正考父受命时弯腰俯首，十分谦恭，生活俭朴，以粥糊口。

铭文上说:"第一次被晋升任命时,我曲着背恭敬受命;第二次被晋升任命时,我弯着腰恭敬受命;第三次被晋升任命时,我弯着身躯恭敬受命。我走路时挨着墙根快走,礼让着别的行人,也没人敢侮辱慢待我。我就在这个鼎中做些面糊粥来糊口。"第一次被晋升任命时,正考父的辈分是国君的族叔,但他却曲着背恭敬受命。第二次被晋升任命时,正考父的辈分是族祖,但他却更为恭敬地弯着腰受命。第三次被晋升任命时,正考父的辈分是族曾祖,但他却更为恭敬地弯着身躯受命。因为正考父深深懂得,自己的辈分虽然越来越高,但血缘关系却是越来越远,要想获得国君的信任和其他公卿大夫的称赞,就必须鞠躬尽瘁,谦逊效忠。因此,同样都是恭敬地接受国君的任命,而在礼节上却是一次比一次更加谦恭。

至此,孔子的家世就从诸侯又成为公卿了。

是美人之祸，还是政治阴谋？
——孔子六世祖孔父嘉被杀的真正原因

由于孔子七世祖正考父辅弼三代国君，勤于政事，谦卑简朴，声望极高，所以宋宣公的弟弟宋穆公便任命正考父的儿子孔父嘉（孔子的六世祖）为掌管全国军事的大司马。

一、穆公立侄　为报兄恩

孔父嘉德才兼备，辅佐宋穆公抵御外国的侵犯，与各诸侯国相处和睦。文治武功，颇有政绩，因而深得穆公的信任。

宋穆公九年（鲁隐公三年，前720年），重病在身的宋穆公要把君位传给哥哥的儿子公子与夷，为此召见了大司马孔父嘉，请他辅佐公子与夷。但孔父嘉却回答说："群臣们都愿意事奉您的儿子公子冯（píng）。"

宋穆公说："不行，如果把君位传给冯，那我就对不起九泉之下的哥哥。"宋穆公的哥哥宋宣公名叫力，为宋国第十三任君主，是宋戴公之孙，宋武公之子。宋宣公十九年（鲁惠公四十年，前729年）的时候，病重的宣公把君位传给了弟弟和，就是宋穆公。

现在，宋穆公要报答哥哥的恩德，把君位传给哥哥的儿子公子与夷。为了表示自己的真心，断掉大臣们辅佐公子冯的念想，穆公将自己的两个儿子公子冯（就是后来的宋庄公）与左师勃（左师是官职，勃是名）都驱逐到郑国去。并对他们说："你们虽

然是我的儿子，但我活着的时候，你们不要来见我；我死了之后，你们也不要来哭我。"

与夷听到这个消息后，就对穆公说："先君之所以不把国家交给我，而把国家交给您，是认为您可以做好社稷宗庙的主人。现在，您将自己的两个儿子驱逐出国境，准备把国家交还给我与夷，这并不是先君的本意。何况，假如儿子可以驱逐，那么先君恐怕也就把我驱逐出去了。"

穆公说："先君不驱逐你的原因是可以理解的。我在国君这个位置上，仅仅是摄政（暂时代行君事，不得传位）而已。"

最终，穆公还是把君位传还给了与夷。

> 八月庚辰，穆公卒，兄宣公子与夷立，是为殇公。
> （《史记》卷三十八《宋微子世家第八》）

鲁隐公三年（前720年）八月十五日，做了九年国君的宋穆公去世。穆公哥哥的儿子公子与夷继位，这就是宋殇公。

宋穆公把君位传给侄子与夷。

二、殇公即位　连年战乱

从孔父嘉说的"群臣愿奉冯也"这句话中可以看出，公子冯对继承君位早有准备，并笼络了一批人，因此群臣才都愿意事奉他，而孔父嘉显然不在"愿奉冯"的"群臣"之列。宋穆公只把与夷托付给孔父嘉一个人，不仅没有托付给群臣，连太宰也没有托付。由此可见，与夷身边，除了孔父嘉之外，并没有什么可靠的人。

宋穆公虽然将两个儿子都驱逐到国外，表面上斩断了儿子对君位的觊觎，但实际上不仅没有消除隐患，而且还激化了矛盾。

因为公子冯早年曾在郑国做过人质，关系很熟络，这次逃亡到郑国，很快就把过去的关系都激活了。公子冯很会笼络人心，以致郑国准备把他护送回去做宋国的国君。这样一来，公子冯就成了宋殇公的心头之患。

郑国准备护送公子冯回宋国做国君。

鲁隐公四年（宋殇公元年，前 719 年）春季三月戊申（十六日），逃亡在外的卫桓公的庶弟州吁，联合逃亡在外的其他卫国人，袭击并杀害了卫桓公，自立为国君。

卫桓公的庶弟州吁弑君自立。

州吁做了国君之后，想要攻打郑国，因为在卫桓公十三年（前 722 年）的时候，郑国国君郑庄公的弟弟共叔段进攻郑庄公没有取胜，于是逃亡在外，州吁便与共叔段交上了朋友。现在，自己做了国君，应该为朋友报仇雪耻。倘若能打败郑庄公，由公叔段做国君，那郑国就成了自己的铁杆盟友了。即使不能如愿，教训一下郑庄公，在朋友跟前也很有面子，对树立自己讲义气的威望也是大有裨益的。

于是，州吁请求陈国、蔡国和他一起行动。两国答应之后，州吁又派人来拉拢宋国。

州吁拉拢宋国进攻郑国。

州吁的使者对宋殇公说："君王如果想进攻郑国，铲除公子冯这个祸患，那就以君王为主，敝邑出兵出物，并与陈、蔡两国一道作为属军。"这对宋殇公来说，真是天大的好消息。于是，宋殇公、陈桓公亲自领兵，蔡国、卫国的军队由大夫率领，联合进攻郑国。四国联军包围了郑国国都的东门，五天以后才撤兵回去，史称"东门之役"。

这次攻打郑国，宋殇公并没有达到目的，郑国并没有杀死公子冯。因此，秋季的时候，这几个诸侯国再次进攻郑国。为了足以震慑郑国，迫使郑国杀掉公子冯，宋殇公派人到鲁国请求出兵相援，隐公虽然推辞了，但鲁国大夫公子翚（字羽父）却在执意请求之后率兵前往。诸侯的军队打败了郑国的步兵，收割了郑国的一些庄稼便回来了，等于抢了一次粮食。

这年九月，州吁在陈国被杀，这位春秋史上第一位弑君篡位成功的公子，只做了半年的国君就玩完了。但宋国却与郑国结下了梁子，第二年（前 718 年），郑国讨伐宋国，以报"东门之役"。此后，诸侯多次来进犯宋国，使得宋国卷入了连年的战乱之中。

春秋史上第一位弑君篡位成功的公子州吁被杀。

是美人之祸，还是政治阴谋？——孔子六世祖孔父嘉被杀的真正原因

太宰华父督迷恋孔子六世祖孔父嘉的妻子。

三、太宰弑君　孔父被杀

宋殇公九年（鲁桓公元年，前711年）周历冬季的一天（周历以夏历十一月为正月），宋国首都发生了一件偶然的事，而这件偶然的事却给孔父嘉带来了血光之灾。

九年，大司马孔父嘉妻好，出，道遇太宰华（huà）督，督说，目而观之。督利（贪恋）孔父妻，乃使人宣言国中曰：殇公即位十年耳，而十一战，民苦不堪，皆孔父为之，我且杀孔父以宁民。

是岁，鲁弑其君。隐公十年，华督攻杀孔父，取（同"娶"）其妻。殇公怒，遂弑殇公，而迎穆公子冯于郑而立之，是为庄公。（《史记·宋微子世家第八》）

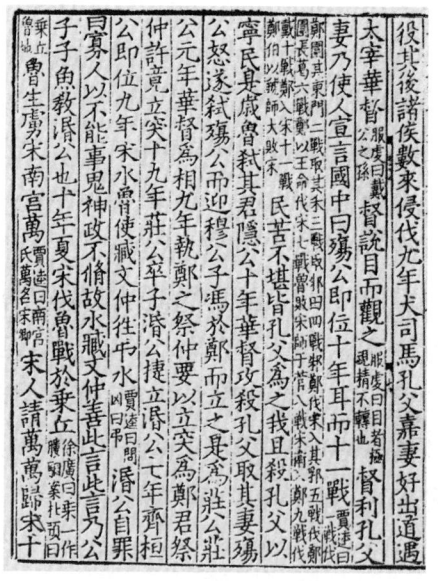

▲ 宋乾道七年（1171年）蔡梦弼东塾刻本《史记》卷三十八《宋微子世家第八》书影

这天，大司马孔父嘉的美貌夫人外出，路上遇到了太宰（百官之首）华父督。华父督目不转睛地盯着她瞅了好半天。《左传》是这样记载的：

宋华父督见孔父之妻于路，目逆而送之，曰："美而艳。"（《左传·桓公元年》）

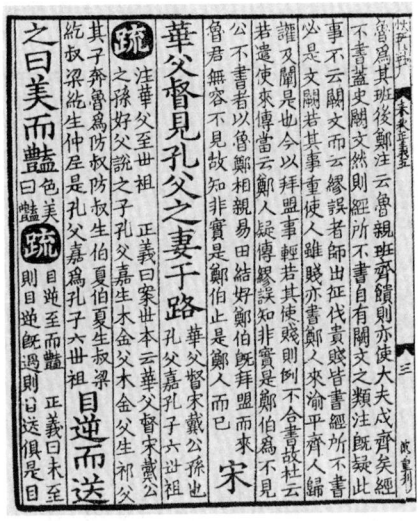

▲ 宋庆元六年（1200年）绍兴府刻宋元递修本唐孔颖达《春秋左传正义》卷第五《桓公元年》书影

华父督在路上看见了孔父嘉的妻子，"目逆而送之"。"逆"，就是迎的意思。当孔父嘉的妻子从对面走过来的时候，华父督先是以目迎之，迎面盯盯地瞅着她。当孔父嘉的妻子走过去的时候，华父督则以目送之，又盯盯地瞅着她的背影，直到那背影消失在迷茫的远方，再也望不到了。华父督这才感慨地说："真是太漂亮了！又华美又艳丽。"

华父督，名督，字华父，古人常常字名连称。据唐孔颖达《春秋左传正义》疏引《世本》云："华父督，宋戴公之孙，好父说（yuè）之子。"华父督是宋戴公的孙子，好父说的儿子。"督利孔父妻"，华父督贪恋孔父嘉妻子的美色，想要霸占孔父嘉的妻子。

对于这件事，清代著名辨伪学者崔述（东壁）质疑云：

左氏"目逆"之说，二传无之。余按：古者妇人车必有帷，士庶人之家出犹必拥蔽其面，况卿之内子乎？督安得见之而目逆之也哉？齐庆克诈为妇人，蒙衣乘辇

而入于闳……是古者妇人之出，人不能见，明甚，督安得见之而目逆之也哉？此诬古人之大者，且不近情理之尤者，余不敢信。(《洙泗考信录》卷一《原始》)

▲ 清道光四年（1824年）东阳县署刻清崔述《崔东壁先生遗书》本《洙泗考信录》卷一《原始》书影

对于《左传》华父督路见孔父之妻"目逆而送之"的说法，《公羊传》和《穀梁传》都没有说这件事。崔述认为，"古者妇人车必有帷"，这是对的，但说古代的妇人出门则"必拥蔽其面"却不然。"拥蔽"，同"壅蔽"，就是遮蔽，遮掩。如果古代的妇女都"拥蔽其面"，那《诗经》中的很多诗句都无法解释：

> 蒹葭苍苍，白露为霜。所谓伊人，在水一方。(《诗经·秦风·蒹葭》)
>
> 南有乔木，不可休思。汉有游女，不可求思。(《诗经·周南·汉广》)

难道这"伊人"和"游女"也都是"拥蔽其面"的吗？

> 手如柔荑，肤如凝脂，领如蝤蛴，齿如瓠犀，螓首蛾眉，巧笑倩兮，美目盼兮。(《诗经·卫风·硕人》)

这是《诗经·卫风·硕人》的第二章，描写的是齐庄公的女儿出嫁卫庄公时的高贵美丽形象。如果庄姜也是"拥蔽其面",那如何还能看到庄姜的"领如蝤蛴,齿如瓠犀,螓首蛾眉,巧笑倩兮,美目盼兮"?

至于说"齐庆克诈为妇人,蒙衣乘辇而入于闳",那是庆克为了掩人耳目,"蒙衣乘辇",入宫与声孟子私通,不能作为女人外出"必拥蔽其面"的通例。

华父督路见孔父妻之后,色欲熏心,便想用政治手段除掉孔父嘉,进而霸占孔父嘉的妻子。

▲ 唐开成石经《毛诗诂训传·卫淇澳诂训传第五·硕人》书影

华父督制造舆论,以便除掉孔父嘉,霸占他的妻子。

于是制造舆论,派人在国中到处散布谣言说:殇公即位不过十年而已,竟然有十一次战争,百姓苦不堪言,这都是孔父嘉的罪过,我要杀死孔父嘉以安定人民。

对于《史记》中的这段记载,清代著名学者梁玉绳认为有两处错误:

▲ 清乾隆刻本清梁玉绳《史记志疑》卷二十《宋微子世家第八》书影

乃使人宣言国中曰:殇公即位十年耳,而十一战。

案:"殇"字误,当省。《史诠》曰:"当作'今君'。"又口称十年,而叙于九年,亦非。(《史记志疑》卷二十《宋微子世家第八》)

梁玉绳的《史记志疑》在《史记》的考证上成绩最大,清代史学家、汉学家钱大昕称赞梁玉绳为"龙门功臣"。这里的"龙门"指代司马迁,因为司马迁出生于龙门。

该书对《史记》质疑颇多,校订了《史记》中的不少错误,并对三家旧注的缺略做了不少补充。

梁玉绳认为"殇公即位十年耳"中的"'殇'字误,当省",但却语焉不详,没有说为什么误,为什么"当省"。其实,这个问题,明代学者董份早已提出过。

> 董份曰:"殇"字当是死而谥者,今臣不宜称,恐误。即《张敖传》称"高祖"也。(《史记评林》卷之三十八《宋微子世家第八》引)

董份认为:"殇"字应当是宋殇公与夷死了之后的谥号,宋殇公在世的时候是不能称"殇公"的,这里恐怕有错误。

"殇公"的确是谥号,太宰华父督"使人宣言国中",这些人是根本不可能称"殇公"如何如何的,因为当时还没有"殇公"这个称号。

董份为明嘉靖二十年(1541年)进士,翰林学士,曾任礼部尚书,比梁玉绳早两百三十五年。凌稚隆辑校的《史记评林》,现在流传的本子是明代万历年间(1573年—1620年)刊行的,梁玉绳应该见到过。也许梁玉绳认为《史记评林》流传很广,董份的说法业内皆知,因此就不再重复董份的论据,而是直接下了结论:"'殇'字误,当省。"

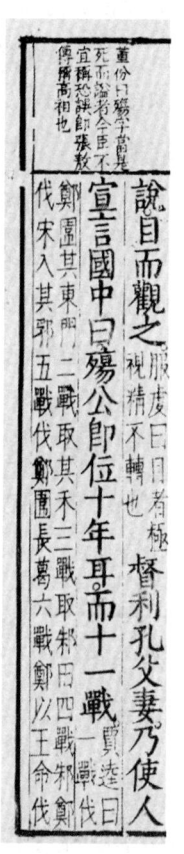

▲ 明万历吴兴凌稚隆辑校刊本《史记评林》卷之三十八《宋微子世家第八》书影

其实,"殇"字不误,更不当省。因为华父督使人到处宣扬的这些话,即"殇公即位十年耳,而十一战"云云,只是司马迁的叙述,而不是直接引用的原话。华父督让很多人到处宣扬,这些人不可能都说完全相同的话,只能说意思大致相同的话。既然是司马迁的叙述,那司马迁自然可以称"殇公",而且这样称呼也更利于读者的阅读理解。因此,

"殇"字不误，也不当省。

值得注意的是，后人记述别人说的话与引用原话不同，不可一律加引号。"乃使人宣言国中曰"后面的话就不能加引号，如果加了引号，那就成了引用原话，而当时那些"宣言国中"的人，是不可能称"殇公"的。但几乎所有的标点译注本《史记》，这里都加了引号，包括中华书局出版的"标点本二十四史修订本"《史记》（2013年9月第1版第1949页）。

董份还说，太宰督称"殇公"，就像《张敖传》中张敖称在世的刘邦为"高祖"一样，都是错误的。

《史记》中并没有单独的《张敖传》，《张敖传》的内容是附在《史记·张耳陈馀列传》张耳之后的。原文是这样的：

> 汉七年，高祖从平城过赵，赵王朝夕袒韝（gōu）蔽，自上食，礼甚卑，有子婿礼。高祖箕踞詈（lì），甚慢易之。赵相贯高、赵午等年六十余，故张耳客也。生平为气，乃怒曰："吾王孱王也！"说王曰："夫天下豪桀（同'杰'）并起，能者先立。今王事高祖甚恭，而高祖无礼，请为王杀之！"张敖啮其指出血，曰："君何言之误！且先人亡国，赖高祖得复国，德流子孙，秋豪皆高祖力也。愿君无复出口。"
> （《史记·张耳陈馀列传》）

汉七年（前200年），匈奴进攻韩王信的都城马邑（今山西朔州朔城区），韩王信遣使请和，刘邦却怀疑韩王信谋反，派人责问韩王信。韩王信恐惧，便以马邑投降匈奴，并引匈奴进攻太

后人叙述与引用不同，不可一律加引号。

高祖乃庙号，刘邦生前不可称高祖。

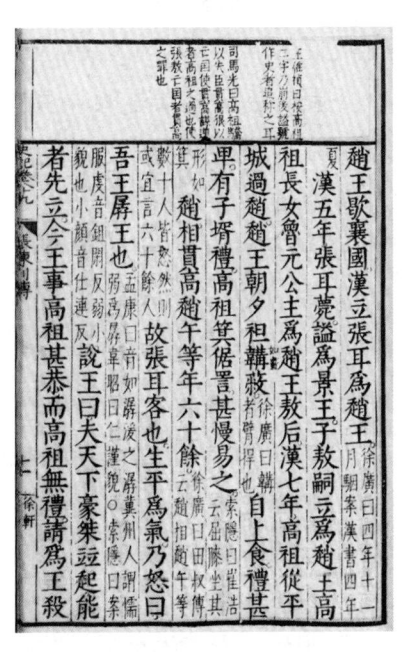

▲ 明万历吴兴凌稚隆辑校刊本《史记评林》卷八十九《张耳陈馀列传第二十九》书影（一）

原。刘邦统兵前去征讨，结果被匈奴包围在平城（今山西大同东北），一连七天没吃上饭。后来，刘邦采纳了陈平的计谋，派人到单于的妻子那里进行活动，这才得以解除包围，逃了回来。

回来途中经过赵国，赵王的妻子是刘邦的女儿鲁元公主。赵王便脱去外衣，戴上皮袖套，从早到晚亲自侍奉饮食，态度很谦卑，很有女婿的礼节。但高祖却叉开双腿像个簸箕似的席地而坐，口中骂骂咧咧，非常傲慢。因为刘邦是来平定叛乱的，结果反被匈奴包围了七天，又气又恼又没面子，满肚子气都撒在张敖身上了。赵国国相贯高和赵午等人都已六十多岁了，原是老王爷张耳的宾客。他们性格豪爽，易于冲动，就愤怒地说："我们的国王太懦弱了！当初天下豪杰并起，有才能的先立为王。如今您侍奉高祖这么恭敬，而高祖对您却粗暴无礼，请让我们杀掉他！"张敖听了，便把手指咬出血来，说："你们这是什么话！当初先父亡了国，全仗着高祖才得以复国，恩德泽及子孙，我们这里的一丝一毫都是高祖给的，希望你们不要再说这样的话。"

▲ 明万历吴兴凌稚隆辑校刊本《史记评林》卷八十九《张耳陈馀列传第二十九》书影（二）

董份评道："'高祖'字皆误。"董份认为，"今王事高祖甚恭，而高祖无礼……赖高祖得复国，德流子孙，秋豪皆高祖力也"，这四处"高祖"都是错误的。南朝宋裴骃《史记集解》引张晏曰："礼《谥法》无'高'，以为功最高而为汉帝之太祖，故特起名焉。"明代学者王维桢说："'高祖'二字乃崩后谥号，作史者追称之耳。"认为"高祖"二字是刘邦驾崩之后取的谥号，因此，"高祖"在世的时候，赵王和赵相是不可能称刘邦的谥号"高祖"的。

其实，"高祖"并非刘邦的谥号。据《汉书·高帝纪》记载，刘邦去世下葬之后，"皇太子群臣皆反至太上皇庙。群臣曰：'帝起细微，拨乱世反之正，平定天下，为汉太祖，功最高。'上尊号曰高皇帝。"唐颜师古注曰："尊号，谥也。"由此可知，刘邦的谥号是"高皇帝"，而非"高祖"。

《大辞海》语词分册"高祖"条第三个义项为："开国帝王的庙号。如汉高祖；唐高祖。"（上海辞书出版社2011年12月第1版第1077页）《中国历代帝王年号手册》："刘邦……庙号高祖，谥号高皇帝。"（陈光主编《中国历代帝王年号手册》，北京燕山出版社2000年1月第1版第6页）

元代著名散曲、杂剧作家睢景臣，在《哨遍·高祖还乡》的末尾反问刘三（刘邦排行第三）："白什么改了姓、更了名，唤做汉高祖！"《中国古代文学作品选》第五卷注释说："汉高祖是刘邦死后所封庙号，这里是戏谑之词。"（郁贤皓主编，高等教育出版社2003年7月第1版第87页）《中国文学作品选注》第三卷注释说："高祖，刘邦死后的庙号。"（袁行霈主编，中华书局2007年6月第1版第451页）

无论"高祖"是刘邦的谥号还是庙号，都是死后的追称，刘邦生前是不可能称"高祖"的。

所谓"追称"就是后来的称号称呼。"追称"虽然在史书中常用，但并不是可以随便用的，"追称"仅限于后人的叙述议论等，而不能用在古人的对话中。譬如上面说过的《宋微子世家》中，华父督"乃使人宣言国中曰：殇公即位十年耳，而十一战"云云，称"殇公"是追称，这是可以的，因为是太史公司马迁的转述，而不是直接援引古人说的话。如果是直接引用古人说的话，那就不能用"追称"，因为古人说的话，既要符合说话人的身份情态，又要符合历史背景。譬如《鸿门宴》：

项庄拔剑起舞，项伯亦拔剑起舞，常以身翼蔽沛公，

庄不得击。于是张良至军门,见樊哙。樊哙曰:"今日之事何如?"良曰:"甚急。今者项庄拔剑舞,其意常在沛公也。"(《史记·项羽本纪》)

▲ 宋淳熙三年(1176年)张杅桐川郡斋刻八年耿秉重修本《史记》卷七《项羽本纪第七》书影

如果把张良的话改为:"今者项庄拔剑舞,其意常在高祖也。"这就是误用称呼,而不能用"追称"来回护。

也许正是因为这个缘故,班固在《汉书》中就把《史记》中张敖与贯高等人对话中的"高祖"改成了"皇帝":

高祖箕踞骂詈,甚慢之。赵相贯高、赵午年六十余,故耳客也,怒曰:"吾王孱王也!"说敖曰:"天下豪桀并起,能者先立,今王事皇帝甚恭,皇帝遇王无礼,请为王杀之。"敖啮其指出血,曰:"君何言之误!且先王

《汉书》为什么要把《史记》对话中的"高祖"改成"皇帝"?

亡国，赖皇帝得复国，德流子孙，秋豪皆帝力也。愿君无复出口。"（《汉书》卷三十二《张耳陈馀传第二》）

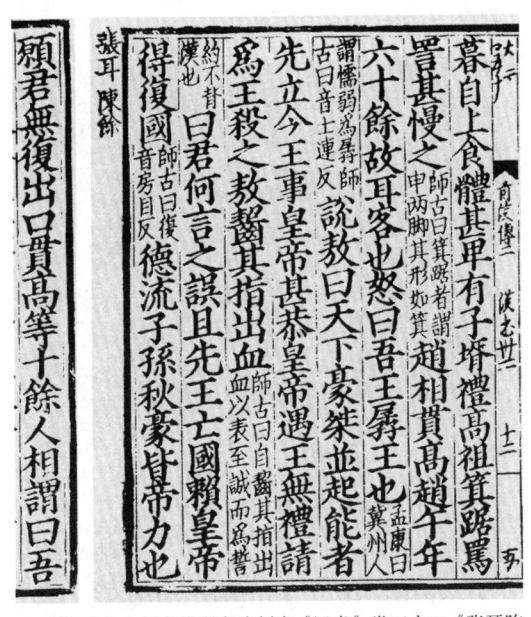

▲ 宋嘉定十七年白鹭洲书院刻本《汉书》卷三十二《张耳陈馀传第二》书影

那么，司马迁是不是真的弄错了呢？恐怕还不能轻率下结论。因为"高祖"既不是刘邦谥号，也不是刘邦的庙号，它很可能是刘邦做了皇帝之后所取的尊号。

当年秦统一天下之后，秦王嬴政就曾经让群臣商议帝号。

> 秦初并天下，令丞相、御史曰："……寡人以眇眇之身，兴兵诛暴乱，赖宗庙之灵，六王咸伏其辜，天下大定。今名号不更，无以称成功，传后世。其议帝号。"丞相绾、御史大夫劫、廷尉斯等皆曰："昔者五帝地方千里，其外侯服夷服，诸侯或朝或否，天子不能制。今陛下兴义兵，诛残贼，平定天下，海内为郡县，法令由一统，自上古以来未尝有，五帝所不及。臣等谨与博士议曰：'古有天皇，有地皇，有泰皇，泰皇最贵。'臣等昧死上尊号，王为'泰皇'。命为'制'，令为'诏'，天子自称曰

'朕'。"王曰:"去'泰'著'皇',采上古'帝'位号,号曰'皇帝'。"……制曰:"……朕为始皇帝。后世以计数,二世三世至于万世,传之无穷。"(《史记·秦始皇本纪》)

▲ 宋淳熙三年(1176年)张杅桐川郡斋刻八年耿秉重修本《史记·秦始皇本纪第六》书影

秦始皇对丞相、御史下命令说:"凭我这么一个渺小的人物,却能够兴兵诛平暴乱,靠的是列祖列宗的威灵,六国国王都已经服罪,受到了应有的惩罚,天下已经大体安定了。现在如果不更改名号,就无法与我的功业相称,无法流传后世。请你们商议一下,我这个帝王应该用什么名号。"丞相王绾、御史大夫冯劫和廷尉李斯等人一同上书说:"从前五帝统辖的'王畿',土地不过纵横千里。之外是侯服、夷服等地区,诸侯有的朝见,有的不朝见,天子并不能控制。如今陛下兴正义之师,讨伐四方残贼,平定天下,在全国设置郡县,一切法令归于一统,这是从古到今不曾有过的,就连五帝也无法企及。我们跟博士们商议,一致认为:'古代有天皇、有地皇、有泰皇,泰皇最为尊贵。'因此,我们斗胆建议,请陛下称为'泰皇'。陛下的教导称为'制',陛下的命令称为'诏',陛下自称为'朕'。"秦王说:"去掉'泰'字,保留

'皇'字，采用上古'帝'的位号，称为'皇帝'。"秦王在奏书上批示说："我就是始皇帝，后代就从我这开始，称二世、三世直到万世，永远相传，没有穷尽。"

既然秦始皇有尊号，那推翻了秦始皇夺得天下的刘邦焉能没有尊号？而这个尊号很可能就是"高祖"，这也是有出处的。

《尚书·盘庚下》曰："肆上帝将复我高祖之德，乱（治，治理）越我家。"意思是说，现在上帝要复兴我们高祖的美德，治理好我们的国家。这里的"高祖"，指的是成汤。

《尚书·康王之诰》曰："今王敬之哉！张皇六师，无坏我高祖寡命（大命）！"现在王要敬慎啊！要加强王朝的六军，不要败坏了我们高祖的大命。这里的"高祖"，指的是周文王、周武王。

刘邦尊号"高祖"，就是要比况商汤王和周文王、周武王，这是合乎情理的。《史记》的《秦始皇本纪》和《高祖本纪》，应该都是以尊号为题，都是以尊号开篇。

如果真是这样，那《史记》中的赵王和赵相称"高祖"，不仅不误，而且反映了赵王对刘邦发自内心的感激和敬重。班固在《汉书》中将这几处"高祖"改称"皇帝"，就不能表达这种情态了。这样看来，司马迁的笔意远胜班固。

据《史记·高祖本纪》记载，汉十二年（前195年）十月，刘邦在平定英布反叛后的归途中经过家乡沛县，逗留数日，在沛宫置备酒席，把老朋友和父老子弟都请来一起纵情畅饮。还挑选沛中儿童一百二十人，教他们唱《大风歌》。

这时的刘邦，应该早已有了"高祖"的尊号。因此，睢景臣《高祖还乡》中，乡民纳闷儿刘邦为什么改姓更名"唤作汉高祖"，并不失实。

《高等学校文科教材·中国古代文学作品选·三》注释说："汉高祖：高祖系刘邦死后的庙号，'还乡'时不可能有此称谓，但在戏曲小说等俗文学中，往往不予深究。"（郭预衡主编，上海古籍出版社2004年7月第1版第367页）《元曲鉴赏辞典》解释说："'高祖'为庙号，为刘邦死后所加，由于元曲受众主要为不识字的

向历史借智慧

殇公在位九年为什么却说即位十年？

大众，所以作者不做这样的考究。"（赵义山主编，周啸天鉴赏，商务印书馆国际有限公司2012年1月第1版第413页）如果"高祖"是刘邦生前已有的尊号，那这些"宽恕"性的注释就是蛇足了。

清梁玉绳指出《史记》的另一处错误是：

> 又口称十年，而叙于九年，亦非。（《史记志疑》卷二十《宋微子世家第八》）

孔父嘉"使人宣言国中"是在宋殇公九年，但文中说"殇公即位十年"，时间上差了一年，所以梁玉绳说这也是错的。

其实不然，因为宋殇公九年，是从元年开始计算的，而殇公继位，是在元年的前一年，继位当年没有改元。这样毛算，就是十年。而且，原文说"殇公即位十年耳"，句末的"耳"是而已的意思，表示限止语气，对句意起冲淡作用，意思是殇公即位不过十年而已。因此，在"九年"而"口称十年"，并没有什么问题。

宋殇公即位不过十年，就进行了十一场战争。对这十一场战争，唐司马贞在《史记集解》中有具体的注释：

> 贾逵曰："一战，伐郑，围其东门；二战，取其禾；三战，取邾田；四战，邾郑伐宋，入其郛；五战，伐郑，围长葛；六战，郑以王命伐宋；七战，鲁败宋师于菅；八战，宋、卫入郑；九战，伐戴；十战，郑入宋；十一战，郑伯以虢师大败宋。"（《史记》卷三十八《宋微子世家第八》唐司马贞《集解》）

宋殇公为君十年的十一次战争。

▲ 宋乾道七年（1171年）蔡梦弼东塾刻本《史记》卷三十八《宋微子世家第八》书影

大司马孔父嘉是国家的最高军事长官，又深得宋殇公的信任，华父督这个太宰，竟然敢公开扬言要杀孔父嘉，从中可见当时的一些情形：一是华父督背后一定有雄厚的实力，所谓有恃无恐。否则，他怎么敢如此肆无忌惮？二是连年的战争，百姓肯定是叫苦连天，怨声载道，因此华父督才以为民除害者自居，在这上面做文章。三是宋殇公并没有控制住形势，甚至大臣们也与他离心离德，殇公已经被架空。

殇公虽然"即位十年"，但似乎并没有什么巩固自己政权的有力措施，更没有清洗异己，在重要的岗位上安排自己的人。大司马孔父嘉还是大司马，也没有升职特别重用；太宰华父督还是太宰，既没有贬职，也没有什么明升暗降的削权。甚至，在太宰华父督四处扬言要杀孔父嘉时，宋殇公也没有什么反制的措施和应对手段。孔父嘉作为大司马，对华父督的扬言也好像充耳不闻，不仅没有先下手为强，甚至连最起码的防范和反击的准备都没有，这实在是太过麻痹大意了。

鲁桓公二年（宋殇公十年，前710年）周历的春天，华父督率兵攻入孔父嘉的府第，杀了孔父嘉并霸占了他的妻子。宋殇公闻之大怒，华父督就来了个一不做，二不休，又杀了宋殇公。其实，华父督的真正目的，就是要杀宋殇公而立公子冯为国君，杀孔父嘉只是为弑君扫清障碍而已。

华父督杀了宋殇公之后，便从郑国迎回穆公的儿子公子冯，立他为国君，这就是宋庄公。是年改元宋庄公元年（前710年），华父督为宰相。

华父督杀了孔父嘉和宋殇公之后，把孔父嘉的儿子，也就是孔子的五世祖木金父降为"士"。

按照周代的官制："王臣公、公臣大夫、大夫臣士。"大夫以上是高级官员，由贵族担任，可以世袭。"士"则是从贵族之外的平民中选任，不世袭。这时孔子的祖先，便由公卿之家降为士族之家了。

鲁庄公二年（宋庄公十八年，前692年。《史记·宋微子世

是美人之祸，还是政治阴谋？——孔子六世祖孔父嘉被杀的真正原因

华父督杀孔父嘉的真正目的是什么？

孔子的五世祖木金父被降为"士"。

向历史借**智慧**

华父督杀孔父嘉二十九年后被南宫长万所杀。

家》误作"十九年"),宋庄公去世,儿子宋闵(《史记·宋微子世家》作"湣",同"闵")公捷(《公羊传》作"接")继位。

鲁庄公十三年(宋闵公十一年,前681年)秋天,宋国将领南宫万(即南宫长万)杀了宋闵公和华父督,改立公子游为国君。公子游就是前面提到的宋庄公之弟左师勃的儿子。这年冬天,新立的国君公子游被杀,宋闵公的弟弟御说被立为国君,这就是宋桓公。南宫万逃亡到陈国,陈国将南宫万送回,宋国对南宫万施以醢(hǎi)刑,就是把他剁成了肉酱。但这已经是孔父嘉被杀二十九年之后的事了。

孔子的父亲叔梁纥

——孔子祖先逃亡鲁国的前前后后

孔子的六世祖孔父嘉，是宋国掌管军事的大司马，在一场政治斗争中被太宰华父督所杀。华父督杀了孔父嘉之后，又杀了宋殇公，于是从郑国迎回公子冯立为国君，这就是宋庄公。宋庄公即位后，便任命华父督为宰相。这样一来，华父督对孔父嘉后人的迫害就越来越严重。孔父嘉的后人，实在无法忍受华父督的迫害，便逃亡到了鲁国。

一、孔子的祖先何时逃亡鲁国？

据《史记·孔子世家》记载，孔子祖先由宋国逃往鲁国，是在孔子的曾祖父孔防叔时："孔子生鲁昌平乡陬邑。其先宋人也，曰孔防叔。"

《世本》比《孔子世家》的记载更为详细：

> 宋湣公生弗甫何，弗甫何生宋父，宋父生正考甫，正考甫生孔父嘉，为宋司马，华督杀之，而绝其世。其子木金父降为士。木金父生祁父，祁父生防叔，为华氏所逼，奔鲁，为防大夫，故曰防叔。防叔生伯夏，伯夏生叔梁纥，叔梁纥生仲尼。（《毛诗注疏》卷三十《商颂·那·序》唐孔颖达疏引《世本》）

《孔子家语》也说是在孔子的曾祖父孔防叔的时候"奔鲁"的：

弗父何生宋（宋蜀本作"送"）父周，周生世子胜，胜生正考甫，考甫生孔父嘉。五世亲尽，别为公族，故后以孔为氏焉。一曰孔父者，生时所赐号也，是以子孙遂以氏族。孔父生子木金父，金父生睪夷，睪夷生防叔，避华氏之祸而奔鲁。防叔生伯夏，伯夏生叔梁纥。（《孔子家语·本姓解第三十九》）

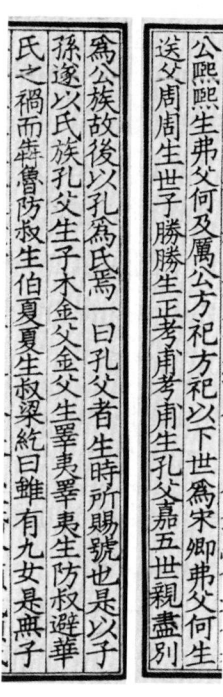

▲ 清武英殿十三经注疏本汉郑玄笺唐孔颖达疏《毛诗注疏》卷三十《商颂·那·序》疏引《世本》书影

▲ 宋蜀本《孔子家语·本姓解第三十九》书影

古代实行嫡长子继承制和五服制，一个氏传到五世之后，血缘关系逐渐疏远，就分离出去，别为一族，另立氏号。从宋襄公之子弗父何传到孔父嘉五代以后，已经出五服了，就分出了以孔为氏的一支。另一种说法是孔父这个名号，是出生时君王所赐的号，所以子孙后世就以此为氏。孔父嘉的儿子是木金父，木金父的儿子是睪夷（祁父），睪夷的儿子是孔防叔。孔防叔为了躲避华氏家族的迫害便逃亡到了鲁国，孔防叔是孔子的曾祖。

东汉服虔则认为，孔子祖先"奔鲁"是在五世祖木金父的时候：

> 孔子六代祖孔父嘉为宋华督所杀，其子奔鲁也。（南朝宋·范晔《后汉书》卷七十《孔融传》东汉服虔注）

▲ 宋白鹭洲书院刻本南朝宋范晔《后汉书》卷七十《孔融传》东汉服虔注书影

读者可能会有疑问：东汉的服虔怎么会给南朝宋范晔编撰的《后汉书》作注呢？作注只能是后人给前人的书作注，前人不可能给后人的书作注。

其实，在范晔之前，已经有好几种记载东汉历史的史书行世了，譬如东汉明帝时着手修撰、灵帝熹平(172年—178年)年间成书的《东观汉记》，就与《史记》《汉书》合称"三史"，流传很广。另外，还有三国吴谢承的《后汉书》、薛莹的《后汉记》，晋司马彪的《续汉书》、华峤的《汉后书》、谢沈的《后汉书》、张莹的《后汉南记》、张璠的《后汉记》、袁宏的《后汉纪》、袁山松的《后汉书》等，这些书大都取材于《东观汉记》。范晔的《后汉书》

在史料方面主要依据《东观汉记》和华峤残存的三十多卷《汉后书》,对其他诸家史书也博采众长,因而后来居上,以至于除袁宏《后汉纪》外,诸家《后汉书》相继亡佚。唐章怀太子李贤注《后汉书》时,把范晔《后汉书》以前记载东汉历史的史书注释也收录进来。这样一来,南朝宋范晔编撰的《后汉书》中,就有了东汉服虔的注。其实,服虔所注的《汉书》只能是《东观汉记》。

服虔在《后汉书》注中说,孔子祖先"奔鲁"是在五世祖木金父的时候。也就是在孔父嘉被华督所杀之后,他的儿子木金父就逃亡到鲁国了。

服虔是东汉经学家,《后汉书·服虔传》说:

> 服虔,字子慎,初名重,又名祇,后改为虔,河南荥阳人也。少以清苦建志,入太学受业。有雅才,善著文论,作《春秋左氏传解》,行之至今。又以《左传》驳何休之所驳汉事六十条。举孝廉,稍迁,中平(184年—189年)末,拜九江太守。免,遭乱行客,病卒。所著赋、碑、诔、书记、连珠、九愤,凡十余篇。

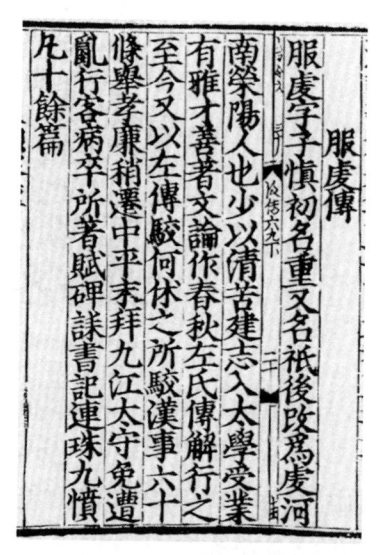

▲ 宋白鹭洲书院刻本南朝宋范晔《后汉书》卷七十九下《儒林列传第六十九下·服虔传》书影

服虔的生卒年虽然不详,但其活动时间与郑玄略等,其卒年应该在汉献帝之时。如果服虔真的认为孔子祖先"奔鲁",是在五世祖木金父的时候,而不是像《世本》和《史记》说的那样,到了孔子的曾祖孔防叔时才"奔鲁",这就是推翻前人的旧说,确立自己的新说,那他就必须拿出证据才行。否则,就无法服人。现在看服虔的注,只是简短的一条信息:"孔子六代祖孔父嘉为宋华督所杀,其子奔鲁也。"而没有推翻前人旧说、确立自己新说的任何证据,甚至连直接否定前人成说的只言片语都没有,譬如"《世本》误",或"《家语》误",或"《史记》误"。由此可知,服虔未必认为《世本》《家语》和《史记》的说法是错误的,也就是说,他不是在推翻前人的旧说,确立自己的新说,他的说法很可能只是记忆的偶误。

服虔虽然没有提出论据,但他的观点却有一定的影响,后世不少人都相信他的说法。

如晋代杜预在所注《左传》中,就引用了服虔的说法:

> 孔子六代祖孔父嘉,为宋督所杀,其子奔鲁。(《春秋经传集解·昭公七年》)

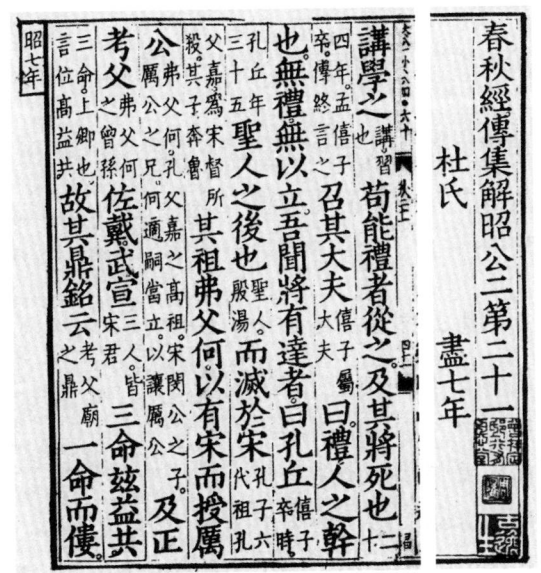

▲ 元相台岳氏荆溪家塾刻本晋杜预《春秋经传集解·昭公二第二十一·昭公七年》书影

可是,杜预只是引用服虔的说法,并未提出任何证据。因此,唐孔颖达在《春秋左传正义》中,仍然援引《孔子家语·本姓解》的说法,认为"防叔辟华氏之逼而奔鲁",而非木金父时"奔鲁"。

东汉服虔关于木金父奔鲁的说法是否记忆偶误?

晋杜预采用服虔说,认为孔父嘉之子木金父"奔鲁"。

孔颖达不相信木金父"奔鲁"说。

向历史借 智慧

▲ 宋庆元六年（1200年）绍兴府刻宋元递修本晋杜预注唐孔颖达疏《春秋左传正义》卷第二十七《昭公七年》书影

北宋苏辙《古史》因袭服虔木金父"奔鲁"说。

北宋文学家、唐宋八大家之一的苏辙，在《古史》中也说孔父嘉之子"奔鲁"：

> 孔子之先，宋湣公之长子曰弗父何，湣公之亡也，公弟炀公熙立，弗父何之弟鲋祀弑炀公而以国授何，何弗受，鲋祀立，是为厉公，而何世为宋大夫。其曾孙曰正考父，考父之子曰孔父嘉，嘉为华父督所杀，其子奔鲁，始为鄹人。（《古史》卷三十一《孔子列传第八》）

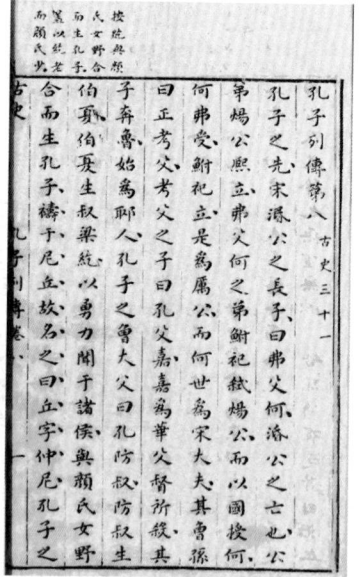

▲ 明吴弘基重订本宋苏辙《古史》全本卷三十一《孔子列传第八》书影

南宋著名文学家胡仔在《孔子编年》中，也说孔父嘉之子"奔鲁"，同样是因袭服虔之说：

> 考父之子曰孔父嘉，孔父生时所赐号也。子孙因以为氏。为华父督所杀，其子奔鲁，始为陬人。孔子之曾大父曰孔防叔。防叔生伯夏，伯夏生叔梁纥。（《孔子编年》卷一）

南宋文学家罗泌（bì），在《路史》中说"木金父逋于鲁"，也是因袭服虔之说：

> 孔父嘉之难，子木金父逋于鲁，为孔父氏。孔氏生祁父，为防大夫。子防叔生伯夏，伯夏生叔梁纥。（《路史》卷十九《后纪》卷之十《疏仡纪·高辛纪下》）

这些书虽然都因袭服虔之说，但都没有提出任何证据。既然没有证据，为什么却有人相信呢？清代学者庞锺璐做了这样的揣测：

> 《家语》云防叔避华氏之祸而奔鲁，与《世本》同。杜注谓："孔父嘉为宋督所杀，其子奔鲁。"本服虔之说。苏氏《古史》、胡氏《编年》俱从之。盖以孔父既为督所杀，其子即当避祸，不得至防叔而后奔鲁。《家语注》云《左传·桓公二年》督

▲ 文渊阁四库全书本宋胡仔《孔子编年》卷一书影

▲ 清刊本宋罗泌撰明吴弘基校订《重订路史全本》卷十九《后纪》卷之十《疏仡纪·高辛纪下》书影

《孔子编年》中说孔父嘉之子"奔鲁"，也是因袭服虔之说。

《路史》说"木金父逋于鲁"，同样是因袭服虔之说。

木金父"奔鲁"说，既然没有证据，为什么却有人相信呢？

孔子的父亲叔梁纥——孔子祖先逃亡鲁国的前前后后

杀孔父嘉，此云至防叔始奔鲁，且三世矣，于事不相次。

按：《宋世家》华督弑逆为殇公十年，而庄公立凡十九年。至湣公十一年，南宫万弑湣公杀华督，诸公子与万党争弑立，国乱。疑防叔避乱乃在湣公末年，非即嘉父之祸。（《文庙祀典考》卷七《孔子年系》）

庞锺璐做了这样的分析：

《孔子家语》说孔防叔为了躲避华父督的迫害而逃亡到鲁国，这与《世本》的记载是相同的。而杜预注《左传》却说："孔

▲ 清光绪戊寅刊本清庞锺璐《文庙祀典考》卷七《孔子年系》书影

父嘉被华父督所杀，他的儿子便逃到了鲁国。"这是源于服虔的说法。苏辙的《古史》和胡仔的《孔子编年》也都沿袭这种说法。这大概是以为孔父嘉被华父督所杀之后，他的儿子就应当逃避祸患，不应该到了孔防叔之后才逃到鲁国。《左传》说鲁桓公二年华父督杀了孔父嘉，而《孔子家语》这里却说，到了孔防叔的时候才逃到鲁国，这中间经历了将近三代人，叙事"不相次"。"相次"就是相继，把本来"不相次"的事情连在了一起写，时间的接续有问题。

但庞氏的按语则认为：《史记·宋世家》记载华父督弑君是在宋殇公十年，而宋庄公在位总共十九年，到宋湣公十一年，南宫万弑宋湣公，又杀了华父督，国家一片混乱。估计孔防叔躲避祸乱是在湣公末年，而不是在孔父嘉被杀的时候。

可是清代梁玉绳则认为：

孔氏之奔鲁，实非防叔始。……夫孔父为华督所杀，

则孔氏应即避难出奔，奚待三世而后适鲁？(《史记志疑》卷二十五《孔子世家第十七》)

▲ 清乾隆刻本清梁玉绳撰《史记志疑》卷二十五《孔子世家第十七》书影

其实不然，孔防叔躲避祸乱"奔鲁"，应该不是在孔父嘉被杀不久，因为华父督杀了孔父嘉和宋殇公之后，易国君、夺人妻、做宰相，三个目的都达到了，又"绝其世，其子木金父降为士"（上引《世本》），剥夺了孔家后世的大夫继承权。这样一来，孔家几乎就没有任何翻身的机会了，不会对华氏构成任何威胁，当然也就没有再对孔家斩尽杀绝的必要——敌对的迫害当然是会继续的。如果真想要对孔家斩尽杀绝的话，那在杀孔父嘉的时候就一并杀绝了。所以，孔父嘉被杀后，孔父嘉的儿子木金父未必会马上"奔鲁"。

另外，孔家此前乃世代公卿，家业很大，不到万不得已也不是说"奔"就奔，说逃就逃的。这么大的家族，奔逃他国是要做较长时间准备的。否则，逃到他国也无法生存，毕竟不是仅仅为了逃命而已。

到了湣公末年，逃亡的准备也做好了，目的地也确定了，又

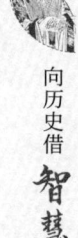

清代著名经学家、语言学家江永断然否定杜预的观点。

值国内动乱，于是便逃到了鲁国。这才合情合理，顺理成章。

清代著名经学家、语言学家江永也断然否定杜预的观点：

> 防叔为孔父曾孙，其避华氏之祸，非谓桓二年华督杀孔父之时也。庄十二年，督为南宫万所杀，其后华氏仍为强族，防叔为华氏所逼后来事耳。杜氏因年世不相当，谓孔父之子奔鲁，臆言之，无所据也。防叔奔鲁，当以《家语》《世本》为是。（《乡党图考》卷二《先世考》）

▲ 文渊阁四库全书本清江永《乡党图考》卷二《先世考》书影

江永认为"避华氏之祸，非谓桓二年华督杀孔父之时"，因为这只是"臆言之，无所据也"。但江氏认为"防叔为华氏所逼"，是"庄十二年，督为南宫万所杀"之后的事，则值得商榷。防叔"奔鲁"应该是在华父督被杀之前，如果到了华父督被杀之后，孔家也许就不再考虑逃亡了。

另外，江永说杜预"臆言之，无所据也"，并不完全合乎事实。杜预注的根据，显然是服虔的注，因此，既不能说是"臆言之"，也不能说"无所据也"。

二、孔子曾祖父为鲁国防大夫

孔子的曾祖父孔防叔逃到鲁国的防这个地方做了大夫，所以称为防叔。孔防叔的儿子是伯夏，伯夏的儿子是叔梁纥，叔梁纥就是孔子的父亲。

据清代学者顾栋高考证，鲁国称为"防"的地名有三个：

鲁国称为"防"的地名有三个。

> 隐九年，公会齐侯于防，此东防也。本鲁地，在今

沂州府之费县，世为臧氏食邑。襄二十三年，臧纥自邾如防，即此。

隐十年，败宋师于菅，辛巳取防。此西防也，为鲁取宋地，在今兖州府之金乡县。欲别于臧氏之防，故谓之西防。

僖十四年，季姬及鄫子遇于防。此鲁国之防山也，在曲阜县东二十里，孔子父母合于防，即此。（《春秋大事表·春秋列国地形犬牙相错表卷六下》附《列国地形考异·鲁有三防》）

▲ 清乾隆十三年（1748年）顾栋高《春秋大事表·春秋列国地形犬牙相错表卷六之下》附《列国地形考异·鲁有三防》书影

按照清代江永《乡党图考》卷二《先世考》的说法，孔防叔为防大夫的这个"防"，"当为东防，在今兖州府费县东北"。

江永（1681年—1762年）只比顾栋高（1679年—1759年）小两岁，两人为同时代人，为什么顾说东防"在今沂州府之费县"，而江永却说东防"在今兖州府费县"呢？清代费县究竟是属"沂州府"，还是属兖州府呢？

据《清史稿·地理志》记载：

沂州府……隶兖沂曹济道。初沿明制，为兖州属州，领县二。雍正二年直隶。十二年为府。（《清史稿》卷六十一《地理志》八）

清朝初年，费县属沂州，而沂州是兖州府的属州。雍正二年（1724年），沂州由散州改为直隶州。雍正十二年（1734年），沂州升为府，此时的费县也就属沂州府了。

依理揆之，江永撰写《乡党图考》卷二《先世考》的时候，沂州应该还没有升为府，仍属兖州府，所以江永说东防"在今兖

州府费县"。而顾栋高写《列国地形考异·鲁有三防》的时候，沂州应该已经升为府了，所以顾栋高才说东防"在今沂州府之费县"。

孔防叔这个大夫，并不是真正有封地可以世代传承的大夫，只是有大夫的职位和俸禄，没有封地，也不能传承。实际地位，也还是士，大夫只是个空名而已。

三、孔子的父亲叔梁纥屡立战功

孔防叔的孙子，就是孔子的父亲叔梁纥，因为是鲁国鄹（zōu）邑大夫，因此亦称鄹叔纥。鄹，位于防邑即东防的南部，东防是鲁国贵族臧孙氏的采（cài）邑（封地），孔防叔做了臧孙氏的家臣。鄹原是邾国的故都，鲁文公十三年（前614年），邾迁都于绎，鄹就成了鲁国的城邑，叔梁纥被任用为鄹邑宰。叔梁纥勇武过人，骁勇善战，屡立战功。史书中记载了叔梁纥在两次战争中的勇武表现，一次是在鲁襄公十年（前563年）偪（fù）阳之战。

> 十年，春，会于柤（zū），会吴子寿梦也。
> 三月癸丑，齐高厚相大（通"太"）子光，以先会诸侯于钟离，不敬。士庄子曰："高子相大子以会诸侯，将社稷是卫，而皆不敬，弃社稷也，其将不免乎！"
> 夏，四月戊午，会于柤。晋荀偃、士匄（gài）请伐偪阳，而封宋向戌焉。荀罃（yīng）曰："城小而固，胜之不武，弗胜为笑。"固请。丙寅，围之，弗克。孟氏之臣秦堇（jǐn）父辇重如役。偪阳人启门，诸侯之士门焉。县（同"悬"）门发，鄹人纥抉之以出门者。狄虒（sī）弥建大车之轮，而蒙之以甲，以为橹。左执之，右拔戟，以成一队。孟献子曰："《诗》所谓'有力如虎'者也。"主人县（同"悬"）布，堇父登之，及堞而绝之。队（同

孔子的父亲叔梁纥在偪阳之战中擎起城门。

"坠")则又县之。苏而复上者三,主人辞焉,乃退。带其断以徇于军三日。

诸侯之师久于偪阳,荀偃、士匄请于荀罃曰:"水潦将降,惧不能归,请班师。"知伯怒,投之以机,出于其间,曰:"女成二事,而后告余。余恐乱命,以不女违。女既勤君而兴诸侯,牵帅老夫以至于此,既无武守,而又欲易余罪,曰:'是实班师。不然,克矣。'余赢老也,可重任乎?七日不克,必尔乎取之!"

五月庚寅,荀偃、士匄帅卒攻偪阳,亲受矢石,甲午,灭之。书曰"遂灭偪阳",言自会也。以与向戌。向戌辞曰:"君若犹辱镇抚宋国,而以偪阳光启寡君,群臣安矣,其何贶如之!若专(宋刻本误作'惠')赐臣,是臣兴诸侯以自封也,其何罪大焉!敢以死请。"乃予宋公。(《左传·襄公十年》)

▲ 宋刻本晋杜预《春秋经传集解》襄二第十五《襄公十年》书影(一)

▲ 宋刻本晋杜预《春秋经传集解》襄二第十五《襄公十年》书影（二）

鲁襄公十年（前563年）的春季，诸侯在柤这个地方相会，这是为了会见吴王寿梦。

柤，在今江苏邳州西北。晋国约诸侯相会，意在联合吴国，控制楚国。寿梦姬姓，名乘，字寿梦。是吴侯去齐之子。去齐逝世后，寿梦继任吴国国君，吴国日益强大，寿梦便开始称王。但吴国在西周被分封的时候是子爵，所以称"吴子寿梦"。

三月癸丑（二十六日），齐国大夫高厚作为太子光的相礼，和诸侯在钟离（今安徽凤阳东）先行会见，表现得不恭敬。士庄子说："高子作为太子的相礼来会见诸侯，是为了保卫自己的国家，但两人却都表现出不恭敬，这是抛弃国家，恐怕将不免于祸患吧！"

太子光本是齐灵公立的太子，但齐灵公后来改变了主意，派太子光出守即墨（今山东青岛即墨区），改立宠姬所生的公子牙为太子，使高厚为傅。后来齐灵公病重，大夫崔杼、庆封等从即墨将太子光迎回。鲁襄公十九年（前554年），齐灵公卒，太子光即位，就是齐后庄公。他即位后，就把太子牙杀了。这年八月，崔杼杀了高厚。鲁襄公二十五年（前548年），齐后庄公因与崔杼之妻东郭姜私通，而被崔杼等人所杀。

夏季的四月戊午（初一）这天，诸侯在柤这个地方再次会盟。

晋国的荀偃、士匄请求国君进攻偪阳，打算攻下来之后，把它献给宋国的向戌作为他的封邑。荀偃是晋国卿大夫，六卿之一，晋悼公时升任晋国中军元帅，正卿。他是姬姓，中行（háng）氏，名偃，字伯游，谥号"献"，又称中行偃，因中行氏出自荀氏，故多称荀偃，时人尊称其为中行伯，史称中行献子。士匄，祁姓，士氏，按封地又为范氏，故称范匄，谥号"宣"，又称范宣子。偪阳是个小国，在今山东枣庄台儿庄区涧头集镇的西南。向戌为宋国大夫，子姓，向氏，名戌，任左师，因食邑在合，故又称合左师。因为宋国一向侍奉晋国，而向戌是宋国的贤臣，所以，荀偃、士匄两人就请求出兵攻占偪阳，把它送给向戌作为他的封邑。

可是荀罃却不主张进攻偪阳。他说："偪阳城很小却很坚固，如果攻下来也算不上勇敢的行为，不能给国家壮声威；如果攻不下来，则又会被人讥笑。"

荀罃，即智罃，姬姓，智氏，名罃，字子羽，谥号"武"，史称智武子。他是晋国卿士，曾任晋国中军元帅，是智氏家族第一位正卿。因为智氏出自荀氏，故多称荀罃。

但荀偃、士匄两人坚决请求进攻偪阳，荀罃也就没再反对。

四月丙寅（初九）这天，诸侯会盟的军队包围了偪阳，但却不能攻克。鲁国孟献子的家臣秦堇父步行推着车子载着重装备来到战地，偪阳人故意把城门吊起来引诱他们入城，诸侯的士卒看见城门开启了，便乘机攻入。守城的人忽然把吊起的城门放下来，城门一旦放下来，后续的士卒无法进入，而先进入城门内的士卒就会在城里被消灭。就在这时，鲁国鄹邑的长官叔梁纥大夫双手擎住了正在放下的城门，攻进城里的士卒这才得以出来。

鲁国人狄虒弥把大车轮子立起来，蒙上皮甲作为大盾牌。他左手拿着这个大盾牌，右手执戟，率领一队步兵进攻。孟献子说："这就是《诗经·邶风·简兮》上所说的'像老虎一样有力气'的人啊。"

偪阳的守城人把布垂下来引诱攻城的士卒，秦堇父拉着布登城，刚登到墙垛，守城人就把布割断。秦堇父跌落在地，摔得昏了过去。守城的人又把布垂下来，秦堇父苏醒后起来重新拉着布登城，这样连续三次，守城人表示钦佩他的勇敢，不再垂布。秦堇父这才退了回来，带着割断的布在军内巡游，夸耀了三天。

诸侯的军队在偪阳很久了，荀偃、士匄请示荀䓨说："快到黄梅雨季了，恐怕到那时候道路泥泞，兵车无法行进，就回不去了，请您下令退兵吧。"荀䓨大发雷霆，把弩机向他们扔过去，弩机从两个人中间飞过。荀䓨说："你们俩把伐偪阳和封向戌这两件事情办成了再来跟我说话，原来我恐怕意见不一而扰乱了军令，所以没有违背你们的请求。你们既已使国君辛劳而发动了诸侯的军队，把我这老头子也牵涉进来，你们既不能坚持武力攻城，而又想把责任归罪于我，回去说：'就是他下令退兵。不这样，就攻下来了。'我已经衰老了，还能再承担一次罪责吗？七天攻不下来，我一定要你们的命！"

五月庚寅（初四）这天，荀偃、士匄亲身冒着箭矢和石块的攻击，率领步兵攻打偪阳。甲午（初八）这天，灭了偪阳。《春秋》记载说"遂灭偪阳"，说的是从相地盟会以后就进攻偪阳了。把偪阳封给向戌。向戌辞谢说："如果是承蒙君王安抚宋国，用偪阳来扩大寡君的疆土，那我们这些臣下就安心了，还有什么比得上这样的赐予呢？如果专门赐给下臣，那就是下臣发动诸侯的军队而为自己求封地了，还有什么罪过比这更大呢？谨以一死来请求。"于是把偪阳给了宋平公。

叔梁纥另一次勇武表现是在鲁襄公十七年（前556年）秋，抗击齐国入侵的战争中。

齐人以其未得志于我故，秋，齐侯伐我北鄙，围桃。高厚围臧纥于防。师自阳关逆臧孙，至于旅松。鄹叔纥、臧畴、臧贾帅甲三百，宵犯齐师，送之而复。齐师去之。（《左传·襄公十七年》）

齐国人由于没有能在鲁国满足自己的愿望，秋季，齐灵公便攻打鲁国北部边境，包围桃地。齐国大夫高厚把臧纥包围在防地，鲁军从阳关出动迎接臧纥，到达旅松。鄹叔纥、臧畴、臧贾率领甲兵三百人，夜袭齐军，把臧纥送到旅松然后回来。齐军没能取胜，便离开了鲁国。

从《左传》所记载的这两次战斗来看，孔子的父亲叔梁纥，确实称得上"以武力闻于诸侯"。

孔子的父亲叔梁纥夜袭齐师。

▲ 宋刻本晋杜预《春秋经传集解》襄三第十六《襄公十七年》书影

向历史借 智慧

伟大的祷告与圣人的诞生
——孔子父母"野合"婚姻的智慧

孔子虽是鲁国人,但他的六世祖孔父嘉本是宋穆公和宋殇公两朝大司马(国家的最高军事长官),后被宋国太宰华父督所杀,家族也由大夫被降为"士"。到了孔子的曾祖孔防叔的时候,就逃亡到了鲁国。

一、叔梁纥的求婚与繁琐的士婚礼

孔子的父亲叔梁纥娶了鲁国一位姓施的女子为妻(有的小说和小说类传记说,该女子名曜英,但并未见于史料记载),生了九个女儿,没生儿子。叔梁纥的妾生了一个儿子叫孟皮,字伯尼,但孟皮先天腿脚有残疾。按照当时的礼法,女子和残疾的儿子都不宜继嗣。因此,叔梁纥说:"虽然有九个女儿,这仍然和没有儿子一样。"

于是,叔梁纥便向颜氏求婚。

> 叔梁纥向颜氏求婚。

《家语》云:"梁纥娶鲁之施氏,生九女。其妾生孟皮,孟皮病足,乃求婚于颜氏徵(zhēng)在,从父命为婚。"(《史记·孔子世家第十七》司马贞《索隐》引《家语》)

> 颜徵在愿意嫁给叔梁纥。

《孔子家语》记载了颜徵在对叔梁纥的好感,她愿意嫁给叔梁纥。

颜氏有三女,其小曰徵在。颜父问三女曰:"陬大夫虽父祖为士，然其先圣王之裔。今其人身长十尺，武力绝伦，吾甚贪之。虽年大性严，不足为疑。三子孰能为之妻？"二女莫对。徵在进曰："从父所制，将何问焉？"父曰："即尔能矣。"遂以妻之。（《孔子家语·本姓解第三十九》）

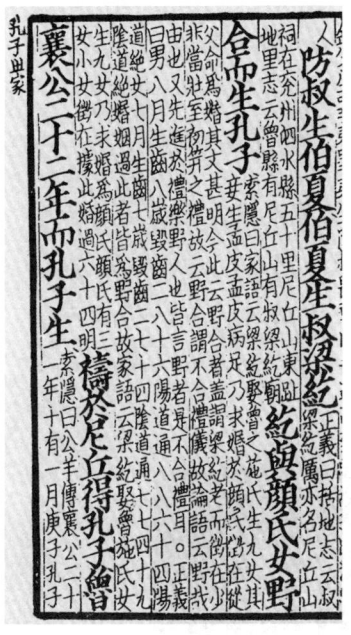
▲ 宋建安黄善夫家塾刻本三家注《史记》卷四十七《孔子世家第十七》书影

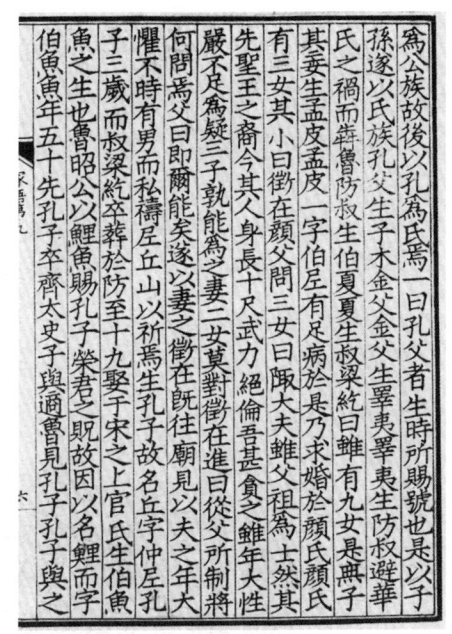
▲ 宋蜀刻本《孔子家语》卷第九《本姓解第三十九》书影

颜氏有三个女儿，年龄最小的一个叫徵在。颜父问三个女儿说："陬大夫叔梁纥，虽然他的父亲和祖父都是士，然而他的先祖却是圣王的后裔。现在的这个叔梁纥，身高十尺（周代一尺的长度为19.777875厘米），武力绝伦，我很希望成就这门婚事。虽然他年纪较大，而且性情严肃，但这并不值得疑虑。你们三个谁能嫁给他做妻子啊？"大女儿和二女儿都没有回答。小女徵在上前对父亲说道："听从父亲的安排，还有什么好问的呢？"父亲说："就是你能嫁给他了。"于是就把徵在许配给叔梁纥做妻子。

今本《孔子家语·本姓解第三十九》说："防叔生伯夏，夏生叔梁纥。曰：'虽有九女，是无子。'"没有上引《史记索隐》所说

的:"梁纥娶鲁之施氏,生九女。"明显感觉突兀,依理揆之,今本或有脱漏,如果补上,读起来就顺畅多了:

> 防叔生伯夏,夏生叔梁纥。梁纥娶鲁之施氏,生九女。曰:"虽有九女,是无子。"其妾生孟皮,孟皮病足。乃求婚于颜氏徵在,从父命为婚。

《史记索隐》引《家语》没有"曰:'虽有九女,是无子。'"当是引文省略。

婚姻是人生的终身大事,因此,古人十分重视婚礼:

> 昏礼者,将合二姓之好,上以事宗庙,而下以继后世也,故君子重之。是以昏礼纳采、问名、纳吉、纳征、请期,皆主人筵几于庙,而拜迎于门外,入,揖让而升,听命于庙,所以敬慎重正昏礼也。(《礼记·昏义第四十四》)

▲ 唐开成石经《礼记·昏义第四十四》书影

婚礼,是要结合两姓之好,对上关系到祭祀宗庙(主妇有协助丈夫在宗庙祭祀的职责),对下关系到传宗接代的礼仪,因此君子很重视它。据《礼记》和《仪礼》记载,当时士人娶妻有"六礼",即纳采、问名、纳吉、纳征、请期、亲迎。这是从议婚到完婚前的

春秋士大夫的婚姻"六礼"。

全部手续和过程。《仪礼·士昏礼》中，对这些都有详细的说明。

纳采是婚礼的第一项，属于议婚阶段。男家相中某女为议婚对象，就请媒人携带礼物到女家提亲，征求女方家长的意见。古时纳采通常要用活的大雁作为提亲时的礼物，称为"贽雁"。

> 昏礼。下达。纳采，用雁。主人筵于户西，西上，右几。使者玄端至。摈者出请事，入告。主人如宾服，迎于门外，再拜，宾不答拜。揖入。至于庙门，揖入；三揖，至于阶，三让。主人以宾升，西面。宾升西阶，当阿，东面致命。主人阼阶上北面再拜。授于楹间，南面。宾降，出。主人降，授老雁。（《仪礼·士昏礼第二》）

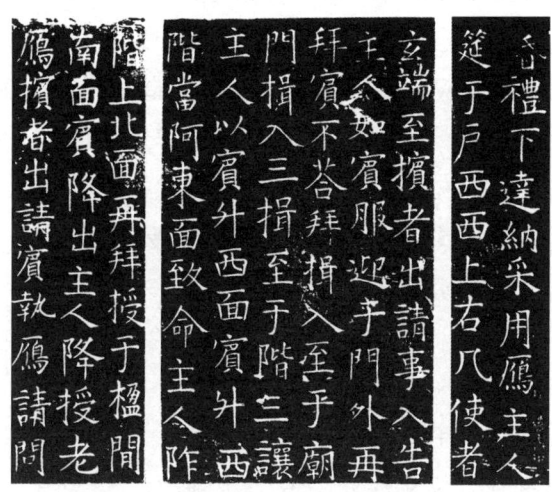

▲ 唐开成石经《仪礼》卷第二《士昏礼第二》书影

古代婚姻的纳采仪式。

婚事礼仪的纳采，属于"下达"。古人认为男人地位高，女人地位低，纳采是男家选择此女为婚姻，先遣媒人到女家下达提亲之意。女家答应议婚之后，男家便派遣媒人使者，用活的大雁作为礼物，献上采择之礼。

纳采之礼是在祢（nǐ）庙进行的。祢庙就是为亡父在宗庙中设立神主的地方，也称父庙或考庙。父亲生前称父，死后称考，入庙称祢。女方的父亲作为主人，在已故父亲的祢庙室门之西，也就是堂的正中位置，为神布设筵席。席有首尾，首端在西，因为人道以东为上，神道以西为上，这是为神摆设的筵席，所以筵席以西为上首，席的右边（西边）设置供神凭依的几（古人席地而坐时有靠背的坐具）。

男方的使者，身穿着玄端服（袖子端正的黑色礼服），来到女家大门外。女方的"摈者"出大门询问使者因何事而来，然后入内向主人禀告。"摈者"就是佐助女家主人操办婚礼的人。"请事"就是问事，问使者今来何事，当然是明知故问。

主人身穿与嘉宾使者相同的礼服，出大门外迎接。主人行再拜之礼（两拜，拜了又拜），嘉宾使者不答拜，表示不敢当主人的盛情之礼。宾主相揖进入大门，到了祢庙门前，宾主再次拱手相揖之后便进门。如此相对三揖，到达堂前阶下，升阶之前，宾主又相互谦让三次。于是，主人先从东阶上堂作为嘉宾使者的先导，上堂后主人面朝西站立。嘉宾使者从西阶上堂，"当阿"站立，就是在屋栋（屋脊正梁）下面站立，面朝东致辞，说明自己受命前来纳采之意。主人站在东阶上，面朝北行再拜之礼表示感谢。嘉宾使者在堂上东西两楹（堂前的立柱）之间把雁授给主人，宾主都面朝南方。礼毕之后，嘉宾使者下堂，出庙门。主人也下堂，把雁交给地位高的年长家臣。

为什么要用大雁作为贽礼呢？

东汉郑玄在《仪礼注》中说："用雁为贽者，取其顺阴阳往来者。"唐贾公彦疏：

> 案《周礼·大宗伯》云："以禽作六贽，卿执羔，大夫执雁，士执雉。"此昏礼无问尊卑皆用雁，故郑注其意云取顺阴阳往来也。顺阴阳往来者，雁木落南翔，冰泮北徂，夫为阳、妇为阴，今用雁者，亦取妇人从夫之义，是以昏礼用焉。（《仪礼注疏》卷四《士昏礼第二》）

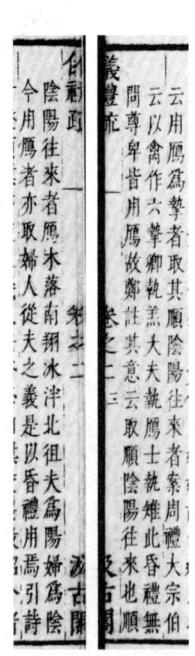

▲ 明李元阳嘉靖刊本汉郑玄注唐贾公彦疏《仪礼注疏》卷四《士昏礼第二》书影

唐贾公彦所引《周礼·大宗伯》原文为：

> 以禽作六挚，以等诸臣：孤执皮帛，卿执羔，大夫执雁，士执雉，庶人执鹜，工商执鸡。（《周礼·春官宗伯第三》）

用禽兽作六种见面礼，以区别不同身份臣民的等级。天子之孤及诸侯上公之孤，手执用虎豹皮裹饰的束帛作见面礼，卿手执羔羊作见面礼，大夫手执雁作见面礼，士手执野鸡作见面礼，庶人手执鸭子作见面礼，工商阶层手执鸡作见面礼。各种身份的人见面礼各不相同，身份最高的是孤，孤是官爵名，有天子之孤与诸侯上公之孤两类。天子之孤为冢卿，在六卿中地位最尊贵；诸侯只有上公（即公爵诸侯）有孤，其他侯伯子男爵位的诸侯不设孤。

▲ 明嘉靖吴郡徐氏刻三礼本汉郑玄注《周礼》卷第五《春官宗伯第三》书影

这些见面礼都有一定的喻义。按照郑玄的解释：羔羊，"取其群而不失其类"；大雁，"取其候时而行"；野鸡，"取其守介而死，不失其节"；鸭子，"取其不飞迁"；鸡，"取其守时而动"。

士婚礼不管尊卑都用大雁作纳采的贽礼，郑玄说这是"取顺阴阳往来"的喻义。贾公彦对"顺阴阳往来"做了进一步的解释：大雁到了秋末冬初树叶凋落之后就向南飞去，到了春季冰雪融化的时候就向北飞去，这就是顺应阴阳。冬季，阳转向南方，阴在北方，大雁便去（离开）阴就阳到南方去；春季，阳转向北方，阴在南方，大雁便去阴就阳到北方去。对于婚姻来说，夫家就是阳，娘家就是阴，女人结婚嫁人，就是去阴就阳，离开娘家到夫家去。

纳采之后紧接着的一项是问名，就是问清楚女子的姓名，以

古代婚姻的问名仪式。

便回去之后占卜吉凶，看看男女两人婚配是否合适。问完了名字，使者本次的使命就完成了，本可以回去复命了，但女方为了感谢使者，还要用醴酒款待使者。所以在问名之后，还有一个醴使者的小环节，也包括在问名之中。

摈者出请。宾执雁，请问名，主人许。宾入，授，如初礼。摈者出请，宾告事毕。入告，出请醴宾。宾礼辞，许。主人彻几，改筵，东上。侧尊甒（wǔ，有盖的酒坛子），醴于房中。主人迎宾于庙门外，揖让如初，升。主人北面，再拜，宾西阶上北面答拜。主人拂几授校（几足），拜送。宾以几辟，北面设于坐，左之，西阶上答拜。赞者酌醴，加角柶（sì，用角制成的匙），面叶，出于房。主人受醴，面枋（fāng，柄），筵前西北面。宾拜受醴，复位。主人阼阶上拜送。赞者荐脯醢（fǔ hǎi，佐酒的菜肴）。宾即筵坐，左执觯（zhì），祭脯醢，以柶祭醴三，西阶上北面坐，啐（cuì，尝，小饮）醴，建柶，兴，坐奠觯，遂拜。主人答拜。宾即筵，奠于荐左，降筵，北面坐取脯。主人辞。宾降，授人脯，出。主人送于门外，再拜。（《礼仪·士昏礼第二》）

▲ 唐开成石经《仪礼》卷第二《士昏礼第二》书影（一）

▲ 唐开成石经《仪礼》卷第二《士昏礼第二》书影（二）

"摈者"出门问嘉宾使者还有什么事。嘉宾使者从门外的随行人员那里拿过另一只大雁，说还需要问明白女子的姓名，以便回去占卜休咎（吉凶）。"摈者"入内转告主人，主人表示愿意回答嘉宾使者的询问。嘉宾使者便进入庙门，向主人授雁，礼仪与纳采时的礼节相同。

嘉宾使者问完女子姓名后出来，"摈者"又跟出门来问还有什么事，嘉宾使者告知"摈者"事已完毕。"摈者"进去禀告主人，然后又出门传达主人的盛情，请求以醴酒酬宾。嘉宾使者推辞一番然后答应。主人撤去纳采时供神用的筵席，重新为嘉宾使者布设筵席，宾席以东为上首。

主人在房中准备一坛子醴酒，酒坛侧放着，以便舀酒。主人到庙门外迎接嘉宾使者。入门揖让的礼节与前相同。宾主升阶登堂。主人面朝北方行再拜之礼，嘉宾使者在西阶上，面朝北答拜。主人用衣袖拂拭供嘉宾使者用的几，表示对嘉宾使者的尊重。拂几也有讲究，如果双方身份相当，就用左手拿着几，用右手的衣袖向外拂拭几面三次，再两手横拿着几，进授于对方面前。如果是卑者对尊者，则变为用右手的衣袖向内拂拭几面三次。主人拂几之后，手执几的中部，以几足授与嘉宾使者，然后行拜送之礼。嘉宾使者拿着几，避让主人的拜礼，表示不敢当主人之礼，接着面朝北把几放在座席的左边，然后回到西阶上回礼答拜主人。

主持礼仪的人在东房往觯内酌酒，觯是一种青铜酒器，形状像樽，但比樽小，有的还有盖。主持人在觯上放一把柶（角质的小匙），柶头（大而宽的那头）朝前，从东房端出盛满醴酒的觯，来到堂上。主人接过醴觯，转使柶柄朝前，把醴觯端到嘉宾使者的筵席前，面朝西北方站定。嘉宾使者在西阶上行拜谢礼，然后走到席前接受醴觯，再回到西阶上原先站立的位置。主人到阼阶（东阶）上行拜送礼。主持人把佐酒的菜肴脯（熟肉）醢（用肉、鱼等制成的酱）进到嘉宾使者的席前，嘉宾使者即席坐下，左手执觯，右手取少许脯醢祭祀先人，又用柶舀取醴酒祭祀先人三次，再回到西阶上，面朝北坐下尝一尝醴。然后将柶插放在觯中，站

古代婚姻的纳吉、纳征、请期和迎亲。

起身来，又坐下，把觯放在地上，随即行拜礼，向主人致谢。主人回礼答拜。嘉宾使者回到席前，把觯放在脯醢的左边，离席，走到席前，面朝北坐下，取一块脯，包裹起来，表示这是珍贵主人的赐予，将带回去向自己的主人复命。这时，主人要谦虚地说一番客气的话，譬如菲薄之礼，不成敬意，不值得让您如此珍视，等等。然后，嘉宾使者从西阶下堂，将脯交给自己的随从，然后出门。主人送嘉宾使者到大门外，行再拜之礼。

男家的使者回来后，向主人禀告了女子的姓名，男家便到宗庙占卜，如果得到吉兆，就派使者告知女家，这就是纳吉。男家到女家纳吉，仍然用大雁为见面的礼物，到女家后的礼节与纳采礼相同。

纳征，又称纳币，就是男家派使者到女家送聘礼，女家接纳后，就说明同意了。男家送的聘礼是玄（黑）色和纁（xūn，浅红色）色的帛一束，外加两张鹿皮，礼节与纳吉礼相同。卷成一束的帛为五匹帛，玄色的三匹，纁色的两匹，阳奇阴偶。天之正色苍而玄，地之正色黄而纁，以此象征婚礼的阴阳相成。鹿皮可以做衣冠，耐穿耐磨，聘礼送鹿皮，很有实用价值。另外，鹿鞭鹿角具有补肾壮阳的药用价值，象征多子多孙，是古人生殖崇拜的表现。

请期，是男家卜得婚礼吉日，不直接告诉女家，而是派使者到女家请示婚期，以表示尊重和听命于女家。仍然以雁为礼物。女家主人故意推辞，请夫家决定婚期，使者表示同意，然后告知女家主人迎娶的吉期。礼节与纳征礼相同。最后一个礼节就是新郎到新娘家去亲迎了。

二、"野合"的婚礼与虔诚的祷告

叔梁纥虽然是陬大夫，但他与颜徵在的婚姻却并没有举行这样隆重的士婚礼，而只是举行了很简单的"民婚礼"。这可能是由于叔梁纥急于娶妻生子，想尽快结婚，不想再用烦琐的"士婚礼"。另一个原因可能是颜家地位低，未必算得上"士"，属于"民"这个阶层。当时的"民",被称为"野人",而"民婚礼"就是野人的婚合礼,其婚礼仪式要比"士婚礼"简单得多。这种野人的婚合礼简称为"野合",也就是司马迁所说的"纥与颜氏女野合而生孔子"的"野合"。

由于唐司马贞《史记索隐》和唐张守节《史记正义》的误解,遂使后人对"野合"的诠释聚讼纷纭,且愈演愈烈。

《索隐》曰……今此云"野合"者,盖谓梁纥老而徵在少,非当壮室初笄之礼,故云野合,谓不合礼仪。故《论语》云"野哉由也",又"先进于礼乐,野人也",皆言野者是不合礼耳。《正义》曰:男八月生齿,八岁毁齿,二八十六阳道通,八八六十四阳道绝。女七月生齿,七岁毁齿,二七十四阴道通,七七四十九阴道绝。婚姻过此者,皆为野合。故《家语》云:"梁纥娶鲁施氏女,生九女,乃求婚于颜氏,颜氏有三女,小女徵在。"据此,婚过六十四明。(《史记·孔子世家第十七》司马贞《索隐》)

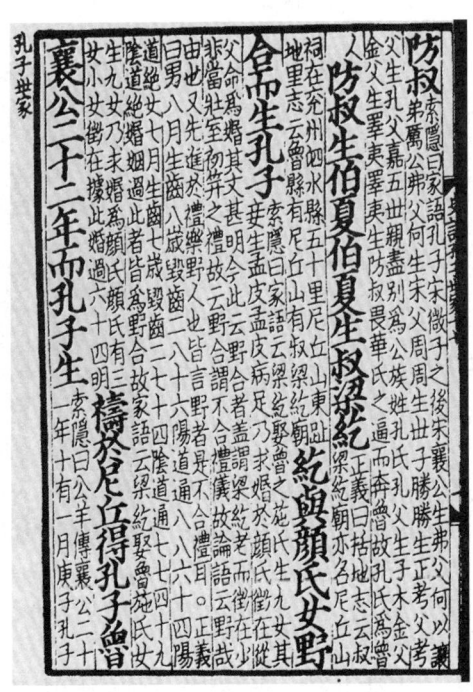

▲ 宋建安黄善夫刊本《史记》卷四十七《孔子世家第十七》书影

其实，司马贞的说法毫无根据，只是因为没有读懂"野合"，于是就胡乱臆测。当时，老夫少妻在士大夫的婚姻中十分普遍，没有任何礼法说这是"不合礼仪"的，更没有任何文献把这样的婚姻称为"野合"。司马贞说《论语》的"野哉由也"和"先进于礼乐，野人也"，"皆言野者是不合礼耳"，更属穿凿。

　　子曰："先进于礼乐，野人也；后进于礼乐，君子也。如用之，则吾从先进。"（《论语·先进第十一》）

这里的"野人"就是比"士"还要低一等的"民"，就是孔子所说的"困而不学，民斯为下矣"（《论语·季氏第十六》）的"民"，也就是普通百姓。

清刘宝楠《论语正义》（卷十四）此章下注云："野人者，凡民未有爵禄之称也。"这是很对的。

《汉语大词典》"野人"条的第二个义项为："庶人；平民。"所举例句正是《论语》的这一章。

"野哉由也"的"野"，就更与礼仪无关了：

　　子路曰："卫君待子而为政，子将奚先？"

　　子曰："必也正名乎！"

　　子路曰："有是哉，子之迂也！奚其正？"

　　子曰："野哉，由也！君子于其所不知，盖阙如也。"（《论语·子路第十三》）

有一天，孔子的高足子路问孔子说："如果卫国国君等着您去治理国政，您准备首先干什么？"

孔子说："那一定是'正名'罢！"

子路感到孔子非常可笑，于是说："您的迂腐竟到了如此的地

▲ 唐开成石经《论语》卷第七《子路第十三》书影

步吗？这'名'有什么可'正'的？"

孔子说："你这个仲由简直就是个野人！君子对于自己所不懂的，应该采取缺而不言的保留态度，你可倒好，根本不懂'正名'的重要，却把'正名'说成迂腐。"（关于"正名"的问题，将另文讲述，这里暂不涉及）孔子说"野哉，由也！"绝不是说子路"不合礼"。

另外，司马贞引《正义》说，男子"八八六十四阳道绝"，又据《孔子家语》"梁纥娶鲁施氏女，生九女"，说叔梁纥与颜徵在结婚时已经年"过六十四"。这就是说叔梁纥已经"阳道绝"了，既然阳道已绝，又怎么会"生孔子"呢？

后世学者，有人竟然把"野合"解作在野外交合，类似后世的"大姑娘走进青纱帐"。其实，按照当时的礼法，未婚的颜徵在是不能与叔梁纥一同外出的。

另外，《史记》之前的任何书上都没有这样的记载，四百多年后的司马迁又是如何知道的呢？况且，司马迁对孔子推崇备至，他把孔子列入世家而不是列传，且在文末的赞中对孔子做了无与伦比的高度评价：

> 太史公曰：《诗》有之："高山仰止，景行（háng）行止。"虽不能至，然心向往之。余读孔氏书，想见其为人。适鲁，观仲尼庙堂、车服、礼器，诸生以时习礼其家，余低回留之不能去云。天下君王至于贤人众矣，当时则荣，没则已焉。孔子布衣，传十余世，学者宗之。自天子王侯，中国言六艺者折中于夫子，可谓至圣矣！(《史记·孔子世家》)

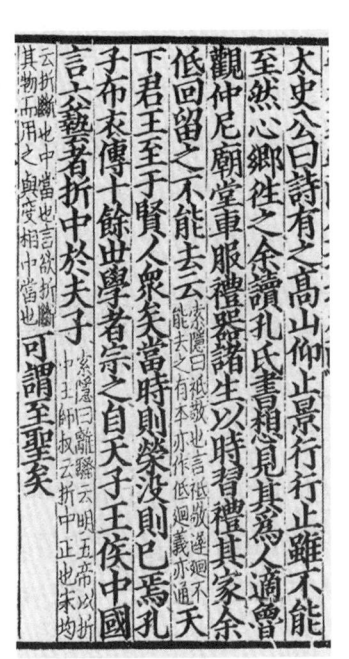
▲ 宋建安黄善夫家塾刻本三家注《史记》第四十七《孔子世家第十七》书影

伟大的祷告与圣人的诞生——孔子父母「野合」婚姻的智慧

向历史借智慧

崔适误读"纥与颜氏女野合而生孔子，祷于尼丘得孔子"。

第十七》)

司马迁引用《诗经·小雅·车辖（xiá）》中的诗句说："德行像高山一般令人敬仰，像大道一般让人遵循。"虽然我不能达到这种境界，但是心里却向往着他。我读孔子的著作，可以想见他的为人。我到鲁地，参观了孔子的庙堂、车辆、衣服、礼器，目睹了那里的儒生们按时到孔子旧宅中演习礼仪的情景。我怀着崇敬的心情徘徊留恋不愿离去。自古以来，天下出色的君王贤人也够多的了，当他们活着的时候都很显贵荣耀，可是死了之后，就什么都没有了。孔子是一介平民，他的名声和学说已经传了十几代，而学者们至今都把他奉为宗师。从天子王侯一直到全国谈"六经"的人，都把孔子的学说作为衡量一切的最高准则，真可以称得上是至高无上的圣人了！

孔子作《春秋》为尊者讳，司马迁著《史记·孔子世家》难道不知为尊者讳吗？难道会如此的不尊重孔子的父母吗？

司马迁著《史记》的目的是："欲以究天人之际，通古今之变，成一家之言。"（汉·班固《汉书》卷六十二《司马迁传第三十二》）他大可不必像今天的一些作者那样，为了吸引读者的眼球，增加点击量和发行量，便胡染"桃色"，乱扯"花边"。

另外，《史记·孔子世家》说："纥与颜氏女野合而生孔子，祷于尼丘（今山东曲阜东南的尼山）得孔子。"崔适《史记探源》认为："此文疑应作：'纥与颜氏女祷于尼丘，野合而生孔子。'"

其实，《孔子世家》原文没有任何问题，"祷于尼丘得孔子"是对"纥与颜氏女野合而生孔子"的补充说明。意思是说，在孔子出生之前，孔子的母亲颜氏女曾"祷于尼丘"，这个祈祷很灵验，真就得到了孔子。崔氏既没有读懂"野合"，更没有读懂全句，所以才有了这样的怀疑。

"祷于尼丘"是颜徵在一个人做的事，叔梁纥根本就没有到尼丘祷告。这一点,《孔子家语》中说得很清楚：

> 徵在既往，庙见，以夫之年大，惧不时有男，而私祷尼丘之山以祈焉。生孔子，故名丘，字仲尼。(《孔子家语·本姓解第三十九》)

古婚礼，妇入夫家，若公婆已故，则于三个月后至家庙参拜公婆神位，称为"庙见"。颜徵在担心丈夫年龄大，怕不能及时生儿子，于是在"庙见"之后，便"私祷尼丘之山以祈焉"。所谓"私"，就是私下，私自，没有告诉叔梁纥，并不是与叔梁纥一块到"尼丘之山"祷告的。

明代的《祷尼山图》，画的也是颜徵在一个人祷告，旁边只有仆从，没有叔梁纥。

▲ 明佚名绘《孔子圣迹图·祷尼山图》绢本图影

至此，这桩聚讼千年的"野合"公案，终于可以画上一个圆满的句号了。

英国哲学家托马斯·霍布斯（Thomas Hobbes，1588年—1679年）说："用黄金和大理石塑造神的面孔的人，并不是在塑

造神；神是由祷告塑造的。"(《论公民》第十五章)任何偶像都是用来欺骗蒙蔽和恐吓人民的，都不是真正的信仰，真正的信仰都是发自内心的，而不是崇拜偶像。

祷告往往被视为一种宗教活动，但法国哲学家阿兰却说："祷告是一种最好的非宗教活动。"(《爱存在着的东西》)就颜徵在的祷告来说，肯定算不上什么宗教，但这并不重要，重要的是，她的祈求为什么就能够得着，而有些人的祈求却得不着？

西方箴言有云："你们得不着，是因为你们不求。你们求也得不着，是因为你们妄求。""你们祷告，无论求什么，只要信，就必得着。"如此说来，信而不妄，才是祈求祷告成功的关键。而两者之中，"信"则是第一位的，因为"信是所望之事的实底，未见之事的确据"。"妄求"之事，没人相信，连你自己也不会相信。

颜徵在的尼山祈祷，堪称人类历史上最伟大、最成功的祷告，因为她求来的是一位伟大的中华之子、文化之子。正如现代儒学宗师柳诒(yí)徵先生所说，孔子是中国文化的中心，"无孔子则无中国文化。自孔子以前数千年之文化赖孔子而传，自孔子以后数千年之文化赖孔子而开"(《中国文化史》第二十五章，上海古籍出版社 2001 年 10 月第 1 版第 263 页)。天不生仲尼，万古如长夜。孔子是中国文化的启明星，被后世帝王尊为至圣先师、万世师表，被联合国教科文组织评选为"世界十大文化名人"之首。

三、孔子的诞辰与教师的节日

关于孔子的诞辰，史书最早的记载有三种不同的说法。

第一种是战国时齐人公羊高《春秋公羊传》的记载，孔子诞辰是在鲁襄公二十一年（前 552 年）十一月庚子。

> 十有一月庚子，孔子生。(《公羊传·襄公二十一年》)

第二种是战国时鲁人穀梁赤《春秋穀梁传》的记载，孔子诞辰是在鲁襄公二十一年（前 552 年）十月庚子。

冬十月……庚子，孔子生。(《穀梁传·襄公二十一年》)

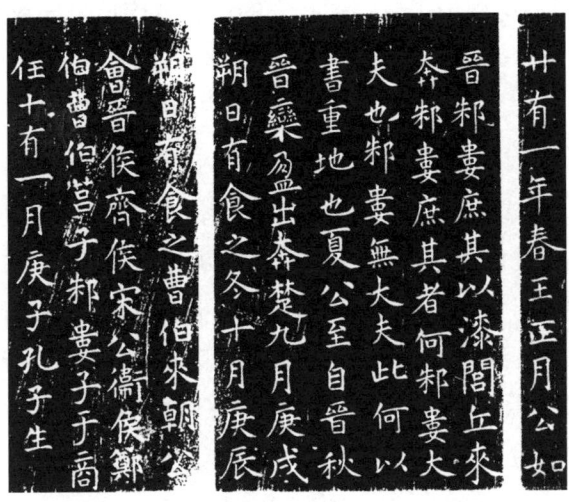
▲ 唐开成石经《春秋公羊传解诂·襄公二十一年》书影

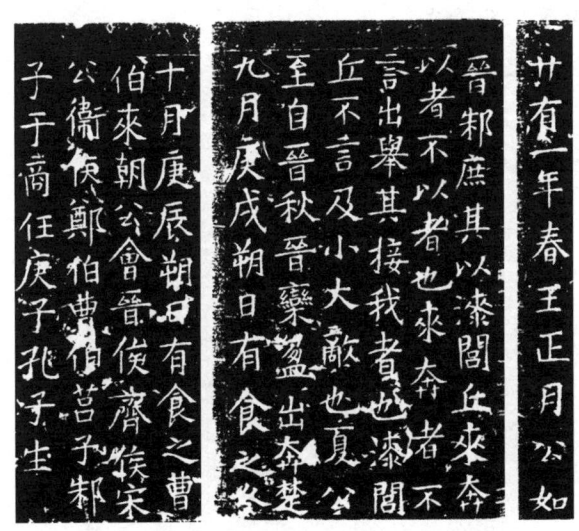
▲ 唐开成石经《春秋穀梁传·襄公二十一年》书影

公羊高和穀梁赤相传都是子夏的弟子，子夏是孔子的高足，"孔门十哲"之一。《春秋公羊传》和《春秋穀梁传》都是注解孔子《春秋》的著作，都是子夏口头传授，由公羊高和穀梁赤两位高足分别记录下来的。但这两部书一直都是靠口头流传的，直到西汉才成书，《春秋穀梁传》比《春秋公羊传》成书时间还要稍晚一些。

既然两书均源于子夏，那孔子的诞辰就应该是一致的。可是，今本两书的记载却差了一个月，《公羊传》是"十有一月庚子"，《穀梁传》是"冬十月庚子"，究竟哪个对哪个错呢？

鲁襄公二十一年（前552年）有这样的记载："冬，十月，庚辰，朔，日有食之。"意思是说，冬季，周历十月庚辰这天是朔日，又发生了日食。"朔"是每月的初一，十月初一这天是"庚辰"，那"十月庚子"这天就是十月二十一。依次下推便会发现，本年十一月并没有"庚子"，由此可知，今本《公羊传》肯定有误。再查其他版本的《公羊传》，从唐开成石经以下各本，此处均误作"十有一月庚子，孔子生"。可是，唐代著名经学家、训诂学家陆德明的《经典释文》却把问题说清楚了。

庚子，孔子生。
传文上有"十月庚辰"，此亦十月也。一本作"十一

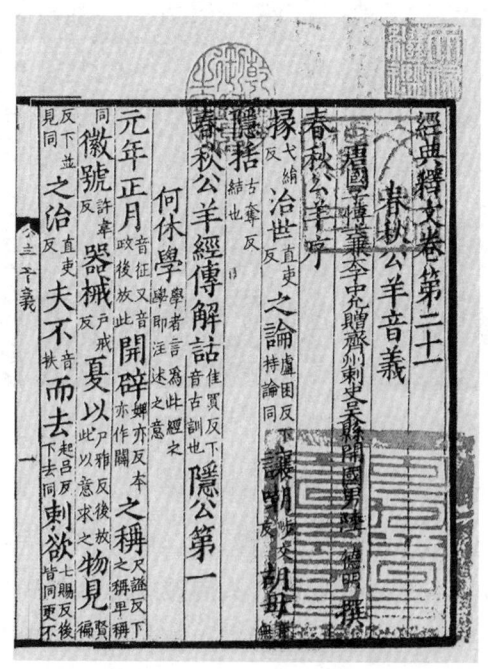

▲ 宋刻宋元递修本唐陆德明《经典释文》卷第二十一《春秋公羊音义》首页书影

月庚子",又本无此句。(《经典释文》卷第二十一《春秋公羊音义·襄公第九》二十一年)

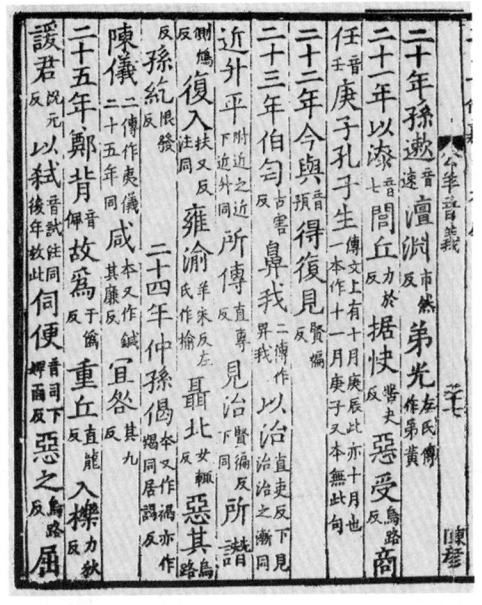

▲ 宋刻宋元递修本唐陆德明《经典释文》卷第二十一《春秋公羊音义·襄公第九》二十一年书影

陆德明的引文作:"庚子,孔子生。"这就是说,陆德明所用的《公羊传》版本,"庚子"之前并没有"十有一月"。因为这里没有说哪个月份,所以,陆德明才解释说《公羊传》原文上面有"十月庚辰",那这里说的"庚子",也就是十月庚子。这就与《穀梁传》相同了,问题也就解决了。

陆德明又说,另一个版本的《穀梁传》,此处作"十一月庚子",又有的版本没有这句话。这就是说,陆德明当时见到了三个不同的版本,他选用的版本作:"庚子,孔子生。"陆氏不愧为经学训诂大师,他不仅裁断正确,注释赅简,而且为后人提供了十分可贵的版本资料。

顺便说一下,鲁襄公二十一年(前552年)《春秋》记载了两次日食,一次为:"九月,庚戌,朔,日有食之。"第二次为:"十月,庚辰,朔,日有食之。"天文研究资料表明,九月初一(公历

8月20日）这天的日食为日环食，曲阜可见七分大食，但"十月，庚辰，朔"，却没有日食，"日有食之"系错简所致。不过，"十月，庚辰，朔"这个日期没有错，因此并不影响上面本年十一月并没有"庚子"的推论。

第三种说法是《史记》：

> 鲁襄公二十二年（前551年）而孔子生。生而首上圩（wéi）顶（形容人头顶四周高，中间低，呈"四"字形。圩是洼田四周的埂），故因名曰丘云。字仲尼，姓孔氏。（《史记·孔子世家第十七》）

> （鲁襄公）二十二年，孔丘生。（《史记·鲁周公世家第三》）

> （鲁襄公）二十二年，孔子生。（《史记·十二诸侯年表》）

只有出生年，没有哪月哪日，但出生年比《公羊传》和《穀梁传》晚了一年。《史记》三处均作鲁襄公二十二年，应该不会是版本之误。有学者认为《史记》"鲁襄公二十二年而孔子生"的说法，源于《世本》，但今所见《世本》，为清人的辑佚本，没有关于孔子出生的记载。

南宋绍兴年间胡仔的《孔子编年》，是现存最早、最完备的孔子年谱，该书对于孔子的生年，采用了《史记》的说法，没有出生的月日。

> 庚戌，鲁襄公二十二年，孔子生于鲁平乡陬邑。

▲ 文渊阁四库全书本宋胡仔《孔子编年》卷一书影

《孔子编年》对孔子的生年采用了《史记》的说法。

初，微在祷于尼丘之山而生孔子，故名之曰丘，字仲尼。
（《孔子编年》卷一）

金代孔元措撰的《孔氏祖庭广记》，对于孔子的生年采用了《史记》的说法，即鲁襄公二十二年；对于孔子出生的月日，则采用了《公羊传》和《穀梁传》的说法。

> 周灵王二十一年庚戌岁，即鲁襄公二十二年，当襄公二十二年冬十月庚子日。先圣生十月庚子，即今之八月二十七日。（《孔氏祖庭广记》卷八《先圣诞辰讳日》）

把孔子诞辰确定为鲁襄公二十二年十月庚子，按照古六历中的夏历进行推算，这天是夏历八月二十七日。

《孔氏祖庭广记》还确定了周灵王二十一年即鲁襄公二十二年为"庚戌岁"，按照今天的十二生肖来说，孔子是属狗的。

▲ 蒙古乃马真后元年（1242年）孔氏刻本金孔元措撰《孔氏祖庭广记》卷八《先圣诞辰讳日》书影

明代潘府在《孔子通纪》卷二中说孔子出生的时辰为"甲申时"，但没有说根据是什么，也许是传说，但很可能是附会。一如后代的《孔子圣迹图》中的《钧天降圣》一样，都是虚构的传说：

> 颜氏之房闻钧天之乐。空中有声云："天感生圣人子，故降以和乐之音。"故先圣生有异质（引者注：以下文字模糊不清）

清光绪五年（1879年），孔子的七十世孙孔广牧出版了《先圣生卒年月日考》，依据《孔氏祖庭广记》，将孔子的诞辰定为每年的

▲ 明佚名绘《孔子圣迹图·钧天降圣》绢本图影

农历八月二十七日。民国时期的祀孔活动，一直沿用这一日期。

但对孔子的这个出生时间并非没有异议，民国二十六年（1937年）二月，孔子七十七代孙孔德成序本《孔子世家谱》就与此不同：

孔子讳丘，字仲尼，鲁人。岁在己酉（周灵王二十年，鲁襄公二十一年），冬十月乙亥二十一日庚子甲申时生。（《孔子世家谱》初集卷一）

一九一三年九月二十四日，教育部在通电各省定孔子诞辰为圣节的电文中说：

孔子生年，言人人殊。惟孔子七十世孙孔广牧《先圣生卒年月日考》，折衷群言，演校各历，年从《史记》，月从《穀梁》，日从《公羊》《穀梁》，断为夏正八月二十七日，确无疑义。（《中国第二历史档案馆·政府公报》第17册《教育部致

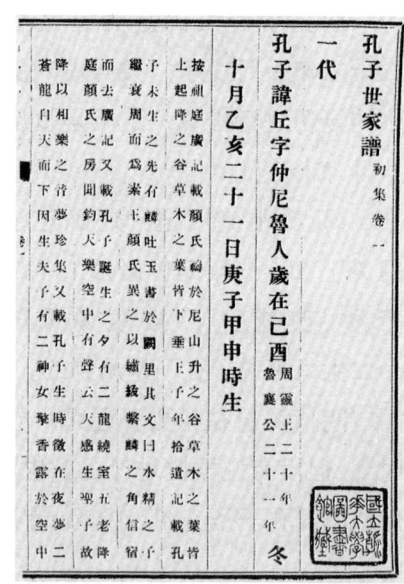

▲ 民国二十六年（1937年）十一月刊孔德成序本《孔子世家谱》初集卷一书影

各省督民政长等电》,上海书店 1988 年版第 503 页)

一九二九年,南京政府颁令:"停止祀孔,改为纪念式,于孔子诞辰日举行。"(《中央日报》1929 年 9 月 11 日《祀孔改为纪念之办法》)时间直接改为公历的八月二十七日。

一九三四年六月,国民政府将"先师孔子诞辰纪念"定为国定纪念日。(《中国第二历史档案馆·中华民国史档案资料汇编》第 5 辑第 1 编"文化"《国民党中央执行委员会转请国民政府明令公布祀孔办法函》,江苏古籍出版社 1994 年 6 月第 1 版第 530 页)

一九三九年,民国政府决定立孔子诞辰日八月二十七日为教师节,并颁发了《教师节纪念暂行办法》,但当时未能在全国推行。

一九五二年,中国台湾将孔子诞辰,确定为周灵王二十一年夏历八月二十七日,换算成公历应为公元前五百五十一年九月二十八日,并定这一天为教师节。

一九八五年九月十日,是中华人民共和国第一个教师节。一九八五年举行的六届全国人大常委会第九次会议同意了国务院关于建立教师节的议案,决定每年的九月十日为教师节。

二〇〇四年九月十五日,在中国人民大学"孔子文化月"启动仪式暨"纪念孔子诞辰 2555 周年会议"上,中国人民大学孔子研究院院长、中国人民大学哲学院教授张立文先生郑重倡议,把孔子诞辰作为中国教师节。九月二十七日,在京的汤一介先生、楼宇烈先生等二十多位国学专家积极响应,联名呼吁把中国教师节改在孔子诞辰日。

二〇〇五年八月十日,张立文先生致函全国人大常委会,正式呼吁把孔子诞辰作为中国的教师节。

二〇一一年三月十四日,全国人大代表、菏泽学院院长郁章玉提出建议,将孔子的诞辰日,即每年的九月二十八日定为教师节。

其实,孔子诞辰日不仅应该是中国的教师节,也应该是世界的教师节。早在二〇〇四年十月,哈佛大学中国历史与哲学教授、美国人文社会科学院院士杜维明先生,就在国际儒联举办的纪念

孔子诞辰与教师节。

孔子诞辰两千五百五十五周年大会上说:"孔子作为一个伟大的教育家和思想家,他的价值,不仅是山东的、中国的、东亚的,也是世界的。"为此,他建议以孔子诞辰日(9月28日)为全球教师节,杜先生也向联合国教科文组织提议,应该把孔子的生日九月二十八日列为全球的教师节。(《社会观察》2010年9月10日)因为孔子是人类有史以来最伟大的导师,更是最伟大的人民教育家!

孔子少年时的悲惨遭遇
——"大夫"之子为何成了草根一族

▲ 明万历三十六年刊本明蔡复赏编《孔圣全书》卷首"孔圣小像"书影

一、三岁丧父　自幼好礼

孔子很小的时候，父亲叔梁纥就去世了。《史记·孔子世家》说：

> 丘生而叔梁纥死，葬于防山。防山在鲁东……（《史

向历史借 **智慧**

记·孔子世家第十七》)

孔子出生不久,父亲叔梁纥就去世了,葬在防山。防山,又名笔架山,在今山东曲阜东。"丘生而叔梁纥死",这句如果直译,则为:"孔子生下来,父亲叔梁纥就去世了。"至于孔子出生后多长时间父亲叔梁纥去世的,如果单从《史记》来看,就不得而知。

《孔子家语》说:

孔子三岁,而叔梁纥卒,葬于防。(《孔子家语》卷第九《本姓解第三十九》)

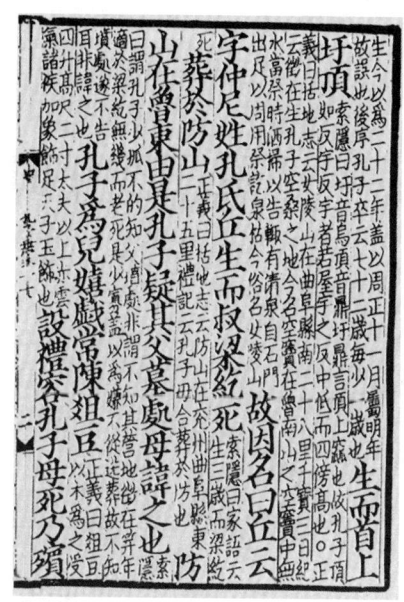

▲ 宋建安黄善夫家塾刻本三家注《史记》第四十七《孔子世家第十七》书影

《孔子家语》说,父亲叔梁纥去世的时候,孔子只有三岁。

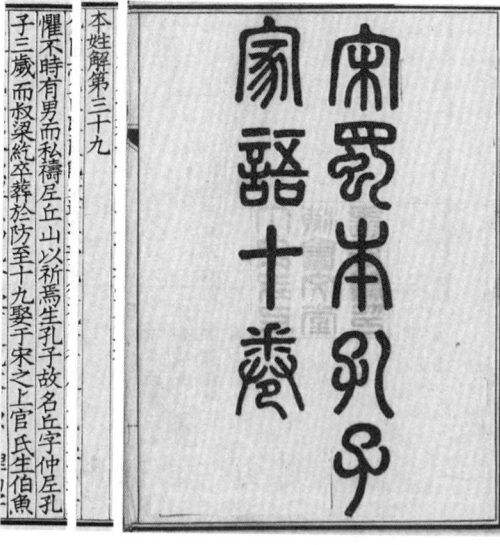

▲ 宋蜀刻本《孔子家语》卷第九《本姓解第三十九》书影

父亲去世的时候,孔子只有虚岁三岁。《孔子家语》的说法应该是可信的。

《史记·孔子世家》说:"孔子为儿嬉戏,常陈俎豆,设礼容。"孔子自从幼小时就跟其他儿童不一样,天生好礼。不论是自己玩耍,还是和小朋友一起玩过家家,都常常玩"俎豆"的游戏:摆设出祭祀用的俎豆等礼器,学着做祭祀的礼仪动作。俎和豆都是古代祭祀时盛装食物的礼器,俎的行状如同几案,用来放置祭祀用的牛、羊、猪等牺牲;豆的行状如同有高脚的盘子,用来盛装带汁液的祭品。礼容就是礼制仪容。唐代张守节《史记正义》说:"俎豆以木为之,受四升,高尺二寸。大夫以上赤云气,诸侯加象饰足,天子玉饰也。"

当时,国家大事只有两种:一是祭祀,二是战争。孔子小时候做游戏,和别的孩子不一样,他常常摆起各种祭器,学着做祭祀的礼仪活动。由此,可以看出孔子的伟大志向。

▲ 明佚名绘《孔子圣迹图·俎豆礼容》绢本图影

二、孔子厝母 智寻父墓

叔梁纥死后葬在防山。防山在鲁国东面,应该是很多人的墓葬之所。当时的习俗是不修坟墓的,更没有什么墓碑标志,祭祀活动都是在家庙中进行。因此,孔子长大一些之后,对父亲的墓有些怀疑,不能确定这个墓究竟是不是父亲的,而母亲对此却讳莫如深。

试想,叔梁纥娶颜徵在就是为了生个儿子传宗接代。天遂人愿,儿子来了,夫妻两人是多么高兴啊!叔梁纥对颜徵在该会多好啊!可是,就在这幸福恩爱而又温馨的夫妻生活刚刚开始的时候,叔梁纥却突然扔下他们母子走了,这对颜徵在来说简直就像天塌下来一样。虽然婚前也知道叔梁纥年龄大,但怎么也想不到他会走得这么快。因此,她不愿意跟儿子提起这件事。孔子从小就一定是个很懂事的孩子,他知道一提起父亲的死,母亲就会悲恸欲绝,于是,孔子也就不好再问。

另外,母亲希望孔子一心向学,将来成就大业,这才不辜负叔梁纥对他的厚望。因此,她不想让年纪还小的孔子为这些事分心,以免影响孩子的身心健康。

可是唐代司马贞却对"母讳之也"做了这样的解释:

> 谓孔子少孤,不的知父坟处,非谓不知其茔地。徵在笄年适于梁纥,无几而老死,是少寡,盖以为嫌,不从送葬,故不知坟处,遂不告耳,非讳之也。(《史记索隐·孔子世家第十七》注)

司马贞认为,孔子很小就死了父亲,成了孤儿,自然不能确知父亲的坟具体在哪里,而不是说不知道父亲的茔地在哪里。也就是说,孔子只知道父亲葬在防山这块茔地里,但这里有很多坟,孔子不知道哪个是父亲的坟。而颜徵在刚到束发插簪满十五岁的出嫁年龄便嫁给了叔梁纥,没过多久叔梁纥就老死了,颜徵在是年青寡妇,大概是为了避嫌,就没有跟从去送葬,所以不知道坟在哪里,当然也就无法告诉孔子,并不是因为有所顾忌而不说。如果仅仅是因为不知道,那倒是没什么要"讳"的,只要问一问当年助丧的老人也就知道了,又何必"讳之"?

颜徵在一定是一位伟大的母亲,她不仅对婚姻有自己的追求,对"野合"的婚礼并不在意,而且在对孔子的教育培养上,一定也倾注了无数的心血。孔子能够成为人类历史上的圣人,这与母亲的培养教育是分不开的。

正如匡亚明先生所说:"谈孔子生平而不谈孔子的母亲,不谈颜徵在,不能说是很公平的、实事求是的。"(《孔子评传》,南京大学出版社1990年12月第1版第25页)

遗憾的是,孔子母亲的教子方法和事迹没有留传下来。但人同此心,心同此理,古今一也,人我同耳,我们可以从胡适先生《四十自述》对母亲的回忆中,得到母教的启迪。胡适先生是中国新文化的领袖,民国时被称为"圣人""当今孔子"(郭沫若《三点意见》,见1954年12月9日《人民日报》)。他的母亲冯顺弟,十六岁嫁给比自己大三十二岁的四十八岁的胡传。胡适三岁,父亲胡传就去世了,是冯顺弟这位半文盲的"严师""慈母",一手把他培养成人的。正如胡适先生自己所说:

> 我在我母亲的教训之下住了九年,受了她的极大极深的影响。我十四岁(其实只有十二岁零两三个月)就离开她了,在这广漠的人海里独自混了二十多年,没有一个人管束过我。如果我学得了一丝一毫的好脾气,如果我学得了一点点待人接物的和气,如果我能宽恕人,体谅人,——我都得感谢我的慈母。(《四十自述》第一章《九年的家乡教育》)

笔者在《胡适四十自述手稿汇校评注》中,有这样一段"评述":

> 旧时的中国,一般妇女受教育比较少,因此对子女的教育更强调的是父亲,所谓"养不教,父之过"。而西方则更重视母亲对孩子的教育,认为"再没有什么能比人的母亲更为伟大"(惠特曼《草叶集·自己之歌》)。"世界上的一切光荣和骄傲,都来自母亲。"因为"没有母亲便没有诗人和英雄"(高尔基《意大利童话》)。"母亲是儿童的第一个教师。"(苏霍姆林斯基《给教师的一百条建议》下篇)比尔·盖茨的犹太母亲玛丽·盖茨甚至说:"两个民族的竞争,说穿了是两位母亲的竞争。"
>
> 胡适三岁丧父,他的成长,端赖母亲的教育。胡母

向历史借智慧

冯顺弟出身于普通农户之家，没有进过学堂，但她却为中华民族培养出了一位杰出的儿子。（《胡适四十自述手稿汇校评注》第一章《九年的家乡教育》"评述"，中华书局2021年12月第1版第69页）

胡适与孔子相比还是幸运的，虽然都是三岁丧父，但胡适得到的母爱要比孔子多得多：胡母去世的时候是一九一八年十一月二十三日，此时的胡适已经是北大的名教授了；而孔母去世的时候，孔子小学才刚毕业。春秋时的小学为六年制，一般是年初春季开学，男童八岁入小学，六年毕业是在年底的冬季，过了年就是十五岁。因此，《礼记·学记》说："八岁入小学，十五入大（太）学。"孔子说"吾十有五而志于学"（《论语·为政》），有人据此认为"孔子少年未入学庠，乃自学而成者也"（何新《孔丘年谱长编》，同心出版社2012年4月第1版第51页）。其实，是一种误解，这里的"志于学"是有志于上太学。当时的太学是贵族学校，一般家庭的孩子是很难上太学的。孔子既非贵族，而且十五岁左右，父母都不在了，在这种悲惨的情况下要上太学，必须有大志才行。

孔子为什么将亡母殡于"五父之衢"？

关于孔子母亲去世的具体时间，史无明确记载，《史记·孔子世家》记孔子母亲去世，是在孔子十七岁之前。

母亲死后，孔子因不能确知父亲的坟，所以不敢贸然合葬。为了慎重起见，孔子将母亲的灵柩暂且停放在五父之衢。

> 孔子为儿嬉戏，常陈俎豆，设礼容。孔子母死，乃殡五父之衢，盖其慎也。郰人挽父之母诲孔子父墓，然后往合葬于防焉。（《史记·孔子世家第十七》）

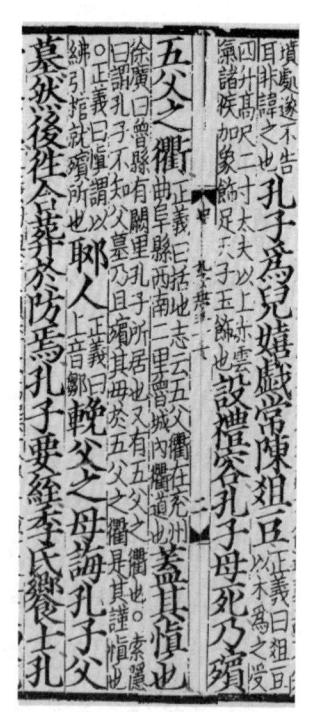

▲ 宋建安黄善夫家塾刻本三家注《史记》第四十七《孔子世家第十七》书影

《礼记》中也有同样的记载：

> 孔子少孤，不知其墓，殡于五父之衢。人之见之者，皆以为葬也。其慎也，盖殡也。问于郰曼父之母，然后得合葬于防。（《礼记正义·檀弓上第四》）

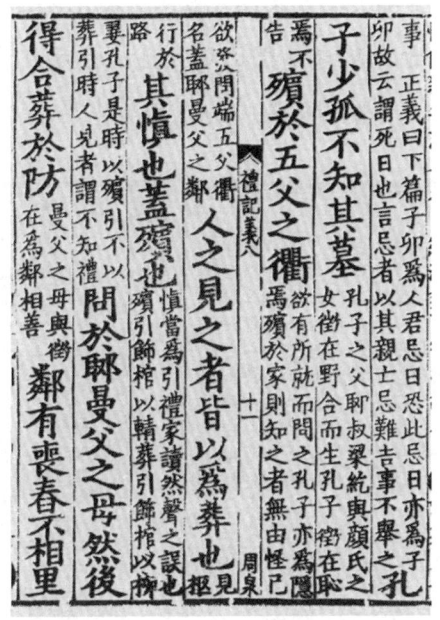

▲ 宋绍熙三年（1192年）两浙东路茶盐司刻宋元递修本汉郑玄注唐孔颖达《礼记正义》卷第八《檀弓第四》书影

东汉经学大师郑玄解释说："孔子之父郰叔梁纥与颜氏之女徵在野合而生孔子，徵在耻焉不告。"看来，郑玄既没有读懂"野合"，更没有读懂颜徵在。叔梁纥与颜氏女"野合"并非"走进青纱帐"，而且，颜徵在嫁给叔梁纥那是心甘情愿的，又何"耻"之有？

南朝宋裴骃《史记集解》云："徐广曰：鲁县有阙里，孔子所居也。又有五父之衢也。"唐代张守节《史记正义》引《括地志》云："五父之衢，在兖州曲阜县西南二里，鲁城内衢道也。"五父之衢是鲁国城内的一条大道，为什么要把母亲的灵柩停放在鲁国城内的大道旁呢？这实在令人大惑不解，甚而至于认为这是"注

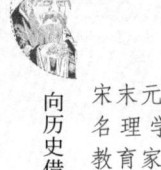

向历史借智慧

宋末元初著名理学家、教育家陈澔《礼记集说》对"殡于五父之衢"的质疑。

记者谬""虚造谤言"。

宋末元初著名理学家、教育家陈澔（hào）在《礼记集说》中就曾质疑说：

> 颜氏之死，夫子成立久矣……岂有终母之世不寻求父葬之地，至母殡而犹不知父墓乎？……殡于衢路，必无室庐，而死于道路者不得已之为耳，圣人礼法之宗主而忍为之乎？（《礼记集说》卷二《檀弓上第三》）

▲ 元天历戊辰建安郑明德宅新刊元陈澔《礼记集说》卷二《檀弓上第三》书影

陈澔质疑说，颜氏死的时候，孔夫子已经成人自立很久了，哪有母亲在世的时间里都不寻求父亲所葬之地，直到殡母的时候仍然不知道父亲的墓在哪里的道理呢？其实，颜氏死的时候，孔子可能尚未束发成人，或刚到束发成人的虚岁十五岁，绝对不是"成立久矣"。

陈澔又质疑说，孔子把母亲的灵柩停在大道上，必定不能建造守墓的房屋，因为如果你在路上建造守墓的房屋，那就堵塞交通了。凡是死了停放在道路上的人，都是意外死亡不得已才这么做的，圣人是礼法的宗主，怎么能忍心做这样的事呢？

其实,"殡于五父之衢",并非将灵柩停在大道上,而是停在路旁。而且,这个时候的孔子,基本是草根一族,还没有成为"礼法之宗主",更不是"圣人","圣人礼法之宗主",那是长大以后的事。

看来,陈澔对《礼记·檀弓》这段文字,并没有完全读懂,所以才有了这些质疑。

《史记·孔子世家》说"孔子疑其父墓处",并不是说对父亲的墓在哪里茫无所知,完全不知道,而是不能确定这个墓究竟是不是父亲的,所以才用了一个"疑"字。为了慎重起见,孔子将其母亲的灵柩暂时停在"五父之衢"。城内的"五父之衢"不是殡葬之所,因此就会引来很多人。孔子向大家解释原因,请求有确知父墓的人告诉自己,以便合葬,所以《孔子世家》才说"盖其慎也",这是孔子的审慎。正是因为对父墓有"疑",所以合葬才要"慎"。但郑玄在《礼记注》中,却说这里的"慎"当为"引",也就是说"慎"是"引"的同音假借字,而这个"引"就是"纼"(zhèn),是牵引灵柩的大绳子。这样的解释真可谓点金成铁,当然也就与智慧无缘了。

> 郑玄对"盖其慎也"的误解。

孔子的这个做法确乎智慧,果然,陬邑有个叫挽父的人,《礼记》作"曼父",音近而讹。挽父的母亲知道叔梁纥的墓是哪个。经过确定之后,孔子便将母亲的灵柩送到了防山,与父亲合葬了。

孔子为父母合葬这天,孔子刚到家,防山墓地就下起了倾盆大雨,好像上天也在与孔子同悲。

> 孔子筑坟,天下大雨。

孔子既得合葬于防,曰:"吾闻之,古也墓而不坟。今丘也,东西南北之人也,不可以弗识也。"于是封之,崇四尺。孔子先反,门人后,雨甚,至,孔子问焉,曰:"尔来何迟也?"曰:"防墓崩。"孔子不应。三,孔子泫然流涕曰:"吾闻之,古不修墓。"(《礼记·檀弓上第三》)

▲ 宋绍熙三年（1192年）两浙东路茶盐司刻宋元递修本唐孔颖达《礼记正义》卷第八《檀弓第四》书影（一）

▲ 宋绍熙三年（1192年）两浙东路茶盐司刻宋元递修本唐孔颖达《礼记正义》卷第八《檀弓第四》书影（二）

孔子在防山将父母合葬之后，说："我听说，古时候（指殷商时候）只设墓而不积土筑坟，但我孔丘现在已经是个周游四方的人了，墓葬不能没有个标志。"以免多年之后，找不到墓的位置。

孔子这话充满了悲伤，古语云"父母在，不远游"，以免父母挂念。万不得已远游时，也要告诉父母自己远游的地方，以便通个音信。可是，现在孔子的父母均已过世，再也没有人挂念自己了。于是，封土筑坟，坟高四尺，周代一尺将近二十厘米。坟筑起来之后，孔子就先回家了。

门人在后面，遇到了倾盆大雨。门人到家之后，孔子问道："你怎么回来得这么晚啊？"门人回答说："雨下得太大，防山的坟墓坍塌了。"言外之意是说，我是修好了坍塌的坟墓才回来的。孔子没有应声。门人以为孔子没听到，就接连说了三遍。孔子伤心地流着眼泪说："我听说古时候是不修墓的。"意思是古不筑坟，自己违背古时的惯例，致使门人修墓。

很多译注本都把这里的"门人"解作弟子或学生，这时的孔子尚未授徒，没有弟子。因此，这里的门人，应该就是自家守门的仆人。孔子将父母合葬之后，助丧的人都走了，只剩下孔子与一个门人筑坟。从孔子的问话"尔来何迟也"可知，门人只有一个。因为"尔"，多用为第二人称单数，用作复数时，往往说"尔曹"。

三、孔子赴宴　阳虎拒之

按照当时的礼仪，父母去世后，儿子要守丧三年。就在孔子为母亲守丧期间，鲁国权臣季氏在家里举行盛大宴会，宴请鲁国境内的士人。季氏是鲁国的正卿，鲁国的士人要想做官，不管你是想为国效忠，还是想有出头之日，这都是一个极为重要的机会。孔子想，自己的父亲是鲁国陬邑大夫，虽然不是有封地、可世袭的大夫，但至少也是"士"中的佼佼者，而自己正在鲁国读"大学"，无论怎么说，自己也是"士"啊。季氏宴请士人，自己这个

向历史借**智慧**

季氏的家臣、大管家阳虎不允许孔子参加宴会。

士人如果不去，那不是瞧不起季氏吗？因此，孔子便腰间系着守丧的麻带子前往赴宴。

可是，当孔子来到季氏府上门前时，却被季氏的家臣、大管家阳虎给挡住了。

> 孔子要绖，季氏飨士，孔子与往。阳虎绌曰："季氏飨士，非敢飨子也。"孔子由是退。
> （《史记·孔子世家第十七》）

"绌"通"黜"，阳虎黜退孔子说："季孙氏家所宴请的是士人，可没敢请你啊。"黜退就是喝令退出，孔子只得退了回来。

虽然孔子还把自己当成"士"，但在季氏家臣阳虎的眼里，孔子这位鲁国陬邑大夫之子，不过是草根"野人"而已。

鲁迅先生在《呐喊·自序》中说："有谁从小康人家而坠入困顿的么，我以为在这途路中，大概可以看见世人的真面目。"孔子的家世，从帝王之家衰落到草根一族，岂止"从小康人家而坠入困顿"而已矣！这陵谷盛衰的变迁，令孔子阅尽了人间沧桑！

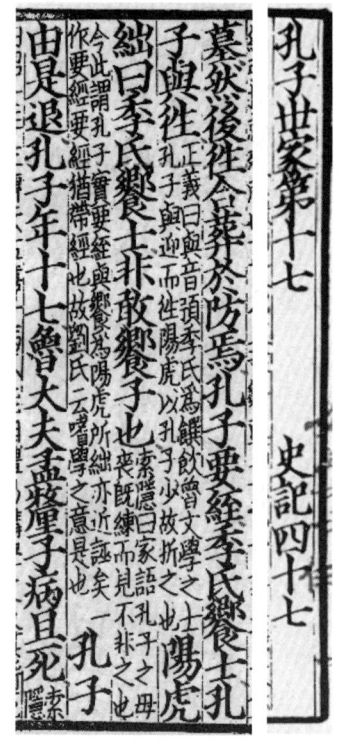

▲ 宋建安黄善夫家塾刻本三家注《史记》第四十七《孔子世家第十七》书影

然而，从山巅坠落到谷底本身并无多少价值意义可言，价值意义的关键，在于这谷底之下还有地火在运行，奔突，而且这高压的熔岩即将喷涌而出，射向万米的高空，进而凝固为世界的屋脊！

以怒疗恶疾　病愈烹良医

——医哲文挚与暴君湣王

两千多年前，中国有一位叫文挚的良医，他不仅医术精湛，而且医德高尚。可是他给一位患者治好了病，却被患者杀害了。

一、哲人名医　难治怪病

文挚是战国时的一位著名良医，在他那里，几乎没有治不了的病。可是，有一次他却遇到了一个叫龙叔的特殊患者，经过一番诊视之后，文挚只得乖乖地承认自己医术浅薄，治不了这个病。

　　龙叔谓文挚曰："子之术微矣。吾有疾，子能已乎？"文挚曰："唯命所听。然先言子所病之证。"龙叔曰："吾乡誉不以为荣，国毁不以为辱，得而不喜，失而弗忧，视生如死，视富如贫，视人如豕，视吾如人。处吾之家，如逆旅之舍；观吾之乡，如戎蛮之国。凡此众疾，爵赏不能劝，刑罚不能威，盛衰、利害不能易，哀乐不能移。固不可事国君，交亲友，御妻子，制仆隶。此奚疾哉？奚方能已之乎？"文挚乃命龙叔背明而立，文挚自后向明而望之。既而曰："嘻！吾见子之心矣，方寸之地虚矣，几圣人也！子心六孔流通，一孔不达。今以圣智为疾者，或由此乎？非吾浅术所能已也。"（《列子·仲尼第四》）

向历史借智慧

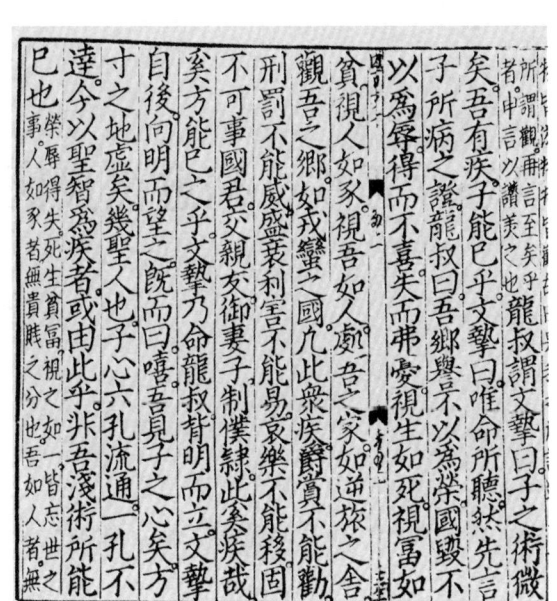

▲ 元初刻本宋林希逸《列子鬳(yàn)斋口义·仲尼第四》书影

有一天，龙叔对文挚说："您的医术十分精湛了。我现在有病，您能给治好吗？"

文挚说："很愿意为您效力，一切听从您的吩咐。不过要先说说您的病症。"

龙叔说："我乡的人都赞誉我，我却不以为光荣；我国的人都毁谤我，我却不以为耻辱。得到了利益却不喜悦，丧失了利益却不忧愁。把活着看得像死亡一样，把富贵看得像贫穷一样；把人看得像猪一样，把自己看得像别人一样。住在我自己的家中，却像是住在外面的旅馆一样；看我的家乡，像是西戎南蛮之国一样。因为有这些病，所以爵位赏赐不能勉励我，严刑惩罚不能威胁我，盛衰、利害不能改变我，悲哀快乐不能动摇我。这样一来，我自然就不能辅佐国君，不能交结亲友，无法管教妻子儿女，不能控制奴仆。这是什么病呢？有什么药能治好它呢？"

"文挚乃命龙叔背明而立，文挚自后向明而望之。"这句话如果直译就是："文挚就叫龙叔背向阳光而站立，文挚从他身后面向阳光而观察他。"各种译本大同小异：

龙叔究竟患的是什么病？

两千多年来无人读懂的"背明而立"。

文挚于是叫龙叔背向阳光而站立。文挚从身后向阳光而观察他。（萧登福著《列子古注今译》，文津出版社1981年3月出版第367页）

文挚便吩咐龙叔背向光亮站着，他在他后面对着光线仔细观察。（严北溟、严捷撰《列子译注》，上海古籍出版社1986年9月第1版第109页）

文挚就叫龙叔背向明亮的光亮站着。文挚从他背后向着光亮看望。（王强模译注《列子全译》，贵州人民出版社1993年10月第1版第104页）

于是，文挚让龙叔背光站定。文挚从后面顺着光线进行观察……（来可泓等编译《经典图读·列子》，上海辞书出版社2003年10月第1版第72页）

文挚便叫龙叔背对光站着，他从他后面对着光亮观望……（叶蓓卿译注《中华经典名著全本全注全译丛书·列子》，中华书局2012年3月第1版第102页）

文挚便吩咐龙叔背朝光亮站着，他在他后面顺着光线仔细观察。（景中译注《中华经典藏书·列子》，中华书局2012年3月第1版第118页）

文挚便吩咐龙叔背着光线站立，文挚在后面向光线望过去。（饶宗颐名誉主编、梁万如导读及译注《列子》，中信出版社2015年1月第1版第107页）

但如果按照这样的翻译实际操作一下，就会发现问题。原文说"文挚自后向明而望之"，就是文挚从龙叔的后面向着阳光望他，这就是说文挚和龙叔是同向而立，否则文挚就不能从龙叔的后面向着阳光望他。既然文挚是向着阳光望，那文挚一定是面向阳光而立；既然文挚和龙叔是同向而立，那龙叔也一定是面向阳光而立。可是上句却说"文挚乃命龙叔背明而立"，文挚就叫龙叔背向阳光而站立，这就自相矛盾了。如果龙叔是背向阳光而站立，文挚与龙叔同向而立，也得是背向阳光，那文挚就不能从龙叔的后

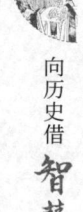

向历史借智慧

为什么说"背明而立"就是"向明而立"?

"面之"为什么要解释为"背之"?——《史记·项羽本纪》中的反训词。

面向着阳光望他了,而只能是顺着阳光望他了。

按照事理来分析,"文挚乃命龙叔背明而立",当作"文挚乃命龙叔向明而立"。可是,目前所见到的版本,均作"背明而立",没有作"向明而立"的,所以,不能臆断"背明而立"有误。

那怎么解释上述的矛盾呢?其实,"背明而立"的"背"是个反训词,也就是说这个"背"是"向"的意思。

反训是训诂学术语,就是用反义词解释词义。有些词古代含有相反两义,如"乱"字有扰乱和治理两义。以"治"解释"乱",就是反训。

如《史记》写项羽乌江自刎时有这样一段话:

> 项王身亦被十余创。顾见汉骑司马吕马童,曰:"若非吾故人乎?"马童面之,指王翳曰:"此项王也。"项王乃曰:"吾闻汉购我头千金,邑万户,吾为汝德。"乃自刎而死。(《史记·项羽本纪第七》)

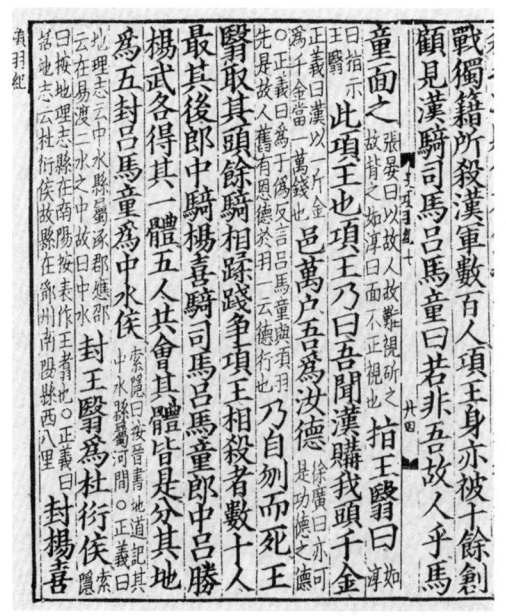

▲ 宋建安黄善夫家塾刻本《史记》卷七《项羽本纪第七》书影

"马童面之",南朝宋裴骃《史记集解》云:"张晏曰:'以故人故,难视斫之,故背之。'如淳曰:'面,不正视也。'"这里的"面"就是反训词,"面"本来是面向的意思,但在这里却解释为"背"。"马童面之"不是说马童面向项羽,而是马童转过脸去背对着项羽。

文挚叫龙叔面向阳光站立,文挚在他后面向着阳光如同透视一样地望着他。过了一会儿说:"嘻!我看见你的心了:你的心已经空虚了,几乎快成圣人比干了!比干拥有七窍玲珑心,你的心已有六个孔窍通了,只有一个孔窍还没有通。如今你把圣人的智慧当成了疾病,或许就是这个原因吧?这可不是我这浅陋的医术所能治好的。"

《列子》中的文挚,可不是仅能医治身体疾病的良医,他已经是道行极深的医哲了。

二、齐王病愈　烹杀良医

有一次,齐国国王得了恶疮,御医都治不了,太子非常着急,于是就派人去请文挚来医治。

文挚给齐王治好了病,但却被齐王给烹杀了。

齐王疾痏(wěi),使人之宋迎文挚。文挚至,视王之疾,谓太子曰:"王之疾必可已也。虽然,王之疾已,则必杀挚也。"太子曰:"何故?"文挚对曰:"非怒王则疾不可治,怒王则挚必死。"太子顿首强请曰:"苟已王之疾,臣与臣之母以死争之于王。王必幸臣与臣之母,愿先生之勿患也。"文挚曰:"诺。请以死为王。"与太子期,而将往不当者三,齐王固已怒矣。文挚至,不解屦登床,履王衣,问王之疾,王怒而不与言。文挚因出辞以重怒王,王叱而起,疾乃遂已。王大怒不说,将生烹文挚。太子与王后急争之而不能得,果以鼎生烹文挚。爨之三日三夜,颜色不变。文挚曰:"诚欲杀我,则

向历史借智慧

胡不覆之,以绝阴阳之气?"王使覆之,文挚乃死。夫忠于治世易,忠于浊世难。文挚非不知活王之疾而身获死也,为太子行难,以成其义也。(《吕氏春秋·仲冬纪第十一·至忠》)

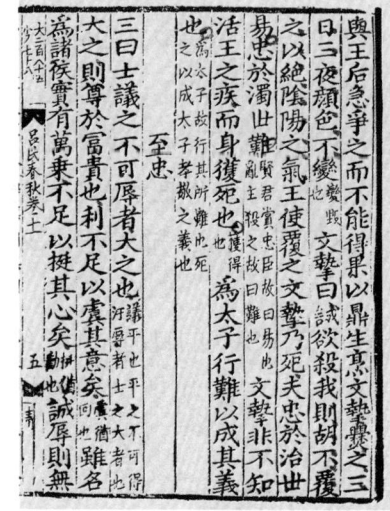

▲ 元至正嘉兴路儒学刻本《吕氏春秋·仲冬纪第十一·至忠》书影

根据东汉高诱的注释,这个故事中的齐王就是齐湣王:"齐王,湣王也,宣王之子。"

据《史记·田敬仲完世家》记载,周赧王十四年(齐宣王十九年,前301年),齐宣王去世,儿子田地(又名田遂)即位,成为田齐政权的第六任国君,史称齐湣王(齐闵王、齐愍王)。

《吕氏春秋》中的文挚医病的故事极为特别,他给齐湣王诊病之后对太子说:"大王的病肯定可以治愈,但是大王的病一旦痊愈,大王一定会杀死我。"

太子说:"什么原因呢?"

文挚回答说:"如果不激怒大王,大王的病就治不好;但如果大王真的被激怒了,那我就必死无疑了。"

太子叩头下拜,极力请求说:"如果治好了父王的病而父王真的要杀先生的话,我和我母亲一定以死向父王为您争辩,父王一定哀怜我和我母亲,望先生不要担忧。"

文挚明知给齐湣王治愈后必定被杀,为什么还要给齐湣王治病?

116

文挚听太子这么说，就答应了："那好吧。我愿拼着一死为大王治病。"

文挚跟太子约定了看病的具体日期，但文挚多次都不如期前往。齐湣王本来已经动怒了。文挚到了之后，没有脱鞋就登上了齐湣王的床，踩着齐湣王的衣服，询问齐湣王的病情。齐湣王恼怒，不跟他说话。文挚于是口出不逊之辞，再次激怒齐湣王。齐湣王大声呵斥着站了起来，病竟然神奇般地好了。

可是齐湣王盛怒未消，他非要把文挚活煮了不可。太子和王后急忙为文挚争辩，但无论母子俩怎么说，齐湣王都不肯改变决定。最终，齐湣王把文挚扔进了鼎沸的开水里煮。文挚被煮了三天三夜，容貌一点都没有毁坏。

文挚在鼎中说："大王既然要杀我，为什么不把盖子盖上，隔断阴阳之气呢？"

齐湣王于是让人把鼎盖盖上，文挚这才被煮死了。

《吕氏春秋》写这个故事是要阐明一个道理，就是在盛世做到忠是容易的，在乱世做到忠却是很难的。文挚不是不知道治好了齐湣王的病自己就得被杀，他是为了太子才去做两难的事，"以成其义也"。成什么义呢？现代译本大多译为"以便成全太子的孝敬之义"，但署陆游评本的《吕氏春秋》却是这样评述的：

> 文挚明知怒王必死而复蹈之者，亦士为知己者死也。（《吕氏春秋·仲冬纪第十一·至忠》）

▲ 明万历四十八年（1620年）宋陆游评、明凌稚隆批《吕氏春秋·仲冬纪第十一·至忠》书影

《吕氏春秋》写这个故事要阐明什么道理？

以怒疗恶疾　病愈烹良医——医哲文挚与暴君湣王

"以成其义也",并非"以成太子孝敬之义",而是成文挚"士为知己者死"之义。

但我们今天读这则故事,看到的却是齐湣王的残暴。太子及其母亲已经再三向齐湣王做了解释,文挚所做的一切无礼行为,都是为了激怒大王,从而医治大王血脉阻滞的疾病。也就是说,文挚的所作所为,都是医治疾病的方法和手段,而且事先已经向太子做了说明,得到了太子的认可和保证。但齐湣王却不管这些,最终硬是把文挚给烹了,真是残忍之至!

三、抽筋悬梁　罪有应得

齐湣王即位之后,骄奢淫逸,穷兵黩武,先后破秦、燕诸国,控制楚国,消灭宋国。

周赧王二十七年(齐湣王十三年,前288年),秦昭王与齐湣王相约共同称帝,秦昭王为西帝,齐湣王为东帝。齐湣王后又被苏秦离间去掉了帝号,合纵反秦。周赧王三十一年(齐湣王十七年,前284年),燕国将领乐毅以燕国、秦国、赵国、韩国、魏国五国联军攻打田齐。

王解而却。燕将乐毅遂入临淄,尽取齐之宝藏器。湣王出亡,之卫。卫君辟宫舍之,称臣而共具。湣王不逊,卫人侵之。湣王去,走邹、鲁,有骄色,邹、鲁君弗内,遂走莒,楚使淖齿将兵救齐,因相齐湣王。淖齿遂杀湣王而与燕共分齐之侵地卤(通"掳")器。(《史记·田敬仲完世家》)

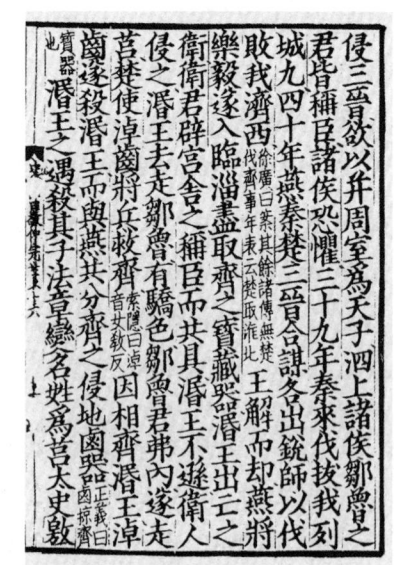

▲ 宋建安黄善夫家塾刻本《史记》卷四十六《田敬仲完世家第十六》书影

在五国精兵的进攻下，齐国的军队溃散退却。燕将乐毅便攻入齐国首都临淄，掠取了齐国收藏的全部珍宝礼器。

一向骄横的齐湣王逃到了卫国，卫国国君腾出自己的王宫让他居住，向他称臣并为他备办酒席，可是这位不知天高地厚的齐湣王却十分傲慢。卫国人实在看不下去了，你齐湣王是败逃到我国来避难的，我们国君高看你一眼，你却不识趣，还摆出一副"王"的架势，于是就去侵扰他，使他昼夜不得安宁。齐湣王只得离开卫国，跑到了邹国，却仍然傲气凌人，邹国干脆不收留他。没办法，齐湣王又逃到了鲁国，还是傲慢无比，鲁国的国君也不收留他，于是他又跑到了莒国。

这时，楚国派大将淖（nào）齿率兵来救援齐国，淖齿因而做了齐湣王的宰相。不用说，齐湣王对这位楚国派来救援的淖齿宰相仍然是呼来喝去，傲慢无礼。淖齿一怒之下把他虐杀了。淖齿是怎样虐杀齐湣王的呢？《韩非子》与《战国策》均有记载：

> 淖齿之用齐也，擢湣王之筋悬之庙梁，宿昔（同"夕"）而死。（《韩非子》卷第四《奸劫弑臣第十四》）

> 淖齿管齐之权，缩闵王之筋，县（同"悬"）之庙梁，宿昔（通"夕"）而死。（《战国策》卷五《秦三》）

楚国大将淖齿为什么要把齐湣王抽筋悬在庙梁上吊死？

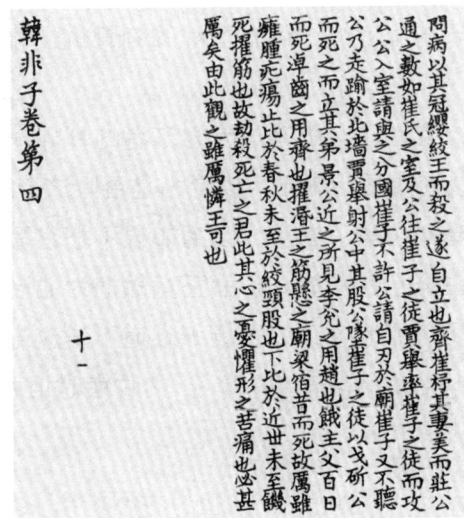

▲ 清影宋抄本《韩非子》卷第四《奸劫弑臣第十四》书影

以怒疗恶疾 病愈烹良医——医哲文挚与暴君湣王

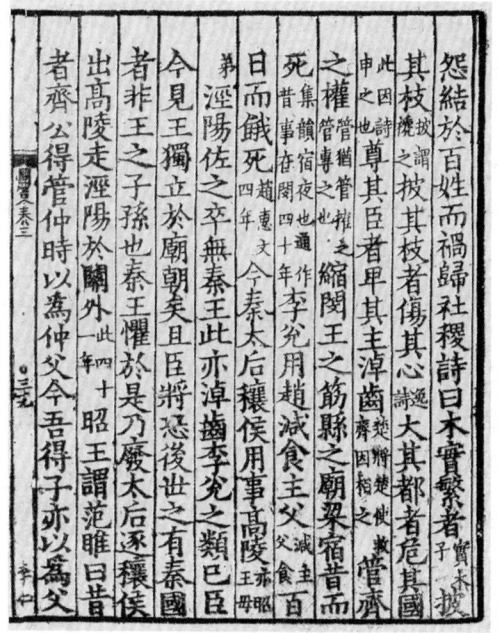

▲ 宋绍熙二年（1191年）会稽郡斋刻本《鲍氏国策》卷五《秦三》书影

　　淖齿把齐湣王的筋挑出来，把他悬挂在宗庙的梁上。齐湣王就这样被挂了一宿，声嘶力竭的哭叫渐渐弱化，直到最后，再也没有半点声息地死去了。

　　两条筋被挑出来当作绳索挂在梁上，倒挂在梁上的齐湣王会疼痛到难以想象的程度，这得有多深的刻骨仇恨才能下得了如此的狠手啊！

　　写到这里，笔者几次搁笔，因为笔者的耳畔一直回荡着齐湣王那鬼哭狼嚎般的凄厉的嘶叫，以至为是否写这个结尾犹豫再三。最后，还是忍痛把它写了出来，因为如果不把它写出来，那对良医文挚来说实在是不公平的。齐湣王竟然把为他治好病的良医扔进鼎中活活煮死，那他今天的下场，难道不是应得的报应吗？借用鲁迅先生在《论雷峰塔的倒掉》一文收束时诅咒法海的短语："活该。"

韩信报恩报德的智慧
——兼正"蓐食""百钱"之误解

韩信是中国历史上杰出的军事家,被誉为一代兵仙,而且登坛拜将,封侯封王。但你可知道,他曾经是一个到处蹭饭吃的穷小子?

一、韩信蹭饭 亭长蓐食

《史记》韩信传的开篇,就写了一个韩信蹭饭的悲催故事:

> 淮阴侯韩信者,淮阴人也。始为布衣时,贫,无行,不得推择为吏,又不能治生商贾,常从人寄食饮,人多厌之者。常(通"尝")数(shuò)从其下乡南昌亭长寄食,数月,亭长妻患之,乃晨炊蓐食。食时信往,不为具食。信亦知其意,怒,竟绝去。
> (《史记·淮阴侯列传第三十二》)

《史记》说,淮阴侯韩信是江苏淮阴人。淮阴位于江苏中北部,江淮平原东部,在今江苏淮安市淮阴区码头镇。因在淮水之南,故称淮阴。

▲ 宋乾道七年(1171年)蔡梦弼东塾刻本汉司马迁《史记》卷九十二《淮阴侯列传第三十二》书影

《史记》韩信传开篇所写的韩信蹭饭的悲催故事。

兵仙韩信的故里——淮阴。

向历史借 **智慧**

淮阴历史悠久，夏禹时属于徐国。

春秋时，周敬王八年（鲁昭公三十年，前512年）周历冬季十二月，吴王阖庐率孙武和伍子胥进攻徐国，用的是水攻的方法，就是筑成一道堤坝，将山上的水截住，然后放水灌入徐国，这是利用堤坝以水攻城的最早文献记录。二十三日这天，徐国灭亡，淮阴便归属吴国。

周元王四年（前473年），越国消灭了吴国，淮阴归属越国。

周定王二十四年（前445年），楚国多次入侵淮水流域，淮阴最终归属楚国。

▲ 宋庆元六年（1200年）绍兴府刻宋元递修本唐孔颖达《春秋左传正义》卷三十二《昭公三十年》书影

秦始皇统一六国之后，将天下分为三十六郡，淮阴隶属于泗水郡（一说属东海郡，也称郯郡）。汉高祖六年（前201年），刘邦封韩信为淮阴侯，淮阴成为韩信的封邑。汉高祖十一年（前196年），韩信被杀，淮阴侯国被取消，仍称淮阴县（今淮安市淮阴区）。

韩信当初为平民百姓的时候，家里贫穷，连饭都吃不上。一个没有产业的贫民，要想解决生计问题，在当时只有两条路：一是做官吏，二是做生意。可是对于韩信来说，这两条路都走不通。首先，他不具备秦朝统治者任用官吏所要求的品行标准，也就是政治不合格，所以不能被推选去做官吏。其次，他又不会做生意维持自己的生活，于是，就只能寄居在别人家里蹭饭吃。因此，人们大多厌恶他。

韩信"为布衣时"，常到亭长家蹭饭。

韩信与下乡南昌亭的亭长相熟，就免不了总去亭长家里蹭饭吃。下乡是秦时地方行政区划的乡名，但后人对这个乡名的解释，却出现了误读。

南朝宋裴骃《史记集解》注云："张晏曰：'下乡县属淮阴也。'"唐司马贞《史记索隐》注云："案：下乡，乡名，属淮阴郡。"施之勉先生说：

> 杨守敬曰："张晏云：'下乡县，属淮阴。'按淮阴，县名。果有下乡县，不得言属淮阴。考《汉书》张晏《注》无县字，知下乡为乡名。《史记注》县字，乃衍文也。"（王叔岷《史记斠证》，中华书局2007年7月第1版2691页引）

淮阴是县，如果下乡本身也是县，当然就不能隶属淮阴县，张晏恐怕不会犯如此低级的错误。其实，张晏的解释与司马贞的解释并不矛盾，杨守敬之所以认为两家注释有矛盾，是因为对张晏注解的断句出了问题。从施之勉先生的引文可知，杨守敬和施之勉先生都把张晏的注解断读为："下乡县，属淮阴。"这就把"下乡"当成县了，自然与司马贞的"下乡，乡名"矛盾了。但如果把张晏的注解断读为"下乡，县属淮阴"，意思是说，下乡属于淮阴县，这就没有矛盾了，"下乡县属淮阴"的"县"，当然也就不是什么衍文了。至于说"《汉书》张晏《注》无县字"，那应该是简省了"县"字。

杨守敬被誉为"晚清民初学者第一人"，是杰出的历史地理学家、金石文字学家、版本目录学家、书法艺术家、藏书家，一生著述八十多种，其代表作《水经注疏》，是"郦学"史上的一座丰碑。正是因为他的名声太大，所以后人对他的错误断句也就深信不疑，连施之勉和王叔岷先生这样的名教授都没有发现。

"南昌亭长"，唐司马贞《史记索隐》注云："案：《楚汉春秋》作'新昌亭长'。"《楚汉春秋》是西汉陆贾所撰写的一部刘邦和项羽争夺天下的史书，《汉书·艺文志》和《隋书·经籍志》著录此书为九篇，《旧唐书·经籍志》著录为二十卷，《新唐书·艺文志》著录为九卷，但《宋史·艺文志》没有著录。由此推断，《楚汉春秋》在宋元之际可能已经亡佚。而"新昌亭长"的说法也就只见于《史记索隐》，唐颜师古注《汉书》也没有援引此说。

南昌亭是下乡一个亭的名字，在淮阴县城西。据南宋郑樵

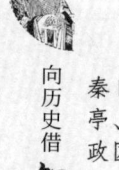

向历史借智慧

秦时的乡、亭、里等行政区划。

《通志略》记载：

> 秦制，十里一亭，亭有长。十亭一乡，乡有三老，有秩啬夫、游徼（jiào，巡逻、巡察）。三老掌教化。啬夫职听讼，收赋税；游徼循禁盗贼。（《通志略·职官略第六·州郡第十一下·乡官》）

秦时的地方行政区划，十里为一亭，十亭为一乡。里在周朝的时候为居民单位，"五家为邻，五邻为里"，也就是二十五家为一里。另外还有五十家为一里、七十二家为一里、八十家为一里等不同说法。西汉因袭秦朝的制度，以百家为一里，一亭为十里，那就是掌管一千家，一乡为十亭，那就是掌管一万家。

每个亭设亭长一人，维持其所属村落居民的治安，并负责接待过往的官吏。

▲ 清光绪二十二年（1896年）浙江书局刊本宋郑樵《通志》卷第五十六《州郡第十一下·乡官》书影

韩信并不是官吏，却总到亭长家里吃闲饭，而且接连好几个月总是这样。亭长的妻子担心韩信会这样没完没了地一直吃下去，于是就想了一个妙招儿来对付韩信，那就是"晨炊蓐食"。南朝宋裴骃《史记集解》引述张晏的解释说："未起而床蓐中食。"就是早晨还没起床的时候，就在睡觉的床垫子上进餐。这样一来，等韩信再来想蹭饭的时候也就无饭可蹭了。韩信当然明白是怎么回事，于是就跟亭长断交了。

张晏说"蓐食"就是"未起而床蓐中食。"

二、张解"蓐食" 王氏质疑

张晏把"蓐食"解作"未起而床蓐中食"，但清代著名学者王引之却认为这样的解释并不妥当：

> （文公）七年传："训卒利兵秣马蓐食"，杜注曰："蓐食，早食于寝蓐也。"《汉书·韩信传》："亭长妻晨炊蓐食。"张晏曰："未起而床蓐中食。"
>
> 引之谨案："训卒利兵秣马"，非寝之时矣。"亭长妻晨炊"，则固已起矣，而云"早食于寝蓐"，云"未起而床蓐中食"，义无取也。《方言》曰："蓐，厚也。"食之丰厚于常，因谓之蓐食。"训卒，利兵，秣马，蓐食"者，《商子·兵守篇》曰："壮男之军，使盛食、厉兵，陈而待敌；壮女之军，使盛食、负垒，陈而待令。"是其类也。两军相攻，或竟日未已，故必厚食乃不饥。亭长之妻欲至食时不具食以绝韩信，故亦必厚食乃不饥也。成十六年《传》"蓐食申祷"，襄二十六年《传》"秣马蓐食"，并与此同。（《经义述闻》第十七《春秋左传上·秣马蓐食》）

▲ 清嘉庆二十二年（1817年）阮元序刻本清王引之《经义述闻》第十七《春秋左传上·秣马蓐食》书影

王引之质疑张晏的主要论据有两个：一是西汉扬雄《方言》对

向历史借**智慧**

"蓐"的解释,二是《左传·文公七年》和《左传·成公十六年》的用例。

我们先来看一下《左传·文公七年》的用例:

秦康公送公子雍于晋,曰:"文公之入也无卫,故有吕、郤之难。"乃多与之徒卫。

穆嬴日抱大(太)子以啼于朝,曰:"先君何罪?其嗣亦何罪?舍適(同'嫡')嗣不立而外求君,将焉置此?"出朝,则抱以适赵氏,顿首于宣子曰:"先君奉此子也而属诸子曰:'此子也才,吾受子之赐;不才,吾唯子之怨。'今君虽终,言犹在耳,而弃之,若何?"宣子与诸大夫皆患穆嬴,且畏逼,乃背先蔑而立灵公,以御秦师。箕郑居守。赵盾将中军,先克佐之;荀林父佐上军;先蔑将下军,先都佐之。步招御戎,戎津为右。及堇(jǐn)阴。宣子曰:"我若受秦,秦则宾也;不受,寇也。既不受矣,而复缓师,秦将生心。先人有夺人之心,军之善谋也。逐寇如追逃,军之善政也。"训卒:利兵、秣马、蓐食,潜师夜起。(《左传·文公七年》)

《左传·文公七年》中关于"蓐食"的记载。

▲ 唐开成石经《春秋左氏传·文公七年》书影(一)

▲ 唐开成石经《春秋左氏传·文公七年》书影（二）

鲁文公六年（晋襄公七年，前 621 年）周历八月十四日，晋襄公驾崩，遗命立嫡子夷皋为君。但夷皋虚岁才四岁，由于晋国屡次发生祸难，所以大臣们想立一位年长的国君。当时晋国最有权势的人物是正卿赵盾（也称赵孟、赵宣子），他想要立晋襄公的弟弟公子雍为君。公子雍是晋文公的庶子，母亲是杜祁，晋文公很喜爱公子雍，待他长大后就让他到秦国去做官。公子雍在秦国的声望很高，官职升到了亚卿。周代的卿分上、中、下三级，亚卿就是中卿。因此，如果立公子雍为国君，也会得到秦国的支持。于是赵盾就派大将先蔑与士会到秦国，迎接公子雍回来做国君。秦康公非常高兴，因为公子雍是自己的外甥啊。秦康公说："当年晋文公回国的时候，秦国没有派军队护送，所以有吕甥、郤芮（rui）发动的祸难。"

当年祸难的情况是这样的，鲁僖公九年（晋献公二十六年，前 651 年），晋献公逝世，晋国卿大夫里克等人在国内杀死了骊姬姐妹所生的公子，准备迎立公子重耳的时候，晋国大夫郤芮向公子夷吾献计，使夷吾得到了秦国的帮助，回国做了国君，这就是晋惠公。

鲁僖公二十三年（晋惠公十四年，前 637 年）周历九月，晋惠公去世，晋国大夫郤芮和吕甥拥立从秦国逃亡回来的太子圉

向历史借智慧

穆嬴抱着嫡子夷皋在朝廷上啼哭,赵盾改立国君。

赵盾率领三军,不允许秦国送公子雍回国。

(yǔ)即位,这就是晋怀公。

鲁僖公二十四年(晋文公元年,前636年),公子重耳从秦国回到晋国。晋怀公的心腹郤芮和吕甥临阵倒戈,重耳成功即位做了晋国国君,这就是晋文公。但郤芮又担心晋文公会惩罚晋惠公的党羽,于是就和吕甥一起密谋放火焚烧晋文公的寝宫以谋杀晋文公。但两人的计划被宦官履鞮(dī)告发了,虽然烧毁了宫室,但却没有找到晋文公。计划失败后二人逃亡到秦国,后被秦穆公诱杀。

所以,秦康公说,这次要多派卫士护送公子雍回晋国。因此,先蔑与士会就提前回晋国了。

夷皋的母亲穆嬴,得知赵盾派人去秦国迎接公子雍回来做国君,便日夜抱着夷皋在朝廷上啼哭,说:"先君(指晋襄公)有什么罪?他的合法继承人有什么罪?你们抛开嫡子不立,反而到外边去找国君,你们准备怎么安置这个孩子?"穆嬴出了朝廷就抱着夷皋到了赵盾家里,向赵盾叩头说:"先君曾经抱着这孩子托付给您,说:'太子如果成才,我将拜谢领受您赐予的贡品;如果不成才,我将怨恨您。'如今国君刚刚去世,话音还在耳边,您就把国君的话丢在了一边,您打算怎么办呢?"赵盾和大夫们都怕穆嬴,而且也怕被政敌威逼,就背叛先蔑所迎立的公子雍,而立夷皋为国君,这就是晋灵公。同时快速出兵,抵御秦国护送公子雍的军队。

赵盾让上军主将箕郑留守,自己亲自率领中军,由先克辅佐自己。因为上军主将箕郑留守,就由荀林父这位佐将独自率领上军;先蔑率领下军,由先都辅助他。大夫步招为赵盾驾御战车,大夫戎津做车右。很快就抵达了堇阴,这个地方靠近秦国边境,在今天的山西临猗县东。赵盾说:"我如果接受秦国送公子雍回来,他们就是客人;不接受,他们就是敌人。我现在已经决定不接受他们了,如果再慢腾腾地出兵,那秦国将会产生别的想法(意思是说秦国会用武力强行送公子雍回国做国君)。我们先发制人,既能争取主动,又能消除敌人用武力强行送公子雍回国做国君的想法,这是作战的好谋略。驱逐入侵的敌寇就好像追赶逃亡者一样越快越好,这是作战的妥善法则。"

于是就"训卒利兵秣马蓐食潜师夜起"。杜预注:"蓐食,早食于寝蓐也。"

杜预是魏晋时期著名军事家、经学家、律学家,被封为丰乐亭侯。他的《春秋左氏经传集解》,是流传至今最早的一种《左传》注解,向来以考释严密、注解准确而著称。

可是,王引之却质疑说:"'训卒利兵秣马',非寝之时矣。""训卒利兵秣马",这些当然都不是睡觉时做的事,但杜预也并没有说这些是睡觉时做的事啊。这样一来,王引之的质疑就成了无的放矢。

杜预所谓"早食于寝蓐",即"于寝蓐早食",在睡觉的垫子上吃早饭。意思是说,士兵还没有起床的时候,饭就做好送到床前了,士兵就在睡觉的垫子上吃早饭。"潜师"就是秘密出兵,"夜起"就是夜里天不亮就起床。因为要秘密出兵,所以要夜里天不亮就起床。正是因为"潜师夜起",所以要"蓐食",没等下床就在垫子上赶紧吃饭,以便节省时间。所以,"蓐食",不能按照王引之的说法解释为"食之丰厚于常"或"厚食",这么早、这么急吃早饭,不可能"丰厚于常",也不可能吃得很多。

这里的"训卒",不是训练士兵,而是训告(教导)士兵,"利兵秣马蓐食潜师夜起",都是训告的内容。因为马上就要跟秦兵打仗,这时不可能再训练士兵。再说,三军出动总有数万人,这么多兵搞训练,声势浩大,哪里还能称作秘密出兵?

另外,王氏援引《左传·文公七年》,略去了"潜师夜起",这就模糊了"蓐食"的真正意思,读者也不容易发现解释的错误。如不仔细研读,很可能还觉得王氏言之有理呢。

我们再来看一下《左传·成公十六年》的用例:

> 子反命军吏察夷伤,补卒乘,缮甲兵,展车马,鸡鸣而食,唯命是听。晋人患之。苗贲皇徇曰:"搜乘、补

杜预《春秋左氏经传集解》对"蓐食"的注解。

王引之对杜预"蓐食"注解的批驳并不正确。

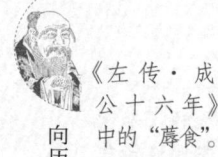

《左传·成公十六年》中的"蓐食"

向历史借智慧

卒,秣马、利兵,修陈、固列,蓐食、申祷,明日复战!"乃逸楚囚。王闻之,召子反谋。谷阳竖献饮于子反,子反醉而不能见。王曰:"天败楚也夫!余不可以待。"乃宵遁。

▲ 宋庆元六年(1200年)绍兴府刻宋元递修本唐孔颖达《春秋左传正义》卷第十九《成公十六年》书影

鲁成公十六年(前575年)周历的春季,楚共(gōng)王从武城(今河南南阳市北)派公子成向郑国求和结盟,郑国如果答应与楚国结盟,楚国就把汝阴的土地划给郑国。郑国本是晋国的盟国,如果与楚国结盟,就是背叛晋国。但汝阴的土地很有诱惑力,郑穆公于是就派儿子子驷(郑国正卿,名䩨)到了武城,与楚王盟誓。

晋国听到这个消息后,就派郤犨(chōu)出使盟国卫国和齐国,请求两国出兵攻打背叛盟约的郑国。周历夏季四月,卫献公便出兵攻打郑国,到了鸣雁(今河南杞县西北)这个地方。周历四月十二日,晋军出兵。郑国赶紧派使者向楚共王求援,楚共王亲率三军前来救郑。

周历六月,晋楚两军在鄢陵(今河南鄢陵)遭遇,爆发了著名的晋楚鄢陵之战,这是继城濮(今山东鄄城西南临濮集)之战、鄢（bì，今河南郑州东）之战以后，晋楚争霸中第三次，也是最后一次的两国主力军队的会战。

六月二十九日这天，战斗非常激烈，双方伤亡惨重。楚共王被晋国大夫吕锜（yǐ）射瞎了左眼，而吕锜也被楚国将领、神射手养由基射死。楚军被困在险阻的地带，养由基向晋军射了两箭，便射死了两人。楚国勇士叔山冉，举起被射死的晋国人投掷过去，尸体砸断了晋国战车前的横木。晋军这才停止追击。晋军俘获囚禁了楚国的公子茷。

两军从清晨开始交战，直到晚上星星出来还没有结束。楚国中军主帅司马子反命令军官视察伤情，补充步兵车兵，修理盔甲武器，陈列好战车马匹，凌晨鸡叫的时候就早早吃饭，必须绝对服从命令。大有复仇之势。晋国因此很担心。晋国"八大良臣"之一的苗贲皇通告全军说："检阅战车，补充士卒，喂好马匹，磨快武器，整顿军阵，巩固行列，凌晨起床前就在睡觉的垫子上早早吃饭，再次祷告神灵让晋军打胜仗，天明之后再战！"于是故意放松对楚国俘虏的看管，以便让他们逃走。逃回楚营的俘虏报告了情况，楚共王听到这些情况后，召中军主帅司马子反一起商量。但子反因为喝醉了酒不能进见。楚共王说："这是上天要让楚国失败啊！我不能等待了。"于是就连夜逃走了。

在《左传》的这段记载中，楚国的司马子反命令军吏"鸡鸣而食"，晋国的苗贲皇也命令"蓐食"，可见"蓐食"与"鸡鸣而食"意思相近，都是早晨早早吃饭。因此，杜预把"蓐食"解释为"早食于寝蓐"是正确的。如果用王引之的观点，把"蓐食"解释为"食之丰厚于常"，那就与早晨早早吃饭无关了。

通过对《左传》两处"蓐食"用例的分析可知，王引之援引的用例都不能支撑他的论点，他对杜预解释的批驳并无道理。

我们再来看看《方言》对"蓐"的解释能否支撑王引之的论点。

《方言》曰："蓐，厚也。"食之丰厚于常，因谓之蓐食。

《方言》对"蓐"的解释不能支撑王引之的论点。

向历史借智慧

王氏的新解,其实并不能成立,因为《方言》虽然有"蓐,厚也"的解释,但《方言》并没有说这个"蓐"就是"蓐食"的"蓐",而"蓐"也并非只有"厚也"这一个义项。所以说,王氏援引《方言》为论据是无力的。也就是说,《方言》这个论据是不能支撑王氏论点的。

我们再来分析一下王引之对张晏解释的批驳:

> 《汉书·韩信传》:"亭长妻晨炊蓐食。"张晏曰:"未起而床蓐中食。"……"亭长妻晨炊",则固已起矣,而云"早食于寝蓐"……义无取也。

其实,王氏又理解错了。"亭长妻晨炊",这虽然说明亭长妻已经起床了,不起床怎么"晨炊"做早饭呢?但这里说的"蓐食",是家里人都"蓐食",别人都没起床,就在睡觉的垫上吃饭,而不是说只有亭长妻自己"蓐食"。

本来,亭长每天是起床后先去"亭"公署,看看值班的交接情况,有没有往来的官员等,把公务处理完了之后再回家吃饭。而韩信也常常是在这个时候就到"亭"公署来见亭长,然后就跟随着亭长到他家里蹭饭吃。现在"亭长妻晨炊蓐食",就是改变了吃早饭的时间,还没等亭长起床呢,就提前把饭做好端到床边来了,于是家人就都在睡觉的垫子上吃饭。吃完饭之后,亭长再去"亭"公署处理公务。等处理完公务要回家时,韩信也来到了公署,又跟着亭长到他家里蹭饭,可这回却蹭不着了。而不是像王氏想的那样,亭长妻既然起床做饭了,又怎么能"蓐食"呢?因此,王氏对张晏注解的批驳并不正确。

王引之对张晏解释的批驳同样没有道理。

再者,王氏说:"亭长之妻欲至食时不具食以绝韩信,故亦必厚食乃不饥也。"亭长的妻子要到吃饭的时候不做饭,用这种方法来拒绝韩信蹭饭,所以自己就要吃得比平常"丰厚",这样,到了正常吃饭的时候才不至于饥饿。

其实,韩信来蹭饭基本是早晨这顿,并非一日两三餐都到亭长家来蹭,更不是整天待在亭长家不走,顿顿等着蹭饭。就韩信当时的情况来看,每天能够蹭上一顿,这一天也就将就过去了。亭长之妻只是把早饭提前吃了一会儿,所以到了正常吃早饭的时间是不会饥饿的,大可不必"丰厚于常",撑得够呛。

再说,一大早还没起床呢就吃饭,也没有那么强的食欲,即便七碟八碗"丰厚于常",又怎么可能吃得下去呢?

另外,王引之所援引的《汉书·韩信传》,基本上都是因袭《史记·淮阴侯列传》。而张晏的解释,最早也是见于《史记集解》,王引之不引最早的《史记》和《史记集解》,却援引因袭后出的《汉书》和颜师古注,也令人匪夷所思。

众所周知,如果一个词语只有一个义项,那它就应该适合所有的用例,我们不妨把王氏对"蓐食"的解释,放在更多的用例中来考察一下。

(耿)弇(yǎn)视西安城小而坚,且蓝兵又精,临淄名虽大而实易攻,乃敕诸校会,后五日攻西安。蓝闻之,晨夜儆守。至期夜半,弇敕诸将皆蓐食,会明至临淄城。(南朝宋·范晔《后汉书》卷十九《耿弇列传第九》)

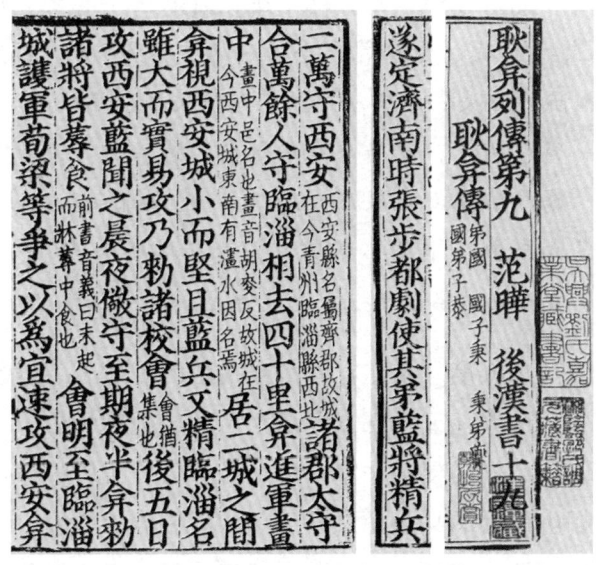

《后汉书·耿弇列传》中记载的"蓐食"。

▲ 宋白鹭书院刻本南朝宋范晔《后汉书》卷十九《耿弇列传第九》书影

向历史借智慧

初始元年（8年）农历十二月，王莽废孺子婴（刘婴），自立为皇帝，改国号为"新"，史称"新莽"。新莽末年，天下大乱，琅琊（治所在东武，今山东诸城）人张步也乘机起兵，逐渐占据青州（今山东青州）。东汉建武五年（29年），刘秀手下大将耿弇出兵讨伐张步。当时张步建都剧县（今山东寿光南部），他派遣他的弟弟张蓝率精兵两万守卫西安县（故城在今山东临淄西北），各郡太守的士兵合起来共一万多人据守临淄，两地相距四十里。耿弇进军到二城的中间时，发现西安县城虽小但很坚固，且张蓝的兵马精良，而临淄城名义上虽然大，但实际上容易攻打，于是传令各校级军官集会，决定五天之后攻打西安县城。张蓝听到这个消息后，日夜警戒严守。到了发起进攻的那天夜半，耿弇却命令各位将领，让士兵还没起床之前就在睡觉的垫子上吃饭，天亮前赶到临淄城下。仅用了半天的时间，他们就攻下了临淄城。张蓝听到这个消息，非常惊恐，赶紧率领西安县的兵马逃到剧县去了。

《后汉书·廉范传》中记载的"蓐食"。

（廉范）迁为云中太守。会匈奴大入塞，烽火日通。故事，虏入（宋白鹭书院本误作"人"）过五千人，移书傍郡。吏欲传檄求救，范不听，自率士卒拒之。虏众盛而范兵不敌。会日暮，令军士各交缚两炬，三头爇（ruò，点燃）火，营中星列。虏遥望火多，谓汉兵救至，大惊。待旦将退，范乃令军中蓐食，晨往赴之，斩首数百级，虏自相辚藉（碾压，践踏），死者千余人，由此，不敢复向云中。（范晔《后汉书》卷三十一《郭杜孔张廉王苏羊贾陆列传第二十一·廉范传》）

东汉廉范字叔度，京兆杜陵（今陕西西安）人，是赵国名将廉颇的后代。他在任云中郡（今山西大同与朔州怀仁一带）太守时，恰逢匈奴大规模侵犯边塞，烽火台整天发出警报。按照以往的惯例，胡虏入侵的兵力超过五千人，就要向邻郡发信。官吏们想向邻郡传送檄文求救，廉范不听，自己率士卒抗击匈奴。匈奴

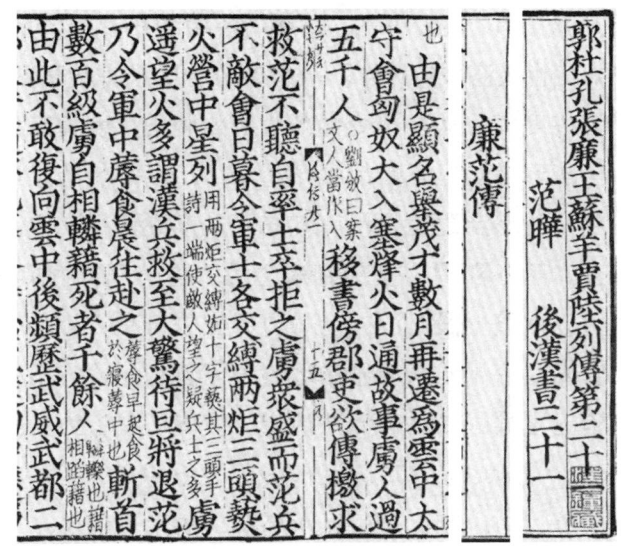

▲ 宋白鹭书院刻本南朝宋范晔《后汉书》卷三十一《郭杜孔张廉王苏羊贾陆列传第二十一·廉范传》书影

的兵多而廉范的兵少，寡不敌众。到了晚上的时候，廉范命令士兵每人捆扎两个火炬，把火炬捆成十字形状，点燃三个火炬头，手持一端，这样军营中点燃的火把好像繁星分布。匈奴的军队看到火把甚多，以为是汉兵的援军到了，十分惊恐，准备等到天快亮时撤退。而廉范则命令士兵，在还没起床之前就在睡觉的垫子上吃早饭，天刚一亮就发起追击。斩下数百匈奴的首级，匈奴兵自相践踏，死者千余人，从此以后，匈奴不敢再进犯云中郡。

（度）尚敕令秣马蓐食，明旦，径赴贼屯。阳、鸿等自以深固，不复设备，吏士乘锐，遂大破平之。（范晔《后汉书》卷三十八《张法滕冯度杨列传第二十八·度尚传》）

▲ 宋白鹭书院刻本南朝宋范晔《后汉书》卷三十八《张法滕冯度杨列传第二十八·度尚传》书影

《后汉书·度尚传》中记载的"蓐食"。

向历史借**智慧**

东汉延熹五年（162年），荆州（今湖北荆州）一带盗贼猖獗，刺史刘度也被盗贼打跑了。汉桓帝诏公卿推举代替刘度的人，尚书朱穆推举度尚，从右校令提升为荆州刺史。度尚带兵追击贼首，截获一些珍宝。但盗贼都隐藏起来了，度尚想继续追剿，可是士卒得到一些珍宝之后便没有斗志了。度尚便扬言说，现在我们兵力太少，等各郡调兵全部到来之后，再一同彻底剿灭盗贼，现在大家可以休整一段时间，士兵可以出去打猎。等兵士都去打猎之后，度尚秘密派出亲信偷偷地烧毁了营垒，珍宝积蓄都付之一炬。打猎的士兵回来后都痛哭流涕。度尚便慰劳大家，深深自责，于是说："盗贼抢掠的财宝很多，足够供咱们几代人用的，如果你们能够尽力，咱们彻底剿灭盗贼，财宝有的是，丧失的这点东西根本不算什么。"众人听了都愤慨踊跃。度尚便下令士兵把马喂好，明天凌晨没起床之前就在睡觉的垫上吃早饭，清早就直奔贼兵囤聚的地方。贼首们听说士兵都放假打猎去了，又自以为营垒深固，便放松了警惕。官军势如破竹，大破贼兵，踏平了匪巢。

《晋书·王如传》中记载的"蓐食"。

夜令三军蓐食待命，鸡鸣而驾，后出者斩，晨压宛门攻之，旬有（通"又"）二日而克之，勒遂斩脱。（唐·房玄龄等《晋书》卷一百列传第七十《王如传》）

西晋元康四年（294年），关中大旱，元康七年（297年），又发生了瘟疫，饥饿的百姓四处逃荒。京兆新丰（今陕西西安临潼区）的

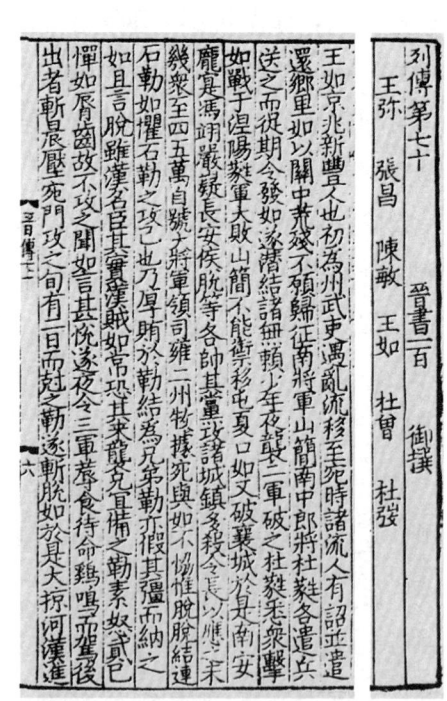

▲ 宋刻本唐·房玄龄等《晋书》卷一百列传第七十《王如传》书影

136

武吏王如，也随流民逃荒到了宛县（今河南南阳地区）。晋怀帝永嘉四年（310年），朝廷命令各地的流民全部返乡，而当时关中仍处于饥荒之中，因此流民都不愿返回。征南将军山简、中郎将杜蕤奉命武装遣送流民，激起了流民的强烈不满。王如乘机笼络流民中的无赖青年，夜里带领流民袭击押送的两支军队，杜蕤的军队被打败，山简转移到夏口（今湖北武汉汉阳区）。各地流民纷纷起义，响应王如，起义队伍很快发展到四五万人，屡次打败晋兵。后来，王如与起义领袖侯脱发生矛盾，汉将石勒乘机攻打侯脱。石勒便连夜命令三军，明早还没起床的时候就在睡觉的垫子上吃饭，鸡鸣的时候就出发，不按时出发的一律斩首。凌晨就逼近了宛城门发动进攻，十二天后攻克了宛城，杀了侯脱。

这些例子中的"蓐食"，都是说还没起床的时候就在睡觉的垫子上吃早饭，都是强调早饭吃得很早，而并非"食之丰厚于常"。如果"蓐食"只是"食之丰厚于常"，那更适合午餐和晚餐，所以请客的筵席都是中午或晚上，常理是没有早晨，更没有凌晨摆宴席的。从词法结构来看，"蓐食"是偏正结构，"蓐"是名词状语，"蓐食"就是在蓐上进食吃饭。目前，我们还没有发现哪一个"蓐食"的用例，与早食无关，与睡觉的垫子无关。

王引之还引用了《商君书》中的"盛食"为旁证：

《商子·兵守篇》曰："壮男之军，使盛食、厉兵，陈而待敌；壮女之军，使盛食、负垒、陈而待令。"是其类也。两军相攻，或竟日未已，故必厚食乃不饥。

《商子·兵守篇》的原文是这样的：

守城之道，盛（shèng）力也（书影脱"也"）。故曰客（来犯的敌人）治薄檄，三军之多，分以客之候车（斥候之车，侦察敌情的战车）之数。三军：壮男为一军，壮女为一军，男女之老弱者为一军，此谓之三军也。壮男之军，使盛（chéng）食、励（同"砺"）兵，陈而待敌。壮女

目前还没有发现哪一个"蓐食"的用例，与早食无关，与睡觉的垫子无关。

《商君书》"盛食"的旁证不能支撑王引之的论点。

韩信报恩报德的智慧——兼正"蓐食""百钱"之误解

向历史借**智慧**

之军，使盛食、负垒（背负盛土的筐），陈而待令。客至而作土以为险阻及耕格阱（挖陷阱），发（通"废"）梁（桥）撤屋，给（jǐ，时间充足）徙徙（原本均误作"从"）之，不给（原误作"洽"）而燻（hàn，烧）之，使客无得以助攻备。老弱之军，使牧牛马羊彘，草木之可食者收而食之，以获其壮男女之食。

▲ 清钱熙祚辑子海丛书本秦商鞅《商子》卷三《兵守第十二》书影

守城的原则，在于增强防守的力量。所以说，一旦有来犯入侵之敌，就要马上整理户口簿册并发出文书征兵，核定所征招的三军人数的多少，根据入侵之敌前来侦察情况的战车数量，分头抵抗。所谓三军：强壮的男子为一军，强壮的女子为一军，男女中老弱的人为一军，这就是三军。强壮男子的一军，让他们装好粮食，磨快兵器，排好队伍，等待入侵之敌。强壮女子的一军，让她们装好粮食，背负好盛土用的筐，排好队伍，等待命令。进攻的敌人到来时，就用土筐背土在城外筑成险阻，并且挖好陷阱，毁坏桥梁，拆除房屋。如果来得及运走就运走，来不及运走就烧掉，使敌人无法得到这些东西用作攻城的设备。年老体弱的那支军队，让他们放牧牛马猪羊，把草木中可以食用的草籽野果都收获下来吃，以便为壮男之军和壮女之军节省一些粮食。

王引之说，《商子·兵守篇》中的"盛食"与"蓐食"意思相类似，"是其类也"。因为"两军相攻，或竟日未已，故必厚食乃不饥"，两军相互攻打，有时一整天都不能停止，所以必须吃得饱饱的才能不饿。

其实，王引之的解释，完全是错误的。《商子·兵守篇》中的"盛（chéng）食"意思是装好粮食，而不是"盛（shèng）食"，不是吃得饱饱的。攻城与守城会持续好多天甚至更长，因此，壮男、壮女之军必须带足粮食，光靠吃一顿饱饭是不行的。再说，壮男之军吃得太饱也没法打仗，壮女之军吃得太饱更没法背土。因此，《商子·兵守篇》中"盛食"的旁证，不能支撑王引之的论点。

王引之是王念孙的长子，王念孙是徽派朴学的嫡系真传大师，师从清代皖学大师、启蒙哲学家、考据学家、经学家戴震。王引之三十四岁考中一甲第三名探花，授翰林院编修，历官工部尚书、户部尚书、礼部尚书、英武殿正总裁。曾奉旨勘订《康熙字典》，撰成《字典考证》，订正《康熙字典》的讹误三千多处。清代经学家、训诂学家、金石学家阮元称赞说："高邮王氏一家之学，海内无匹。"

《经义述闻》是王引之的扛鼎之作，作者在自序中说：

> 引之过庭之日，谨录所闻于大人者，以为圭臬，日积月累，遂成卷帙。既又由大人之说触类推之，而见古人之诂训有后人所未能发明者，亦有必当补正者，其字之假借有必当改读者，不揆愚陋，辄取一隅之见附于卷中，命曰《经义述闻》，以志义方之训。

可能正是由于王引之的《经义述闻》的名气太大，以至后人将其中的瑕疵也奉为圭臬，以讹传讹，"蓐食"的解释即其例也。

▲ 清嘉庆二十二年（1817年）阮元序刻本清王引之《经义述闻》自序书影

《方言》："蓐，厚也。"蓐食谓厚食。战前必令士卒饱餐。《商

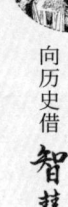

《左传》译注对"蓐食"的传讹。

君书·兵守篇》云:"壮男之军,使盛食厉兵,陈而待敌。壮女之军,使盛食负垒,陈而待令。"《史记·项羽本纪》云:"项羽大怒,曰:'旦日飨士卒,为击破沛公军。'"洪亮吉《诂》、刘文淇《旧注疏证》俱谓蓐食为夜食、早食,恐非。此从王念孙《广雅疏证》、王引之《经义述闻》之说。(杨伯峻《春秋左传注·文公七年》,中华书局 1990 年 5 月第 2 版第 560 页)

蓐食:厚食,战前让士卒饱餐。(郭丹、程小青、李彬源译注《中华经典名著全本全注全译丛书·春秋左传注·文公七年》,中华书局 2012 年 10 月第 1 版第 624 页)

蓐:厚。蓐食,即饱餐。(李梦生《左传译注·文公七年》,上海古籍出版社 1998 年 6 月第 1 版第 366 页)

蓐食:饱餐。蓐:厚。(赵生群《春秋左传新注》,陕西人民出版社 2008 年 3 月第 1 版第 300 页)

后人有诗叹云:

> 韩信蹭饭好悲催,巧妇蓐食起晨炊。
> 鸡公睥睨凤凰沛,亭长傲视王侯微。
> 先驱失道误解蓐,踵武传讹助澜推。
> 歧途老路多误入,独辟蹊径少迂回。

三、晨炊蓐食　班马"笔"较

《汉书·韩信传》对《史记》韩信寄食亭长的删改。

班固在《汉书·韩信传》中,对《史记·淮阴侯列传》韩信寄食亭长的这段,做了一些删改:

信从下乡南昌亭长食,亭长妻苦之,乃晨炊蓐食。食时信往,不为具食。信亦知其意,自绝去。

《史记》说韩信"常数从其下乡南昌亭长寄食，数月，亭长妻患之，乃晨炊蓐食"。这里"数从"的"数"，是屡次、多次的意思，就是说好几个月，动不动就去亭长家吃饭，不说天天去也差不多。如果次数少，或短期内去几次，亭长的妻子还可以忍受，连续好几个月总这样，就让人接受不了了。"亭长妻患之"的"患"是担心的意思，担心韩信会一直这样下去，吃个没完没了。这就写出了亭长之妻的人之常情。

班固将《史记》这句改为："信从下乡南昌亭长食，亭长妻苦之。"删去了"数"和"数月"，便大异其趣。给读者的印象，好像是韩信跟随亭长去吃饭，亭长之妻就感到很厌恶，这样一来，亭长之妻就成了一个完全不近情理的人了。班固为了瘦身，把新鲜的水果蔬菜都晒成了水果干、蔬菜干了，味道全无。

▲ 北宋刻递修本汉班固《汉书》卷三十四《韩信传》书影

正如历史学家黄仁宇先生对《史记》和《汉书》所做的评价：

> 总算还是中国读书人的运气好，得有太史公司马迁在兰台令班固之前写作，否则没有《史记》，径由《汉书》开二十三史之端，中国史学的传统，必更趋向"文以载道"的方针，更缺乏"百家殊方"的真实性和生动活泼了。（《赫逊河畔谈中国历史·司马迁和班固》，九州出版社2015年10月第1版第19页）

黄先生对班固的评价还比较委婉，而南宋史学家、目录学家郑樵对班固的评价，则是直言不讳，毫不客气，甚至有些刻薄了。

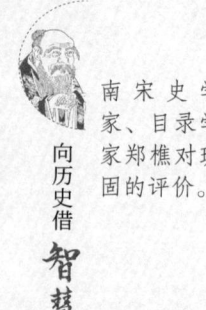

南宋史学家、目录学家郑樵对班固的评价。

班固者,浮华之士也,全无学术,专事剽窃。肃宗问以制礼作乐之事,固对以在京诸儒必能知之。傥臣邻皆如此,则顾问何取焉。及诸儒各有所陈,固惟窃叔孙通十二篇之仪以塞白而已。傥臣邻皆如此,则奏议何取焉。肃宗知其浅陋,故语窦宪曰:"公爱班固,而忽崔骃,此叶公之好龙也。"固于当时已有定价,如此人材,将何著述?(《通志略·通志总序》)

▲ 清光绪二十二年(1896年)浙江书局刊本宋郑樵《通志·总序》书影

说班固"全无学术,专事剽窃",当然有点过分,但《汉书》一半抄自《史记》却是真的。《史记》中汉代人的传记,班固几乎全部抄来,当然也都做了或多或少的修改加工,有的地方改得好,有的地方改得不好,不免为后人所诟病。

司马迁的《史记》的确不愧为"史家之绝唱,无韵之《离骚》",空前绝后,无人可比。即便是韩信蹭饭这样一个短小的故事,别人重写一下也很难超越史迁。不仅班固不行,别人同样也不行。

我们不妨看看明代大文学家冯梦龙,在《智囊》中对《史记》

韩信寄食亭长这段故事的叙述：

> 韩信始为布衣时，贫无行，尝从人寄食，人多厌之。尝就南昌亭长食数月，亭长妻患之，乃晨炊蓐食，食时信往，不为具食。信觉其意，竟绝去。（《智囊·闺智部·贤哲卷二十五》）

冯梦龙《智囊》对《史记》韩信寄食亭长的删改。

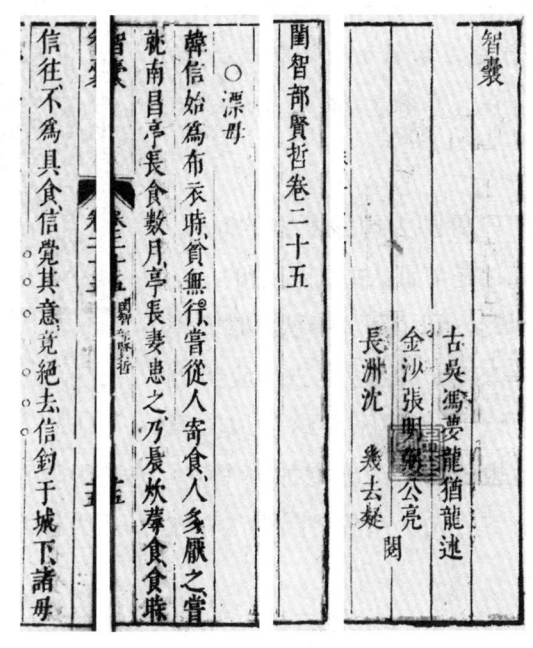

▲ 明刻本明冯梦龙《智囊·闺智部·贤哲卷二十五·漂母》书影

　　《智囊》中的这段故事，基本还是《史记》的原话，改动很少。把《史记》"常数从其下乡南昌亭长寄食，数月"，改为"尝就南昌亭长食数月"。如果单从表面上看，《智囊》好像简练了许多，可是一经推敲，便会发现有问题了。《史记》这句话的意思，是说韩信连续好几个月屡次跟随着亭长去吃饭。这里有两个关键的地方，一个是屡次不是天天，另一个是跟随着亭长去吃饭而不是自己单独去。《智囊》删去了这个"数"，又把"从"改成了"就"，意思成了韩信连续好几个月天天去亭长家吃饭，意思显然不同了。

　　看来，太史公的这支笔着实厉害，虽然《史记》还达不到孔

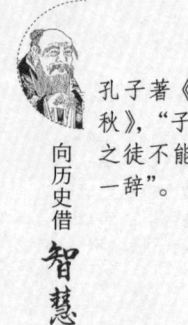

孔子著《春秋》，"子夏之徒不能赞一辞"。

向历史借**智慧**

子《春秋》"子夏之徒不能赞一辞"的程度，但很多地方也都是不刊之论。《史记·孔子世家》说：

> 孔子在位听讼，文辞有可与人共者，弗独有也。至于为《春秋》，笔则笔，削则削，子夏之徒不能赞一辞。弟子受《春秋》，孔子曰："后世知丘者以《春秋》，而罪丘者亦以《春秋》。"

孔子在担任鲁国大司寇断案的时候，书写的判词有时是与别人共同商量的，不是他独自决断的。到了写《春秋》时就不同了，应该写的就一定写上去，应当删的就一定删掉，即使像子夏这些以文章擅长的弟子，也不能删改或增加一个字。弟子跟随孔子学习《春秋》，孔子说："后人赏识我将因为《春秋》，后人怪罪我也将因为《春秋》。"

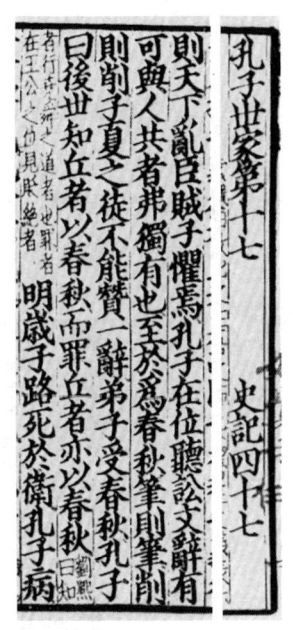

▲ 宋建安黄善夫家塾刻本汉司马迁《史记》卷四十七《孔子世家第十七》书影

"不能赞一辞"的经典才是真正的经典，能够对这样的经典进行智慧的思辨研读，才是真正的经典阅读。

四、封王归来　赐钱亭长

当年蹭饭的穷小子当了楚国国王。

汉王五年（前202年）正月，刘邦将做了十一个月齐王的韩信，徙封为楚王，建都下邳（治所在今江苏邳州）。

《史记·淮阴侯列传》是这样记载的：

> （韩）信至国，召所从食漂母，赐千金。
>
> 及下乡南昌亭长，赐百钱，曰："公，小人也，为德不卒。"
>
> 召辱己之少年令出胯下者以为楚中尉。告诸将相曰：

"此壮士也。方辱我时，我宁不能杀之邪？杀之无名，故忍而就于此。"

对于韩信召"下乡南昌亭长，赐百钱，曰：'公，小人也，为德不卒'"这段文字，古代的各种《史记》校注本，均未见有什么校注，可能是因为太过通俗的缘故，认为没什么可注的。

《史记》的几种影响较大的译本基本是这样翻译的：

> 韩信到了自己的封国……找到了下乡南昌亭长，赏赐给他百钱，并说："你是个小人，做好事有始无终。"（许嘉璐主编《二十四史全译》，安平秋主编《史记》全译《淮阴侯列传》，汉语大词典出版社2004年1月第1版第1167页）

> 韩信到楚国后，派人……把下乡的南昌亭长找来，赏给了他一百钱，说他："你，是个小人，因为你做好事不能做到底。"（韩兆琦译注《中华经典名著全本全注全译·史记·淮阴侯列传》，中华书局2010年6月第1版第5812页）

> 韩信到了国都……召来下乡南昌亭亭长，赐给他一百钱，说："您，是位小人，做好事不能坚持始终。"（杨燕起《史记全译》，贵州人民出版社2001年7月第1版第3380页）

> 韩信到了封国……召见下乡南昌亭长，赐给他一百钱，说："您，小人，做好事不做到底。"（霍松林、赵望秦主编《宋本史记注译》三秦出版社2011年4月第1版第2603页）

▲ 百衲本二十四史汉司马迁《史记》卷九十二《淮阴侯列传第三十二》书影

原文中的"小人"不能译成现代汉语的"小人"。

向历史借智慧

其他译本,也是大同小异。这些译文都把原文的"小人"直接抄过来,那就是说这里的"小人"古今意思相同。在现代汉语中,"小人"的意思是"指人格卑鄙的人"(《现代汉语词典》),这是个贬义词。在古代汉语中,"小人"还有一个意思,"指地位低的人",也就是"平民百姓",这是个中性词。做了楚王的韩信对下乡南昌亭长称"公","公"是敬辞,尊称男子,这是褒义的。韩信对亭长尊称为"公",又直接说亭长是"人格卑鄙的人",这显然不合情理。再说,韩信当年连续好几个月,动辄就去亭长家蹭饭,虽然后来亭长妻子"晨炊蓐食",但他也不能当面骂亭长是"人格卑鄙的人"啊!

有的译文把"公"译成"你",这显然不合适,"公"是尊称,"你"不是尊称。有的译文把"公"译成"您",这是对的,因为"您"才是尊称。但既然称"您",又怎么能说人家是"人格卑鄙的人"呢?

其实,这里的"小人"不是"指人格卑鄙的人",而是"指地位低的人",也就是"平民百姓"。韩信的意思是说:亭长大人您毕竟是个平民百姓,地位低就限制了您的眼界,因此不可能有那么高的远见,看不出我这蹭饭的人有一天会成为楚王,所以您积累德行不能善始善终。这才是合情合理合逻辑的。

另外,把原文的"百钱"译为现代汉语的"百钱"或"一百钱",也是不妥的。现代汉语中的这个"钱",意思是普通的铜钱,"百钱"或"一百钱",就是一百个铜钱,也就是一百文钱。

做了楚王的韩信,把当年让自己受胯下之辱的年轻屠夫提拔为中尉,而对当年让他去蹭饭几个月的亭长,却只赏赐了一百文铜钱,这于情于理都是讲不通的。从常理来讲,让自己受胯下之辱的年轻屠夫毕竟是仇人,而南昌亭长,不论怎么说也是对自己有过恩的人,把仇人提拔为中尉,这是以德报怨;对恩人赏赐一百文铜钱,这哪里是什么赏赐,简直就是在打发要饭的,又如何称得上是楚王之"赐"?

原文中的"百钱"不能译为现代汉语的"百钱"或"一百钱"。

当年刘邦也是亭长，以官吏的身份到咸阳服役，官员们都送他奉钱，就是赠送路费。其他相熟的同僚官吏，都是每人送了三百钱，唯独萧何送了刘邦五百钱。刘邦这个亭长去服徭役，作为相熟的一般同僚官吏还要送三百钱，而作为楚王的韩信，报答恩人却只给了亭长一百钱，如此吝啬，可谓滑天下之大稽，哪里配用"赐"字呢？

那是不是司马迁搞错了呢？当然不是。我们来看看下面这段话：

> 高祖为布衣时，何数以吏事护高祖。高祖为亭长，常左右之。高祖以吏繇（通"徭"，徭役）咸阳，吏皆送奉钱三，何独以五。（《史记·萧相国世家》）

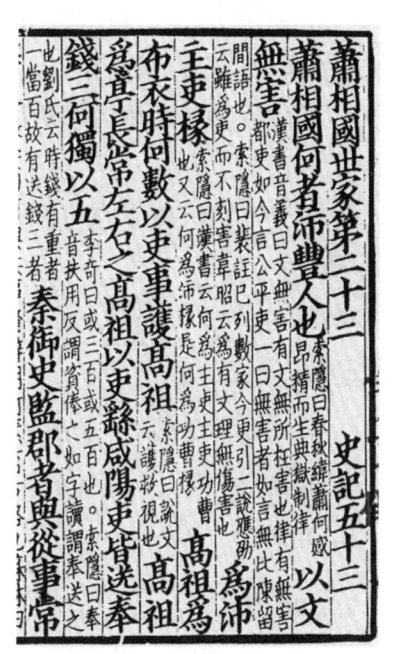
▲ 宋建安黄善夫家塾刻本汉司马迁《史记》卷五十三《萧相国世家第二十三》书影

在"吏皆送奉钱三，何独以五"下，《史记集解》引李奇曰："或三百，或五百也。"《史记索隐》注曰："奉音扶用反，谓资俸之，如字读，谓奉送之也。刘氏云：'时钱有重者一当百，故有送钱三者。'"

这就是说，"吏皆送奉钱三，何独以五"的钱，不是普通的一文铜钱，而是重钱，这里的一钱相当于普通的一百文铜钱。所以，这里的"钱三"不是三文铜钱，而是三百文铜钱；"五"也不是五文铜钱，而是五百文铜钱。

韩信赐下乡南昌亭长"百钱"，是汉五年（前202年），与刘邦做亭长服徭役时"吏皆送奉钱"，属于同一时代。汉十年（前192年）分封功臣的时候，刘邦又增封萧何二千户，"以帝尝繇咸阳时何送

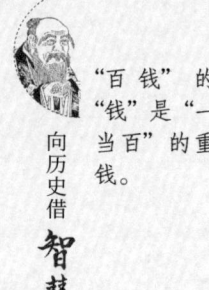

"百钱"的"钱"是"一当百"的重钱。

我独赢奉钱二也"(《史记·萧相国世家》),因为当年萧何送我的奉钱比别人多了两个钱,我要报答。这与韩信赐亭长百钱,前后只差五年,因此,钱的重量都应该是一样的,都是"一当百"的重钱。

这就是说,韩信对"下乡南昌亭长,赐百钱",并不是赏赐了亭长一百文铜钱,而是赏赐了一百枚重钱,也就是一万文铜钱。这样的数量才像个酬谢报答的样子,才是合乎情理的,也才能用"赐"字。

前面援引的几种译本,都把《萧相国世家》里的"钱三"和"五"译成"三百钱"和"五百钱",也就是说都做了换算,但到了《淮阴侯列传》里的"赐百钱"时,却忘了换算了,这一差就差了一百倍。

另外,东汉史学家荀悦在《前汉纪》中,也有韩信赐亭长钱的记载:

《前汉纪》记载:韩信召下乡亭长"赐钱百万"。

五年……春正月,徙齐王韩信为楚王,都下邳,信乃赐所从食漂母千金,召下乡亭长曰:"公小人也,为惠不终。"赐钱百万。(《前汉纪·高祖皇帝纪卷第三》)

《前汉纪》本名《汉纪》,是东汉史学家、政论家、思想家荀悦所作。后人为了与东晋文学家、史学家袁宏所作的《后汉纪》相区别,便称之为《前汉纪》。《前汉纪》是我国历史上第一部编年体断代史,以《汉书》为基本材料而有所增补,运用编年体的方法,又融入了纪传体的一些记叙方法,以人物为本位编排史事,克服了以往编年史书记人不完整的缺点。《前汉纪》全书共三十卷,篇幅只有《汉书》的四分之一,但所有重要人物、重大事件及典

▲ 明嘉靖二十七年(1548年)刊本汉荀悦《前汉纪·高祖皇帝纪卷第三》书影

章制度等，都有条不紊地记载了下来。

《前汉纪》中还有荀悦的史论，常以"荀悦曰"的形式申述自己的思想观点，时有精辟之论。

荀悦（148年—209年）比班固（32年—92年）晚一百多年，《前汉纪》又是以《汉书》为基本材料，而《汉书》的《韩信传》是因袭《史记·淮阴侯列传》，只在个别文字上做了一点加工改动：

> 信至国，召所从食漂母，赐千金。及下乡亭长，钱百，曰："公，小人，为德不竟。"召辱己少年令出跨下者，以为中尉，告诸将相曰："此壮士也。方辱我时，宁不能死？死之无名，故忍而就此。"（《汉书》卷三十四《韩信传》）

▲ 北宋刻递修本汉班固《汉书》卷三十四《韩信传》书影

《汉书》把《史记》的"下乡南昌亭长"改为"下乡亭长"，已有歧义，因为"亭长"是"南昌亭长"而不是"下乡"的亭长，"下乡"是县名，而非亭名，虽然可以承前省略，但毕竟"承前"太远。又把"赐百钱"改为"百钱"，可能以为"百钱"太少，不配用"赐"。

唐颜师古《汉书注》在"百钱"下注云："以耻辱之。"其实，都是没有真正读懂《史记》，不知道这里的"百钱"是一万文铜钱，并非给亭长几个小钱儿羞辱他。如果韩信真的这么做，那被羞辱的就不是亭长，而是韩信自己了。试想：你韩信当年吃不上饭，到人家亭长家蹭饭蹭了好几个月，尽管后来"晨炊蓐食"，不让你再蹭了，但这好几个月让你韩信来家吃饭，再怎么说也是恩，你也应该报恩，怎么可能"耻辱之"呢？

既然《史记》和《汉书》记载的都是"百钱"，以《汉书》为

《汉书》为什么要把《史记》的"赐百钱"改为"钱百"。

韩信赏赐亭长"百钱"并非"耻辱之"。

"赐钱百万"并非《前汉纪》的版本有误。

韩信报恩报德的智慧——兼正"蓐食""百钱"之误解

149

基本材料的《前汉纪》，凭什么将"百钱"改为"赐钱百万"呢？

那是不是《前汉纪》的版本出了问题呢？我们不妨来看看其他几个版本的《前汉纪》：

▲ 文渊阁四库全书本汉荀悦《前汉纪·高祖皇帝纪卷第三》书影

▲ 近代郑尧臣辑，唐晏刊龙溪精舍丛书本汉荀悦《前汉纪·高祖皇帝纪卷第三》书影

▲ 清光绪三年（1877年）三余书屋刊本汉荀悦《前汉纪·高祖皇帝纪卷第三》书影

不管是明刻本还是四库全书本，以及三余书屋本和龙溪精舍丛书本，均作"赐钱百万"。张烈点校的《两汉纪》（中华书局2002年6月第1版第37页）也作"赐钱百万"，而且也没有异文校勘，这就是说，"赐钱百万"并非《两汉纪》版本有误。其他史料，也未见关于韩信"召下乡亭长，赐钱百万"的记载。如果说是荀悦的笔误，但《史记》的"赐百钱"或《汉书》的"百钱"，与《两汉纪》的"赐钱百万"并不相近，因此笔误的可能性也很小。

还有一种可能，就是荀悦发现了《史记》的"赐百钱"和《汉书》的"百钱"都不合情理。加之汉孝文帝以来，公家私家争相开铜矿铸铜钱，如吴王即山铸钱，幸臣邓通被赐铜山而亦得自铸钱，到东汉末年荀悦的时候，通货膨胀已经相当严重了，这就使得荀悦觉得韩信召下乡亭长"赐百钱"，简直就如同儿戏了。因此，荀悦认为，楚王韩信"召下乡亭长，赐钱百万"才是合理可信的，于是就这样改了。当然，这只是个"大胆的假设"而已，限于材料，还无法进行"小心的求证"。由此可知，荀悦同样也是把《史记》的"赐百钱"和《汉书》的"百钱"，都理解为一百文普通的铜钱了，而不知道这里的"钱"应该是"一当百"的重钱，不知道这"百钱"是一万文普通的铜钱。

荀悦不知道《史记》《汉书》的"百钱"应该是"一当百"的重钱。

向历史借智慧

千金增陵　择地厝母
——韩信的知恩图报与远大志向

一代兵仙韩信早年家里贫穷得吃不上饭，因与下乡南昌亭亭长相熟，就经常到亭长家蹭饭吃，一连蹭了好几个月。亭长的妻子就"晨炊蓐食"，一大早就把饭做好，让亭长还没起床时就提前吃早饭，然后再去亭官署办公，等韩信跟着亭长再来蹭饭的时候就蹭不着了。韩信当然也明白是怎么回事，一怒之下便绝交离去，不再回来。

可是这样一来就更没处蹭饭了，于是就饿着肚子在淮阴北城下的淮河边钓鱼。

一、漂母饭信　不望回报

《史记》是这样记载的：

> 信钓于城下，诸母漂（piǎo），有一母见信饥，饭信，竟漂数十日。信喜，谓漂母曰："吾必有以重报母。"母怒曰："大丈夫不能自食，吾哀王孙而进食，岂望报乎！"（《史记·淮阴侯列传第三十二》）

漂母饭信哀王孙。

河边有一些老妇在漂洗衣物，这些老妇都是带着午饭在这漂洗的。到了吃午饭的时候，一位老妇看见韩信没饭吃，那饥饿的样子怪可怜的，就把自己带的饭分给韩信吃。从此，一连几十天，天天如此，直到老妇把漂洗的活都干完离去。韩信很高兴，对这位老妇说："日后我一定能重重地报答您老人家。"老妇生气地说："一个男子汉大丈夫，为什么不能养活自己呢？我是可怜你这位王孙才给你饭吃的，难道是指望你报答吗？"

韩信作为一代兵仙，为什么连自己都养活不了呢？因为他学的都是兵书战策，他要寻找机会施展抱负，这样的人却每每拙于谋生。当年的姜子牙吕尚，直到八十岁年老的时候，仍然贫困潦倒。最后在渭水之滨的兹泉（一作"滋泉"）垂钓，等待西伯昌（即周文王）的知遇。知遇之后，便大展宏图，辅佐周文王和周武王，推翻了殷商的统治，建立了周王朝。韩信也是这样，他在寻找机会，物色明主。

从"饭信"的漂母口中，透露出了一点关于韩信身世的信息："吾哀王孙而进食，岂望报乎！"有人据此推断，韩信为韩国庶王孙。如晚清文史学家李慈铭就认为：

▲ 宋乾道七年（1171 年）蔡梦弼东塾刻本汉司马迁《史记》卷九十二《淮阴侯列传第三十二》书影

> 韩信，史不言其所出，盖亦韩后也。《潜夫论》言："韩亡，子孙散处江淮间，语转为何，此信所以为淮阴人，盖以国为氏者。"故漂母称之曰"王孙"，以其为王者后也。苏林注谓"如言公子者"，非。（《越缦堂读史札记全编》上册《史记札记》）

查今本《潜夫论》，并无"韩亡，子孙散处江淮间"等语，或系误记，或另有所据。

清代学者程馀庆在《历代名家评注史记集说》一书中说：

> 按信钓城下，漂母必素识之，称曰王孙，安知非韩裔耶？（《历代名家评注史记集说》卷九十二《淮阴侯列传第三十二》）

一代兵仙韩信为什么养活不了自己？

漂母称韩信为王孙,只是尊称吗？

向历史借智慧

漂母是否认识韩信？

但也有人认为，"王孙"只是一种尊称，未必真的是王孙。如《史记集解》引苏林曰："王孙，犹言'公子'也。"《史记索隐》援引刘德注解说："秦末多失国，言王孙、公子，尊之也。"秦始皇消灭六国之后，六国的很多人因为失去了自己的国家，便到处流浪。这些流浪来的人，就被当地的人尊称为王孙、公子。其实，这些人并不一定是什么真正的王孙、公子，只是人们对这些人的尊称而已。这种解释，或许有一定的道理，但用在韩信身上，恐怕就不合情理了。

说"漂母必素识"韩信，虽然没有确切的根据，但却有一定的

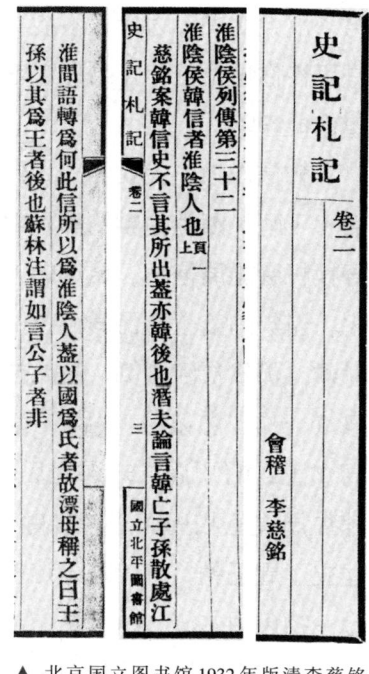

▲ 北京国立图书馆1932年版清李慈铭《越缦堂读史札记全编》上册《史记札记》卷二《淮阴侯列传第三十二》书影

道理。漂母的身份可能是仆人，否则，偌大年龄也不会自己出来亲自漂洗衣物，而且一般家里自己也不可能有那么多衣物要洗涤"数十日"。但如果漂母与韩信素昧平生，漂母偶尔把自己带的饭分给韩信吃还说得通，但"数十日"天天把自己带的饭分给韩信吃，可能就说不通了。

漂母干的活毕竟是重体力劳动，如果把自己带的饭分给韩信吃，那自己就吃不饱，甚至挨饿。半饥半饱地从事重体力劳动，偶尔一两天也还勉强，"数十日"天天半饥半饱，那就吃不消了，活也就干不动了。况且韩信是个年轻小伙子，又身材"长大"，饭量肯定要比漂母大得多。如果漂母带的饭只够自己吃的，韩信即使吃一大半也不饱，那漂母就得饿肚子了。要想两人都能吃饱，漂母就需要带平时两倍甚至三倍的饭。但"数十日"天天带这么多的饭，那漂母怎么跟主家说呢？如果漂母认识韩信这位"王孙"，把情况跟主家说明白了，主家也有善心，那就说得

通了。

再说，如果韩信只是个吃不上饭的普通贫民，那他凭什么对漂母说："吾必有以重报母。"这里的"有以"表示具有某种条件，意思是说我一定有能力、有办法重重地回报您这位大妈。在贫困潦倒的时候，能信心满满地说出这样的话，说明韩信的出身绝非草根一族。

另外，如果韩信真的是草根一族，漂母称这样一个吃不上饭的普通年轻人为"王孙"，那非但不是尊称，简直就是莫大的讽刺了！

南宋学者罗大经在《鹤林玉露》中说：

> 韩信未遇时，识之者惟萧何及淮阴漂母尔。何之英杰，固足以识信，漂母一市媪，乃亦识之，异哉！故尝谓子房狙击祖龙，意气过于轻锐，故圯（yí，桥）上老人抑之。韩信俯出市胯，意气邻于消沮，故淮阴漂母扬之。一翁一媪，皆异人也。唐子西作《淮阴贤母墓铭》曰："项王喑鸣，范增谋谟。信来不呼，信去不追。坐视信遁，反噬其躯。匹妇区区，而知信乎？吁！"（《鹤林玉露》卷之十六《漂母》）

▲ 明万历三十六年（1608 年）刊本宋罗大经《鹤林玉露》卷之十六《漂母》书影

韩信在没有受人赏识重用的时候，能够看出韩信是杰出人才的，只有萧何与漂母两人。萧何是英雄豪杰，自然能够看出韩信的非凡；而漂母只是个市井老妇，竟然也能够有这样的远见卓识，真是奇异啊！所以罗大经认为，张良网罗武士用大铁椎狙击秦始皇，意气过于轻率锐利，所以上天就用圯上老人的傲慢来抑制他。

韩信是草根一族吗？"王孙"是泛泛尊称吗？

圯上老人，并非区区；漂母饭信，亦非卓识。

韩信俯身甘受胯下之辱,意气已经接近消沉沮丧,所以上天就让漂母给他饭吃,以此来勉励他向上。一个老头儿一个老太太,两位都是奇异之人。

因此,北宋诗人、文学家唐庚(字子西)在《淮阴贤母墓铭》中说:"霸王项羽,喑呜叱咤;亚父范增,足智多谋。可是韩信来投奔时,却没人招呼他。当韩信离去时,也没人追赶他。对于韩信的逃亡,两人都没采取任何行动,结果反被韩信所消灭。圯上老人和淮阴漂母,不过是凡庸的老头儿、老太太,为什么却能认识到韩信的非凡呢?真是让人吁叹不已啊!"

其实,圯上老人可绝对不是区区凡庸的老头儿,因为一个凡庸的老头儿,哪里会有什么《太公兵法》的书?而且,在秦代严刑峻法的"挟书律"下,敢于冒着生命危险私藏兵书,并秘密授人的老头儿,又怎么可能凡庸?

另外,罗大经说漂母能认识到韩信的非凡,也同样是错误的。因为漂母饭信只是出于本性的善良,这是人性的伟大光辉。漂母并非有什么远见卓识,看到了韩信的非凡,将来一定会有大的造就。如果是这样,那漂母反倒不伟大了,她就成了一个世故油滑的老太太了。

明代文学家冯梦龙对漂母饭信故事的评论,也称赞漂母为"古今第一具眼":

> 刘季、陈平皆不得于其嫂,何亭长之妻足怪!如母厚德,未数数(常常)也。独怪楚、汉诸豪杰,无一人知信者,虽高祖亦不知,仅一萧相国,亦以与语故奇之,而母独识拔于邂逅憔悴之中,真古今第一具眼

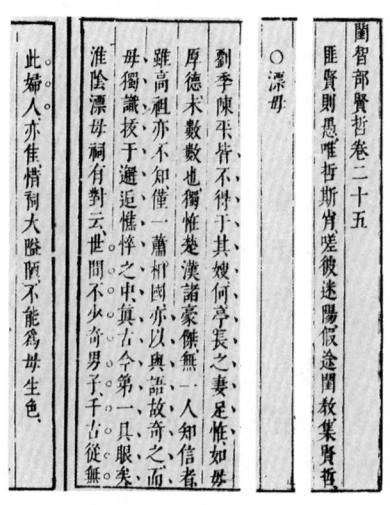

▲ 明刻本明冯梦龙《智囊·闺智部·贤哲卷二十五·漂母》书影

矣！淮阴漂母祠有对云："世间不少奇男子，千古从无此妇人。"亦佳，惜祠大（通"太"）隘陋，不能为母生色。
（《智囊·闺智部·贤哲卷二十五·漂母》）

刘季就是刘邦，季是刘邦的字。古人有时按排行伯、仲、叔、季取字，刘邦在兄弟四人中最小，排行第四，因此取字为季。刘邦在还没有显贵出名的时候，也曾遭到嫂嫂的白眼。

> 高祖兄弟四人，长兄伯，伯蚤（通"早"）卒。始高祖微时，尝辟（通"避"）事，时时与宾客过巨嫂食。嫂厌叔，叔与客来，嫂详（同"佯"，假装）为羹尽，栎（刮）釜，宾客以故去。已而视釜中尚有羹，高祖由此怨其嫂。及高祖为帝，封昆弟，而伯子独不得封。太上皇以为言，高祖曰："某非忘封之也，为其母不长者耳。"于是乃封其子信为羹颉（jié）侯。（《史记·楚元王世家第二十》）

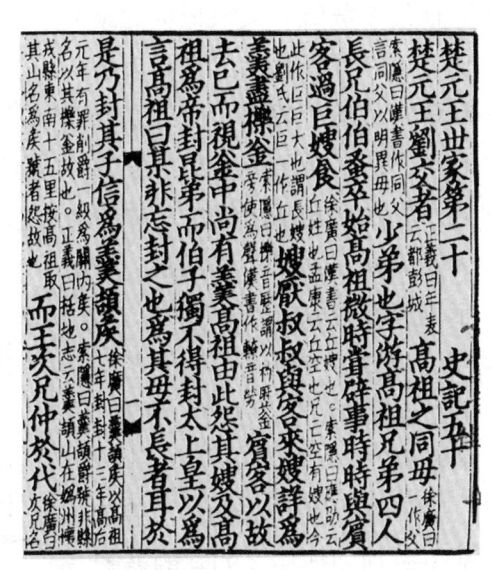
▲ 宋建安黄善夫家塾刻本汉司马迁《史记》卷五十《楚元王世家第二十》书影

汉高祖刘邦兄弟四人，大哥名伯，伯早就过世了。当初高祖微贱的时候，曾经犯事得罪过官府，为了避祸，常常领着客人到大嫂家去吃饭。大嫂讨厌这个小叔子总来白吃白喝，于是当刘邦和客人来家时，大嫂假装锅里的饭菜已经吃完，就用勺子刮锅边刮得很响。客人便因此都走了。过了一会儿，刘邦看锅里还有饭菜，从此怨恨大嫂。等到刘邦当了皇帝，分封兄弟，唯独不封大

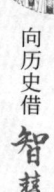

向历史借智慧

苏轼在笔记《东坡志林》中对刘邦封刘信为羹颉侯的评论。

哥的儿子。太上皇为孙子说情，高祖说："我不是忘记封他，因为他的母亲实在不是个厚道人。"汉高祖七年（前200年），刘邦这才封大嫂的儿子刘信为羹颉侯。羹颉，就是羹尽的意思。

宋代大文豪苏轼在笔记《东坡志林》中也记载了这个故事。苏轼评云：

> 高祖号为大度不记人过者，然不置鐐（liáo，刮）釜之怨，独不畏太上皇缘此记分杯之语乎？（《东坡志林》卷四《人物·论汉高祖羹颉侯事》）

汉高祖刘邦号称大度，其实他是个睚眦必报很记仇的家伙，一点都不大度。当年大嫂刮锅帮的这个怨恨，他总是念念不忘，以至于不分封大嫂的儿子。在他老爹求情之后才给大嫂的儿子封了个羹颉侯，表示这件事他永远怀恨在心。刘邦这样做，难道就不怕他老爹联想到他说的"分我一杯羹"的话吗？

"分杯之语"指的是，楚汉战争时项羽抓住了刘邦的老爹刘太公，扬言要烹了刘太公，以此来要挟刘邦。

▲ 清嘉庆十年（1805年）张氏照旷阁刊清张海鹏编订《学津讨原》丛书本宋苏轼《东坡志林》卷四《人物·论汉高祖羹颉侯事》书影

> 当此时，彭越数反梁地，绝楚粮食，项王患之。为高俎，置太公其上，告汉王曰："今不急下，吾烹太公。"汉王曰："吾与项羽俱北面受命怀王，曰'约为兄弟'，吾翁即若翁，必欲烹而翁，则幸分我一杯羹。"项王怒，欲杀之。项伯曰："天下事未可知，且为天下者不顾家，

虽杀之无益,只益祸耳。"项王从之。(《史记》卷七《项羽本纪第七》)

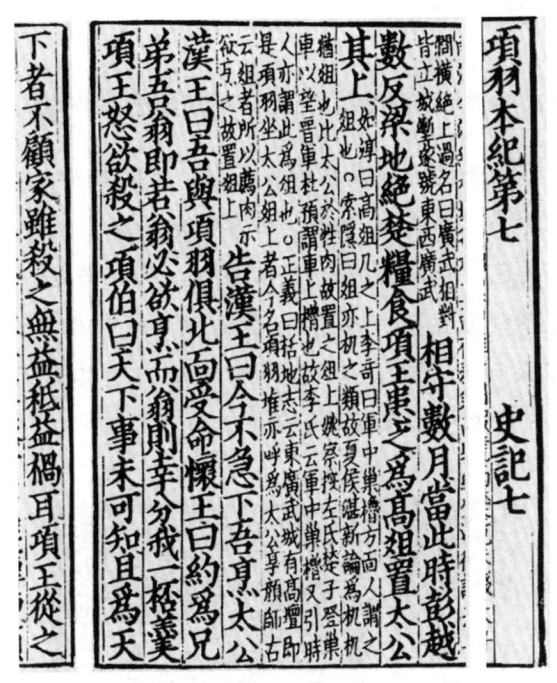

▲ 宋建安黄善夫家塾刻本汉司马迁《史记》卷七《项羽本纪第七》书影

汉高祖四年(前203年),项羽攻下了梁地十多个城邑之后,听说成皋(今河南荥阳汜水镇虎牢关村西北成皋古城)被攻破了,就率军返回。这时,汉军正在荥阳东面围攻钟离眛的军队,听说项羽大军到了,就全部撤往险要的地方。项羽也在广武(今山西朔州山阴县西南)驻扎下来,与汉军对峙了几个月,楚军粮食短缺。项羽很是担忧,就把刘邦的老爹刘太公放到肉案上面,通告刘邦说:"今天你如果不赶快投降,我就煮死你老爹!"刘邦说:"我曾与你一起面向北作为臣子接受楚怀王的命令,盟誓结为兄弟,因此我的父亲就犹如你的父亲。倘若你一定要煮死你的父亲,那希望你也分给我一碗带汤的肉!"项羽怒不可遏,想要杀掉太公。项伯说:"天下的事情不可预料。况且有志争夺天下的人是不顾及自己家人的,即使杀了太公也没什么好处,不过徒增祸患罢

向历史借智慧

了！"项羽就没有杀刘太公。

苏轼的意思是说，你刘邦既然忘不了怨恨嫂子，那刘太公想起当年你说的"分我一杯羹"的话，是不是也要一直怨恨你刘邦啊？

陈平在没有得志的时候，也同样不被嫂子所待见：

> 陈丞相平者，阳武户牖乡人也。少时家贫，好读书，有田三十亩，独与兄伯居。伯常耕田，纵平使游学。平为人长美色。人或谓陈平曰："贫何食而肥若是？"其嫂嫉平之不视家生产，曰："亦食糠核（米麦舂余的粗屑）耳。有叔如此，不如无有。"伯闻之，逐其妇而弃之。（《史记·陈丞相世家第二十六》）

陈平不被嫂子待见。

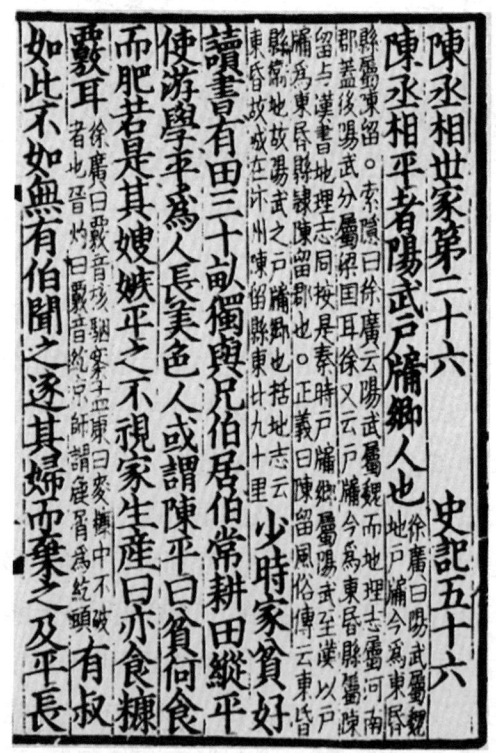

▲ 宋建安黄善夫家塾刻本汉司马迁《史记》卷五十六《陈丞相世家第二十六》书影

陈平是阳武县（县治在今河南原阳东南）户牖乡人。年轻时家中贫穷，喜欢读书，家里有田地三十亩。因早年丧父，就跟哥哥陈伯住在一起。陈伯平常在家种地，听任陈平出外求学。陈平身材高大魁梧，相貌堂堂。有人问陈平说："你家里那么穷，吃了什么长得这么胖？"陈平的嫂子恼恨陈平不在家里种地劳动，于是就顺口说："也不过吃粗糠罢了。"所谓"糠核"就是糠壳，"核"是"壳"的音变。"糠核"也就是粗糠。嫂子很不高兴地说："有这样的小叔子，还不如没有。"陈平的哥哥陈伯听到这话，就把妻子赶出家去，休了她。

冯梦龙在《智囊》中对亭长之妻"晨炊蓐食"的评说，还是合乎情理的：

> 即使在嫂子家蹭饭也不被待见，更何况非亲非故呢？所以亭长妻子的举动也不足为怪。像漂母这般宅心仁厚的人，实在少之又少。

冯梦龙又说：

> 令人感到奇怪的是，当时楚汉的英雄豪杰，竟没有一个人能了解韩信身价的，甚至连汉高祖也不例外，唯有萧何在和韩信谈话时，认定韩信是个奇才，而老妇人在河边偶遇饥饿憔悴的韩信，就一眼看出他有过人的才识，真可说是古今第一慧眼！淮阴县有座漂母祠，其中有副对联是："世间不少奇男子，千古从无此妇人。"正是最佳写照，可惜祠堂太窄陋，不足为漂母生色。

上文说过，漂母饭信与慧眼无关，是仁爱之心、慈善之心使然。

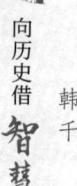

向历史借智慧

韩信为楚王,千金报漂母。

《水经注》中关于淮阴的典故。

二、投金增陵 报答漂母

汉王五年(前202年)正月,刘邦改封齐王韩信为楚王,建都下邳(治所在今江苏邳州)。韩信到了自己的封国之后,第一件事就是召见了当年给自己饭吃的漂母,赏赐给漂母一千斤黄金。

据北魏郦道元《水经注》记载:

> **淮水** 又东过淮阴县北,中渎水出白马湖,东北注之。淮水右岸,即淮阴也。城西二里有公路浦,昔袁术向九江,将东奔袁谭,路出斯浦,因以为名焉。又东径淮阴县故城北,北临淮水,汉高帝六年,封韩信为侯国,王莽之嘉信也。昔韩信去下乡而钓于此处也。城东有两冢:西者,即漂母冢也,周回数百步,高十余丈。昔漂母食信于淮阴,信王下邳,盖投金增陵以报母矣。东一陵即信母冢也。(《水经注》卷三十《淮水》)

▲ 清杨守敬、熊会贞撰手稿本《水经注疏》卷三十《淮水》书影(一)

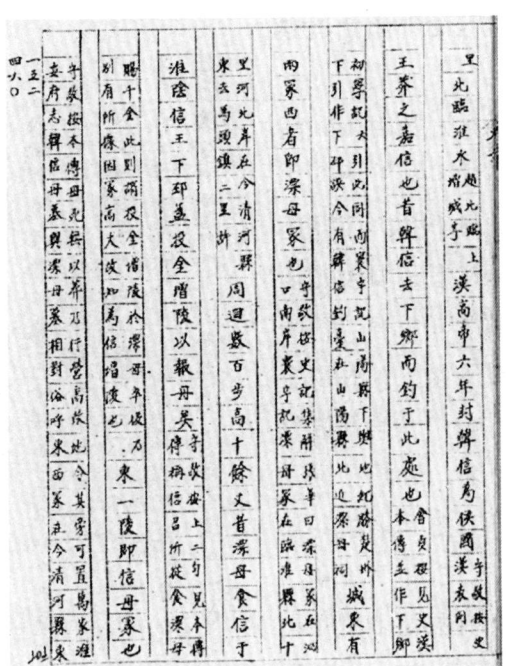

▲ 清杨守敬、熊会贞撰手稿本《水经注疏》卷三十《淮水》书影（二）

淮水就是今天的淮河，发源于河南桐柏山区，由西向东，流经河南、安徽、江苏三省，干流在江苏扬州三江营流入长江。淮水从淮阴城西南而来，经淮阴城西、城北再向东（稍偏北）流去。从西北而来的济水和泗水也在淮阴城西北角汇入淮水，一同向东流去。淮水流经淮阴城北，水流方向的右岸（南岸）就是淮南。古人称水之南为阴，故以淮阴为县名。

《水经注》记载，淮阴这个地方有好几处名胜古迹，城西二里有公路浦，是淮水的渡口，"浦"就是江河与支流的汇合处。"公路"是东汉末年军阀袁术的字，他是司空袁逢的儿子，袁绍的堂弟。当年袁术准备向东去九江投奔袁谭，就是从这个渡口上船离开的，所以叫公路浦。

淮阴的另一处名胜就是韩信钓鱼、漂母饭信的地方。东汉王莽的时候，将淮阴改名为嘉信，就是赞赏韩信的意思。看来，王莽对韩信也是很推崇的。淮阴城东有两座坟墓，东边那座是韩信

淮阴县名的由来。

淮阴的名胜公路浦。

千金增陵　择地厝母——韩信的知恩图报与远大志向

向历史借**智慧**

韩信为漂母"增陵"。

母亲的坟墓,西面那座就是漂母的坟墓。

漂母的墓方圆数百步,高十几丈。韩信为了报答漂母之恩,不仅赠漂母千金,而且还为死后的漂母建造了很大的陵墓。《水经注图》中标有"韩信钓处"和"漂母冢"。《水经注疏》清熊会贞按:"今有韩信钓台,在山阳县北,近漂母祠。"清杨守敬按:"《史记集解》张华曰:'漂母冢在泗口南岸。'《寰宇记》:'冢在县北十里河北岸。'在今清河县东,去(距离)马头镇二里许。"

▲ 清钞本宋乐史《太平寰宇记》卷十六《河南道十六·泗州》书影

韩信为漂母"增陵"的典故,虽然并未见诸《水经注》之前的文献,可能是郦道元根据民间传说记载的,但这传说的真实性,却丝毫不亚于任何经典文献。因为它不仅合乎天道的逻辑伦理,更合乎韩信知恩图报的率真性情。

据传说,漂母去世之后,韩信为了表达他对漂母的怀念,命令十万大军每人一兜土,为漂母的坟墓添土,这也许就是《水经注》"增陵"的来历吧。

二〇〇七年,淮安市淮阴区政府投资五百多万元,围绕漂母墓建设了漂母纪念苑。苑中的漂母祠为核心景点,廊道内有历代诗人题咏漂母的诗词,漂母祠的后面还有报恩亭。

漂母墓是秦汉时期的著名古墓葬,位于漂母纪念苑的北部,净高十五米多,直径五十二米。从西汉到民国,漂母墓一直有人血食供奉,凭吊者更是络绎不绝。

对于亭长的"为德不卒"与漂母的慈悲性善,后人有诗叹曰:

晨炊蓐食避淮阴，老妪慈悲哀王孙。
有意积德德不厚，无心为善善最真。
百钱可酬亭长谊，千金难报漂母恩。
增陵众口成佳话，血食拜谒说到今。

三、择地厝母　志向非凡

漂母坟墓东边还有一座坟墓，那就是韩信母亲的坟墓。《史记·淮阴侯列传》的末尾，有一段司马迁的赞，谈到了韩信择地厝母：

> 太史公曰："吾如淮阴，淮阴人为余言，韩信虽为布衣时，其志与众异。其母死，贫无以葬，然乃行营高敞地，令其旁可置万家。余视其母冢，良然。"

太史公司马迁说："我曾经到过淮阴，淮阴的人对我说，韩信还是平民百姓的时候，志向就与众不同。韩信母亲去世后，因家中贫困，没有钱安葬母亲，但他还是寻找到了一块又高又宽敞的坟地，把母亲的灵柩暂厝（临时浅埋，以待日后改葬）在那里。他准备让这个坟墓的周围，日后发展成一个可以安置万户人家的城镇。我去看了他母亲的坟墓，情况的确如此。"

▲ 宋淳熙三年（1176年）张杅桐川郡斋刻淳熙八年（1181年）耿秉重修本汉司马迁《史记》卷九十二《淮阴侯列传第三十二》书影

韩信择地厝母。

韩信非常自信，他这样做，是相信自己将来一定能够被封为万户侯，会有万家守冢。

向历史借 **智慧**

《汉书》为什么把韩信择地厝母放在《韩信传》的开头?

如果韩信确系草根,又焉能熟读兵书战策,素负大志?

《汉书》把韩信择地厝母的故事,放在了《韩信传》的开头。这是因为《汉书·韩信传》全袭《史记·淮阴侯列传》,司马迁的赞讲的是自己亲到淮阴走访故老、凭吊韩母之墓的情况,班固总不能把司马迁的"吾如淮阴"也抄过来,说自己去了淮阴,所以,只能把韩信择地厝母的故事与开头其他三个故事放在一起。

从韩信择地厝母这件事,我们也可以窥出一点韩信身世的信息。如果韩信出身平民百姓,怎么会有如此远大的抱负?抱负须以底蕴为资本,否则就是志大才疏,就是好高骛远,甚至是异想天开,癞蛤蟆想吃天鹅肉。正是由于韩信出身非凡,从小就受到了良好的教育,所以,别看他"不能治生为商贾",甚而至于"不能自食",但他却素负大志,这说明他是有底蕴资本的。当他登坛拜将之后,与刘邦对答的时候,侃侃而谈,满腹经纶,不仅对天下形势了如指掌,而且后来是"连百万之兵战必胜,攻必取"。因此,可以肯定,韩信不仅具有相当的教育背景,熟读兵书战策,而且天赋极高。

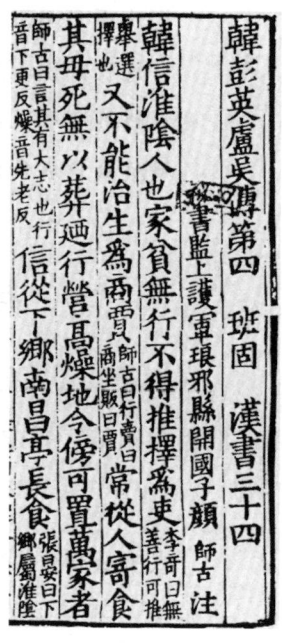

▲ 北宋刻递修本汉班固撰《汉书》卷三十四《韩信传》书影

千古成功一字忍　胯下原来是龙门

——揭秘兵仙韩信的身世之谜

司马迁在《史记·淮阴侯列传》中，写了韩信早年的三个故事，第一个是"晨炊蓐食"，第二个是"漂母饭信"，第三个就是众所周知的胯下之辱。

> 淮阴屠中少年有侮信者，曰："若虽长大，好带刀剑，中情怯耳。"众辱之曰："信能死，刺我；不能死，出我袴（通'胯'）下。"于是信孰视之，俯出袴下，蒲伏。一市人皆笑信，以为怯。

韩信甘受胯下之辱。

▲ 宋乾道七年（1171年）蔡梦弼东塾刻本汉司马迁《史记》卷九十二《淮阴侯列传第三十二》书影

一、三个故事 缺少过渡

司马迁写韩信早年的这三个故事,各自独立,其间缺少必要的过渡,阅读起来,使人感到不够连贯,这可能是由于史书追求文字简省的缘故。不过,前两个故事,读者还比较容易联想:韩信在亭长家没饭吃了,又不会谋生,只得去钓鱼,但一天也钓不了几条鱼,自然不免挨饿,于是就有了漂母饭信的故事。

可是,写到胯下之辱,读者就不容易联想了,因此未免有突兀之嫌。从下文"一市人皆笑信"来看,这是在街市上。那么,读者不禁要问:韩信来街市上干什么呢?

黄士恒和蔡东藩可能体会到了漂母饭信与胯下之辱两个故事之间缺少连缀,于是都加了一句接续过渡语:

> 他(韩信)虽贫,尚有一剑,出入长佩在身上。一日,韩信偶在市上游行,忽遇一个少年……(黄士恒《秦汉演义》第四册卷三第三十一回《漂母进食怜王孙 萧何单骑追韩信》,商务印书馆1917年5月初版第56页)

> 他(韩信)虽家无长物,尚有一把随身宝剑,时时挂在腰间,一日无事,踯躅街头,碰着一个屠人子……(蔡东藩《前汉通俗演义》第二十一回《烧栈道张良定谋 筑郊坛韩信拜将》,会文堂新记书局1935年5月改版后初版第133页)

正是因为"偶在市上游行",或"无事,踯躅街头",这才与青年屠夫相遇,才有了胯下之辱的故事。有了这样的过渡语,两个故事之间就衔接上了,就不显得突兀了。

但这样的过渡语未免太过随便了,以致经不起推敲。韩信钓鱼可不是闲来无事消磨时光的,他是要用钓鱼来糊口的。即便天天钓鱼,一天也未必能钓到几条,又怎么可能"在市上游行",更不可能"无事,踯躅街头"。

明代甄伟在漂母饭信和胯下之辱两个故事之间,以韩信"一日往市卖鱼"为接续语,真是既合情合理,又过渡自然。

韩信钓鱼不是为了自己吃鱼,而是为了吃饭。因此,钓了鱼就要拿到街市上去卖,卖了钱好买米下锅。正是因为"往市卖鱼",这才与卖肉的青年屠夫相遇,便有了胯下之辱的故事。

屠夫侮辱韩信说:"你虽然长得高大,喜欢带刀佩剑,其实不过是个胆小鬼罢了。"又当众侮辱他说:"你韩信如果真的不怕死,就拿剑刺我;如果怕死,就从我裤裆下爬过去。"这时,韩信仔细地打量了他一番,便低下身去,趴在地上,从他的裤裆下爬了过去。满街的人都笑话韩信,认为他真的是胆怯怕死。这就是成语胯下之辱的来历。

▲ 明刊本《新刻剑啸阁批评东西汉通俗演义》明甄伟《西汉通俗演义》卷一《章邯劫寨破项梁》书影

二、胯下之辱　笔力千钧

司马迁笔下的这个故事,言简义丰,笔力千钧。面对青年屠夫的侮辱挑衅,韩信竟然一言未发,司马迁只写了韩信的几个连续动作:"孰视之,俯出袴下,蒲伏。"这可真是"此时无声胜有声"啊!正因如此,后世批评家纷纷称赞。

明代著名文学批评家孙月峰评道:

> 语亦劲。"俯出",已具形状,乃先"孰视",复益之"蒲伏",何其极力描写!"蒲伏"二字,更妙。(《孙月峰先生批评史记》卷九十二《淮阴侯列传》)

向历史借 智慧

▲ 明崇祯九年（1636年）益山堂刻本明孙月峰撰，明陈继儒、冯梦校订《孙月峰先生批评史记》卷九十二《淮阴侯列传》书影

明代学者董份评云：

"孰视""俛出"，形容胯下如画。（明·葛鼎撰、明·金蟠编《史记汇评》卷九十二《淮阴侯列传第三十二》引董份评）

清代学者吴见思一生致力于《史记》批评，著成《史记论文》一书，自称"一生苦心所寄"。吴见思对胯下之辱评云：

出胯下，辱矣，下益"蒲伏"二字。写胯下之状，极其不堪。然上有"孰视之"三字，而信之筹画已定，岂孟浪哉？（《史记论文》卷九十二《淮阴侯列传》）

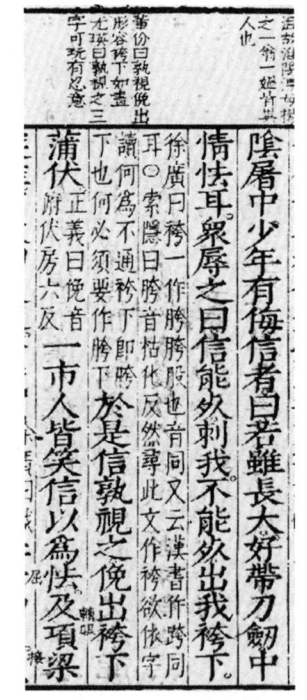

▲ 明万历四年（1576年）明吴兴凌氏自刊本明凌稚隆辑《史记评林》卷之九十二《淮阴侯列传第三十二》书影

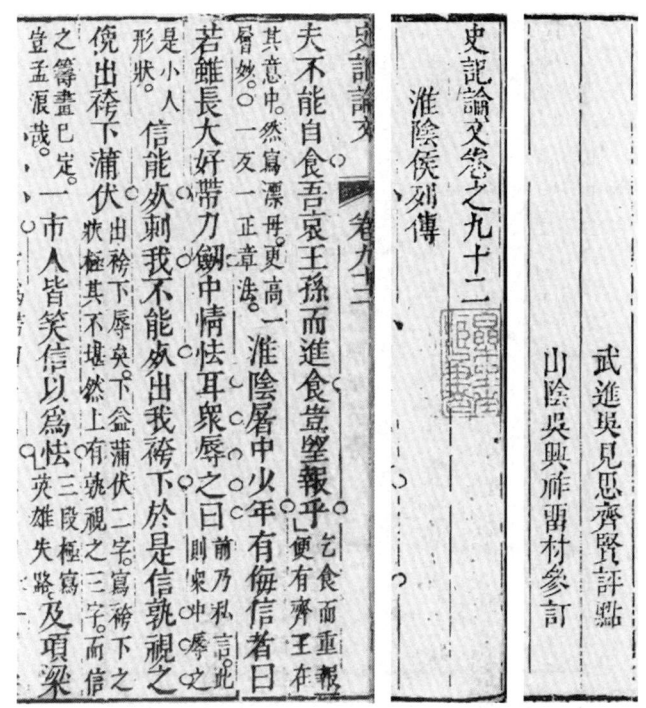

▲ 清康熙二十五年（1686年）尺木堂刊本清吴见思评、清吴兴祚参订《史记论文》卷九十二《淮阴侯列传》书影

"孰视之"，说明这是韩信经过深思熟虑之后"筹画已定"的行动，既不是鲁莽轻率，更不是贪生怕死，所以做起来才能够如此从容淡定。因为韩信有远大的理想，超人的抱负，他绝不会与这样一个青年屠夫斗气，以致坏了自己的前程。

正如宋代大文豪苏轼所说：

应龙之所以为神者，以其善变化而能屈伸也。夏则天飞，效其灵也；冬则泥蟠，避其害也。当嬴氏刑惨网密、毒流海内、销锋镝、诛豪俊，将军乃辱身污节，避世用晦，志在鹊起豹变。食全楚之租，故受馈于漂母。抱王霸之略，蓄英雄之壮图。志轻六合，气盖万夫，故忍耻跨（胯）下。(《淮阴侯庙碑》)

向历史借 **智慧**

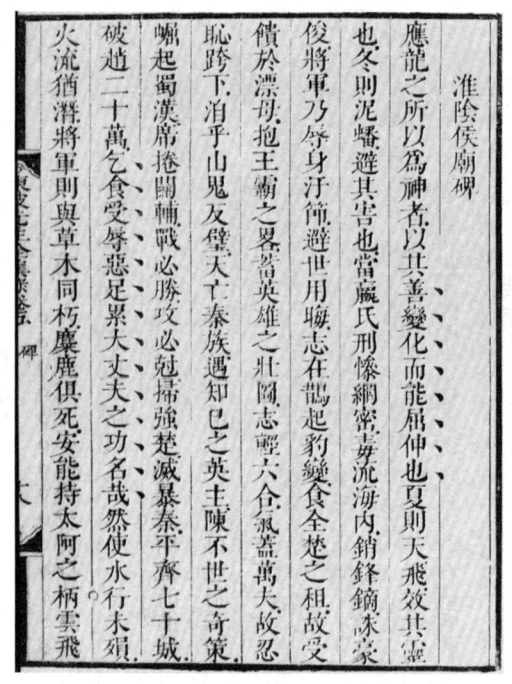

▲ 清康熙四十四年（1705年）刊本《唐宋大家全集·宋苏东坡先生全集》卷十七《淮阴侯庙碑》书影

　　应龙是古代传说中的一种有翅膀能够飞翔的龙。相传大禹治理洪水的时候，有应龙用自己的尾巴将地画成江河，使水入海。古代传说，应龙后来变成了善于兴云作雨的神龙。苏轼说，应龙之所以能够成为神，是因为它善于变化，并且能伸能屈。夏天它就在天空飞翔兴云布雨，发挥自己的灵性；冬季就盘曲着身子钻入泥土中蛰伏以躲避严寒的侵害。当秦始皇刑罚残酷、法网密布、惨毒天下、销毁兵器、诛杀人才的时候，将军就甘受耻辱、不怕玷污名节，避开世俗、韬光养晦，志在乘时崛起，像豹纹变得光泽有文采那样，改变自己的地位，由贫贱而显达。那时，他就可以享用整个楚地的租税，因此，他可以接受漂母分给自己的饭食。他怀有成就王霸之业的韬略，蓄存着英雄的宏伟谋划。他有高大的志向，不把天下人放在眼里，勇气能胜过万人。因此，他能忍受从胯下爬过去的耻辱。

三、成事在忍　以德报怨

汉王五年（前202年）正月，刘邦改封齐王韩信为楚王，建都下邳（治所在今江苏邳州）。韩信到了自己的封国之后，便召见了那位让自己受胯下之辱的青年屠夫。

> 召辱己之少年令出胯下者以为楚中尉。告诸将相曰："此壮士也。方辱我时，我宁不能杀之邪？杀之无名，故忍而就于此。"（《史记·淮阴侯列传》）

对那位曾经侮辱过自己、让自己从他胯下爬过去的青年屠夫，韩信不仅没有杀他，而且还任用他做了中尉。韩信对自己手下的将相们说："这是位壮士。当年他侮辱我的时候，我难道不能杀死他吗？但杀死他没有任何意义，所以我忍受了一时的侮辱而成就了今天的功业。"

有如此的胸襟和忍耐力，可见韩信的身世绝非一般平民。

韩信约生于秦始皇十七年（前230年），秦始皇三十四年（前213年）"焚书坑儒"时，韩信十七岁，正是读书研习的关键时期。

据司马迁《史记·秦始皇本纪》记载，秦始皇"焚书坑儒"的起因是这样的：

> 丞相李斯曰："……臣请史官非秦记皆烧之。非博士官所职，天下敢有藏《诗》《书》百家语者，悉诣守、尉杂烧之。有敢偶语《诗》《书》弃市。以古非今者族。吏见知不举者与同罪。令下三十日不烧，黥为城旦。所不去者，医药卜筮种树之书。若欲有学法令，以吏为师。"制曰："可。"

秦始皇在咸阳宫摆设酒宴，有七十多位博士上前献酒颂祝寿辞。仆射（yè）周青臣颂扬秦始皇，而博士齐人淳于越则劝秦始

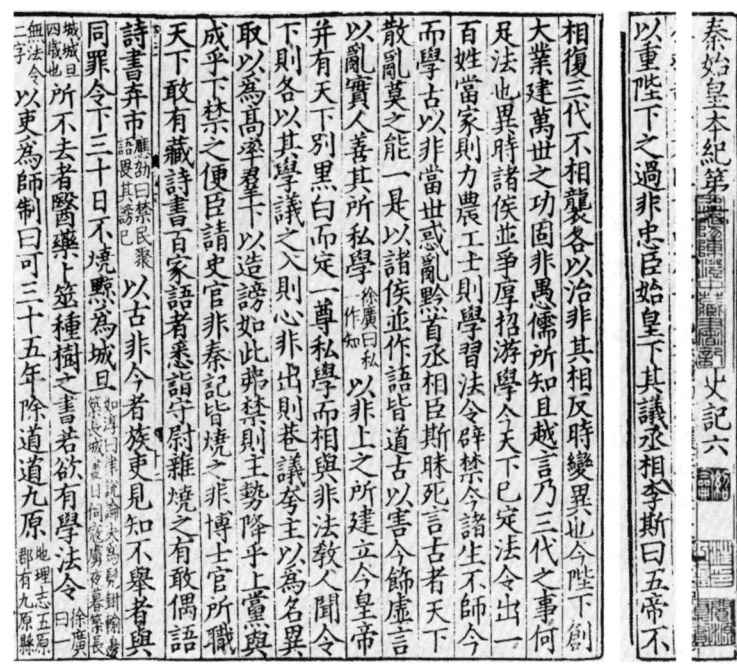

▲ 宋乾道七年（1171年）蔡梦弼东塾刻本汉司马迁《史记》六《秦始皇本纪第六》书影

皇分封子弟功臣，并指责周青臣当面阿谀，不是忠臣。

秦始皇把他们的意见下交群臣议论。丞相李斯说："我请求让史官把不是秦国的史书全部烧掉。除博士官署所掌管的之外，天下敢有收藏《诗》《书》和诸子百家著作的，全都送到郡守那里连人带书统统烧掉。有敢两人以上聚集在一起谈议《诗》《书》的处以死刑，并陈尸街头示众。有胆敢借古非今的，满门抄斩，灭绝九族。官吏知情而不举报的，以同罪论处。命令下达三十天内仍不烧书的，处以脸上刺字的黥刑，发配边疆，抵御外寇，修筑长城。只有医药、占卜、种植之类的书不烧。如果有人想要学习法令，就以官吏为师。"秦始皇下诏说："可以。"这就是暴秦的"挟书律"。

在如此残暴的统治下，即便如张良那样出身显赫的人（祖父和父亲都做过韩国宰相），也只是有幸从圯（yí）上老人那里得到一部《太公兵法》。如果韩信出身草根，又焉能熟读兵书战策？

明代茅坤指责司马迁没有交代韩信兵法的师承，认为这是司马迁的"失着（zhāo）"：

> 茅坤曰："太史公传淮阴，不详其兵法所授，此失着处。"（明·凌稚隆辑《史记评林》卷之九十二《淮阴侯列传第三十二》）

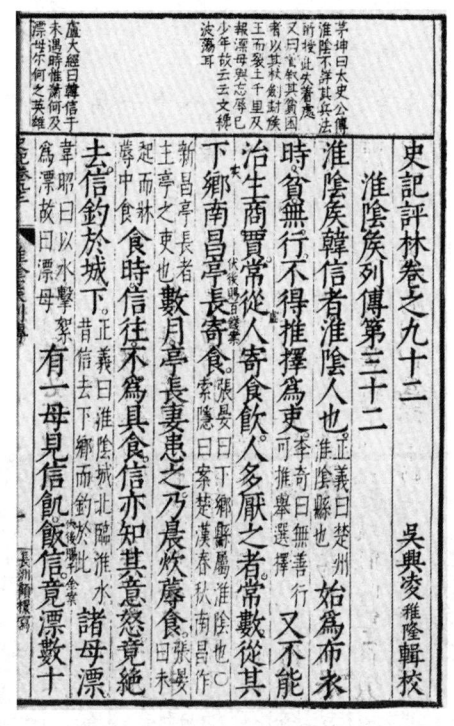

▲ 明万历四年（1576年）明吴兴凌氏自刊本明凌稚隆辑《史记评林》卷之九十二《淮阴侯列传第三十二》书影

其实，这并不是司马迁的"失着"，而是史家的严谨。因为《史记》不是小说，不可以异想天开地虚构。如果可以，那司马迁的《史记》一年就写完了，何用两代人的心血？当然，一年就写完的《史记》，它也许只能流传一年，绝对不会流传到两千多年后的今天！

前面讲到司马迁到淮阴采访，淮阴人对他说起韩信择地厝母的事，但他不肯轻信这些传说。于是，他亲自去看了韩母的坟墓，情况的确如此，这才写进《淮阴侯列传》里。对于韩信兵法的师承，因为缺少相关的史料，司马迁也只能宁缺毋滥了。

向历史借**智慧**

韩信兵法师承司马穰苴和孙武。

关于韩信兵法的师承，唐代著名军事家李靖认为韩信所学为《司马穰苴兵法》和《孙子兵法》：

太宗曰："'汉张良、韩信序次兵法，凡百八十二家，删取要用，定著三十五家。'今失其传，何也？"

靖曰："张良所学，《太公六韬》《三略》是也。韩信所学，穰苴、孙武是也。然大体不出三门四种而已。"

太宗曰："何谓'三门'？"

靖曰："臣案：《太公谋》八十一篇，所谓阴谋，不可以言穷；《太公言》七十一篇，不可以兵穷；《太公兵》八十五篇，不可以财穷。此三门也。"

太宗曰："何谓'四种'？"

靖曰："汉任宏所论是也。凡兵家流，权谋为一种，形势为一种，及阴阳、技巧二种，此四种也。"（唐·李靖《唐太宗李卫公问对》卷上）

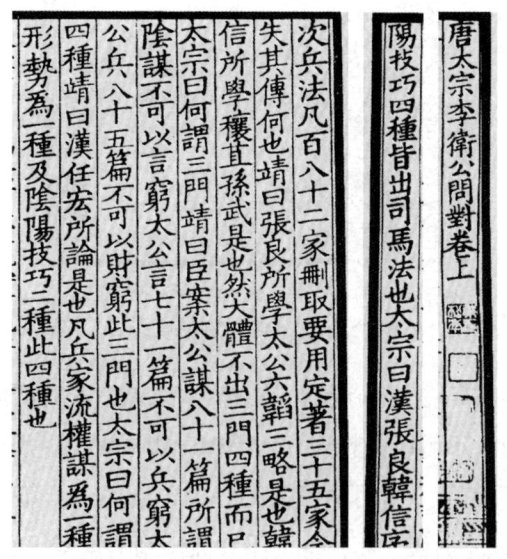

▲ 宋刻《武经七书》本唐李靖《唐太宗李卫公问对》卷上书影

《唐太宗李卫公问对》是中国古代一部著名的兵书，内容为记录唐太宗和李靖关于军事问题的问答。李靖因被封卫国公，故称"李卫公"。全书共分上、中、下三卷，上卷四十问答，中卷三十三问答，下卷二十五问答，共九十八问答，宋代神宗元丰年间（1078年—1085年）被列为《武经七书》之一。

唐太宗问："汉代的张良、韩信按一定的次序编排整理古代的兵法，一共得到一百八十二家。删去杂芜伪劣的，选取切要实用的，最后审定著录为三十五家。现在这些兵书大都失传了，这是什么缘故呢？"

李靖回答说："张良所学的，是《太公六韬》和《三略》。韩信所学的，是司马穰苴和孙武子的兵法。这些兵书，大体不外乎三门四种。"

唐太宗问："什么是三门呢？"

李靖回答说："据我的考查：《太公谋》八十一篇，这里所谓的阴谋，是不能用语言来穷尽其意的；《太公言》七十一篇，这是不能用兵法来穷尽其妙的；《太公兵》八十五篇，这是不能用钱财来穷尽其术的。这就是三门。"

唐太宗问："什么是四种呢？"

李靖回答说："汉成帝时的任宏奉命校理兵书，他的论述是正确的。他把所有的兵家学派划分为四种：权谋为一种，形势为一种，以及阴阳、技巧两种，这就是所说的四种。"

在秦朝严酷的"挟书律"下，韩信却能师承到司马穰苴和孙武子的兵法，可见其身世之非凡。

兵仙韩信的身世，一直是个谜，而陕西省城固县原公镇韩家巷韩氏后裔保存的一部清道光二十五年（1845年）刻本《韩氏宗谱》，终于揭示了这个秘密：

> 韩氏本姬姓之苗裔，周襄王时，有食采于韩者，因以为姓焉……起世为晋卿，确有可考六传。而与赵、魏二家三分晋地，化家为国，其傍支之子抱其宗谱以奔楚，两传而生（韩）信。信有雄才大略，文武足备，为古今名将。始因家贫而投霸王项（羽），仅授以执戟郎官，不能大用，故弃楚而就汉，佐高祖，平定天下，爵封

淮阴侯。(见徐业龙《韩信评传》,齐鲁书社 2008 年 9 月第 1 版第 8 页)

据编修《韩氏宗谱》的广西柳州的韦振华先生说:

> 韩信是韩襄王仓之二公子韩虮虱之孙,韩襄王十二年(前 300 年),太子韩婴死,当时韩虮虱在楚国质子,韩咎在国内用阴谋,使魏王、齐王领兵到韩国都城外,强迫襄王韩仓立韩咎为太子。当时楚国也已经派兵送韩虮虱回国准备接太子位,虮虱不愿国中动乱,返回楚国。韩咎立为太子,三年后即位为韩釐(引者按:原书误作"厘")王。韩虮虱竟不得归国。(出处同上)

原来韩信真的是韩国贵族,地道的王孙,所以才能受到良好的教育,才能有机会熟读兵书战策,才能师承司马穰苴和孙武子的兵法,才能有甘受胯下之辱的巨大忍耐力,胯下原来是龙门。

项羽门下执戟卫　刘邦将坛点兵侠

——择木而栖改变楚汉历史的兵仙韩信

凤翱翔于千仞兮，非梧不栖；士伏处于一方兮，非主不依。（明·罗贯中《三国演义》第三十七回《司马徽再荐名士　刘玄德三顾草庐》）

良禽择木而栖，贤臣择主而事。兵仙韩信的跳槽，堪称天下第一，因为他的跳槽跳得最高，跳得最险。这颇具革命性的跳槽，不仅改变了韩信的命运，而且也改变了历史的走向。

一、仗剑从戎　执戟郎中

秦二世元年七月（前209年8月9日—9月7日），秦朝征发住在闾左的贫民九百多人去戍守渔阳（今北京密云西南），陈胜和吴广都在其中，而且都是屯长。途中在蕲县大泽乡（今安徽省宿州南西寺坡镇的刘村），赶上天下大雨，道路不通。这样一来，就不能如期到达目的地了。按照秦朝的法令，如果不能按期到达，就要全部杀头。情急之下，陈胜和吴广便领导戍卒杀死了押解戍卒的军官，发动兵变。起义军推举陈胜为将军，吴广为都尉，攻克了大泽乡和蕲县县城，并在陈县（今河南淮阳）建立了"张楚"政权。各地纷纷响应，杀了当地的官吏，起义抗秦。如楚国名将项燕（yān）的儿子项梁在会稽（郡治在今江苏苏州）起兵，刘邦在沛县（今江苏沛县）起兵，英布

陈胜、吴广起义，各地纷纷响应。

向历史借智慧

和吴芮在番阳（今江西鄱阳）起兵，彭越在昌邑（今山东昌邑）起兵，陈婴在东阳（今安徽天长西北）起兵，秦嘉在淮北起兵，王陵在南阳（今河南南阳）起兵，郦商在陈留（今河南开封东南）起兵。

秦则命九卿之一的少府令章邯赦免了在骊山服役的囚徒以及家奴所生的儿子，全部调集来攻打"张楚"的大军。

广陵县（治所在今江苏扬州）召平被陈胜派去巡行占领广陵，但广陵没有归服。召平听说陈胜兵败退走，秦兵又快要到了，就渡过长江假托陈胜的王命，任命项梁为楚国的上柱国（职位与丞相相同，后世多用为荣誉爵位）。召平说："江东之地已经平定，请您赶快带兵向西进攻秦。"项梁就带领八千人渡过长江向西进军，沿途收兵，总共有六七万人，驻扎在下邳，韩信便加入了项梁的起义军。

及项梁渡淮，信杖剑从之，居戏（通"麾"）下，无所知名。项梁败，又属项羽，羽以为郎中。数以策干（gān，求取官位）项羽，羽不用。（《史记·淮阴侯列传第三十二》）

韩信在项羽手下做郎中，屡次献计献策都未被项羽采纳。

▲ 百衲本二十四史汉司马迁《史记》九十二《淮阴侯列传第三十二》书影

韩信在项梁部下并未引起重视,因此籍籍无名。项梁战败被杀之后,韩信便隶属于项羽,项羽让他做了郎中——执戟卫士。他屡次向项羽献策,以求重用,但项羽都没有采纳,然后韩信就"亡楚归汉"了。

《史记》的这段记述极为简单,几乎没什么情节。但韩信这样的人当兵,可绝不仅仅是为了混口饭吃。因此,他不仅会"数以策干项羽",也一定会以策干项梁,以便得到重用。那么,韩信是怎样以策干项梁的呢?民间有很多传说,明代甄伟在《西汉演义》中也有详细的交代:

> 且说英布追章邯兵至定陶,邯进定陶屯住人马,固守不与布交战。英布城下安营,终日搦战,邯兵只是不出,布无计可施。人报武信君大兵到来,英布出迎,项梁大军安营毕。梁曰:"邯兵势穷力竭,逃入孤城,正好极力攻打,如何坐守迁延?恐师老兵疲,救兵或至,将如之何?"布曰:"邯兵虽败,人马尚多,四门坚闭,恐难遽破,意欲相时而动,庶为便益。"梁叱之曰:"为将无谋,俄延时日,我兵既到,立等城破,何待相时而后动耶?"遂将布喝退。随即分付四边每队军士,各设云梯上城攻打,喊声振举,惊动天地,不期城上火炮火箭齐发,云梯尽着,又兼矢石如雨,站立不住,只得退下城来。梁又安排数百辆冲车,鼓噪呐喊而进,邯急令铁索贯穿铁锤,绕城飞打,冲车皆折。千方百计,城不能破,梁十分暴躁。有执戟郎韩信密至帐下告禀:"大军人马久住城下,恐敌军窥见我军懒怠,夜黑开城,攻劫营寨,一时无备,反遭毒手,攻城之策小,提防之策大,请将军思之。"梁大怒曰:"我自起兵会稽,所向无敌,量此孤城,何足为难!章邯闻吾之名,心胆皆碎,何敢出城劫我营寨耶?尔何等之人,乃敢妄为筹策,以阻军心?"遂将韩信叉出(用手掐住人的脖子将人推开)。有

向历史借智慧

项梁因拒绝韩信的进谏而被章邯偏将孙胜所杀。

宋义闻信言,急谏曰:"战胜而将骄卒惰者必败!今士卒懈怠久矣。秦兵虽围困在城,连日持钝蓄锐,又兼章邯秦之名将,善能用兵,果如信言,甚干利害,信言亦良策也。"梁益不听。是夜章邯果分付将士饱饭毕,人各衔枚,开放城门,统领三军,暗分两路,来到楚寨,楚兵正睡熟,章邯密传将令,一声炮响,金鼓大振,杀入楚营。夜晚兵来,如天塌地陷,山崩海沸一般。此时项梁已带酒不能起,左右扶出辕门,未曾上马,一将杀入中军来,乃秦偏将孙胜也,梁措手不及,被胜一刀斩于门旗下。(《西汉演义》卷一《章邯劫寨破项梁》)

▲ 明新刻剑啸阁批评《西汉演义》卷一《章邯劫寨破项梁》书影(一)

作者将民间传说与合理虚构相融合,不仅把项梁被杀的经过写得清清楚楚,而且也使韩信的智慧得到了表现。

历史演义有些地方胜过史书。

一般来说,历史演义当然不如史书特别是正史更可信,但有些地方却恰恰相反,历史演义的真实性反而胜过正史。

▲ 明新刻剑啸阁批评《西汉演义》卷一《章邯劫寨破项梁》书影（二）

《史记》说韩信归属项羽之后才做了郎中——执戟卫士，《西汉演义》说韩信在项梁手下就是执戟郎。两相比较，《西汉演义》更合情理，因为韩信只有做了郎中，才有机会为项梁献计。如果韩信只是普通一兵，那他只能在军营哨所，根本就无缘见项梁，更谈不上献计献策了。再说，韩信投奔项梁，必然会自我介绍，像韩信这样熟读兵书"仗剑"来投的人毕竟不多，项梁也是读过兵书的人，不会让韩信去做大头兵。

即便是项梁专横跋扈，有眼无珠，目中无人，那不是还有范增吗？范增总不会有眼无珠吧？《西汉演义》写韩信做持戟郎官，正是范增的慧眼：

> 有淮阴人韩信，仗（书影误作"使"）剑来见项梁。梁见信容貌不悦，欲不用，增曰："此人外貌清瘦，中有蕴藉，既来投见，即当留用，如若弃置，恐塞贤路。"梁依增言，封信为持戟郎官，就留帐下听用。(《西汉演义》卷一《章邯劫寨破项梁》）

向历史借
智慧

司马光《资治通鉴》的一大败笔。

▲ 明新刻剑啸阁批评《西汉演义》卷一《章邯劫寨破项梁》书影

当时抗秦的义军很多，如果项梁真的只让韩信做个大头兵，韩信也决不会做，早就投奔别处去了。

历史演义胜过史书，还有一个经典的范例，那就是关于赤壁之战的记述。当时曹操给孙权下战书说："今治水军八十万众，方与将军会猎于吴。"我现在统领八十万水军，即将与孙将军在吴地一块打猎。曹操把赤壁之战看得像打猎一样，足见其傲慢至极。

孙权把战书拿给群臣看，群臣无不惊惶失色，长史张昭等人都主张迎接曹操，投降朝廷，而周瑜却力主抗曹，孙权这才有了底气。

权曰："老贼欲废汉自立久矣，徒忌二袁、吕布、刘表与孤耳；今数雄已灭，惟孤尚存。孤与老贼势不两立……"是夜，瑜复见权曰："……瑜得精兵五万，自足制之，愿将军勿虑！"权抚其背曰："……五万兵难辛合,已选三万人,船粮战具俱办。卿与子敬、程公便在前发,孤当续发人众,多载资粮,为卿后援。卿能办之者诚决,邂逅不如意,便还就孤,孤当与孟德决之。"
(宋·司马光《资治通鉴》卷六十五)

▲ 四部丛刊涵芬楼景宋本宋司马光《资治通鉴》卷六十五书影

孙权说:"曹操这个老贼想要废掉汉朝皇帝自己当皇帝已经很久了,只是顾忌袁绍、袁术、吕布、刘表与我孙权。现在,那几位英雄都已被消灭,只剩下我还存在。我与老贼势不两立!"

当天夜里,周瑜又去见孙权,说:"我只要有五万精兵,就足以打败曹操,望将军不要顾虑!"孙权拍着周瑜的背说:"五万精兵一时难以集结,已挑选了三万人,战船、粮草及武器装备都已备齐,你和鲁肃、程普率兵先行,我当继续调集人马,多运辎重、粮草,作为你的后援。凡是你能处理的事就当机立断,如果失利,就退回到我这里来,我当与孟德决战。"

孟德是曹操的字,称别人的字是一种尊称,当时孙权与曹操是死对头,孙权怎么可能尊称曹操为孟德呢?另外,上文孙权刚

《三国演义》对《资治通鉴》败笔的改正。

说过"老贼欲废汉自立久矣","孤与老贼势不两立!"这里的"老贼"指的就是曹操,转眼又对曹操尊称孟德:"孤当与孟德决之。"这显然不合情理。可见,这是司马光《资治通鉴》的一大败笔。

明代小说家罗本(贯中)在《三国志通俗演义》中改正了《资治通鉴》的这个败笔:

> 卿前军稍不如意,便还就孤,孤当亲与操贼共决胜负。(《三国志通俗演义》卷之九《周瑜定计破曹操》)

把《资治通鉴》的"孤当与孟德决之",改为"孤当亲与操贼共决胜负",这是颇具慧眼的。可见罗贯中对这部历史演义,确乎下了功夫。

▲ 明嘉靖元年(1522年)刻本明罗本撰《三国志通俗演义》卷之九《周瑜定计破曹操》书影

二、弃楚投汉　语惊萧何

项羽灭秦之后,想让楚怀王发诏命封自己为关中王,但怀王却仍然坚持当初的约定:谁先破秦入关,谁做关中王。那就是由刘邦来做关中王。项羽当然不肯,因为就灭秦来说,项羽的功劳无疑是最大的,况且实力也最雄厚,就连怀王也是项梁、项羽所立,谁来做关中王凭什么由你怀王说了算?

于是项羽便分封诸侯,自称西楚霸王,名义上尊怀王为义帝,让他迁徙到长沙郴(chēn)县去。不久,便秘密派人杀了义帝。

韩信在项羽身边足足伺候了二十个月,将近两年的时间,多次献计献策，却一直得不到重视。亚父范增深知韩信的才能，屡次举荐韩信，但项羽根本不理会，韩信最终仍然只是个执戟郎中，于是他便弃楚投汉了。

《史记》将此一语带过："汉王之入蜀，信亡楚归汉。"读者阅读至此，不能不遗憾司马迁的惜墨如金，因为这期间的韩信，有太多迷人的故事在民间流传，但都被史家忽略了。而《西汉演义》等，则对此做了一定程度的弥补，使这些脍炙人口的故事流传至今。

项羽让义帝迁到郴县去，但郴县偏远，义帝不愿意去，于是拖延着不肯动身，项羽就派范增前去催促。范增临行前嘱咐项羽三件事：一是不可离开咸阳；二是对韩信用则大用，不用则杀之；三是把汉王刘邦留在咸阳，不可使他归汉中。可是，范增走后不久，项羽就要离开咸阳到彭城（今江苏徐州）建都，而且让刘邦去了汉中，只是不准刘邦带家小。韩信自知再待下去有害无益，于是就计划俟机离开，只是没有想好理想的去处。

> 范增建议项羽对韩信用则大用，不用则杀之。

张良深知韩信有元戎之才而不被重视，于是就想促使韩信尽快弃楚投汉。一天黄昏的时候，张良背着此前在秦宫中所得到的一把宝剑，来到韩信的住处，谎称自己是韩将军的淮阴同乡，得到了韩信的接见。于是便向韩信"推销"自己的宝剑：

> 张良以卖剑为名，促使韩信弃楚投汉。

"先世曾遗下宝剑三口，真希世之珍，不敢言价，但遍求天下英雄豪杰，先观其人，次卖此剑。已将两口卖与两个人，止有这口宝剑，未遇其主。闻将军与某同乡，为天下英杰，特来卖此宝剑，不是虚誉，实出本心。早间伺候半日，知将军公出未回，今薄暮敬来相谒。此剑暗临黑水蛟龙泣，潜倚空山鬼魅惊。埋藏十万年，价值数千金。若遇奇男子，铮然自有声。何须出囊钱？物各归主人。君若得此剑，威令满乾坤！"

韩信……拔剑观看，灯光之下，宝气冲霄，霜锋射

项羽门下执戟卫 刘邦将坛点兵侠——择木而栖改变楚汉历史的兵仙韩信

斗……韩信平日最爱剑，今日见此宝剑，十分羡慕，因恨囊橐空虚，不敢问价，但云："公有宝剑三口，那两口得价几何？"良曰："适间曾说，先观其人，次后卖剑，不论价值多寡，如得其人，即将宝剑相赠，何须言价？久闻将军乃天下豪杰，以此特来相见，此宝剑有主矣！"韩信起谢曰："宝剑虽蒙见惠，但信为人恐未相称。"良曰："若不相称，虽与万两黄金，亦不敢以轻售也。"信大喜，分付家僮置酒相款，因问："此宝剑俱有名乎？"良曰："俱各有名：一口是天子剑，一口是宰相剑，一口是元戎剑。天子剑乃是'白虹紫电'，宰相剑乃是'龙泉大阿'，元戎剑乃是'干将莫邪'。"……信听罢笑曰："先生已将宝剑卖与汉王、萧相国，可谓得人矣！今将此元戎剑，欲卖与小子，但信素无重名，又无为将之（书影误为'入'）德，不亦负此剑乎？"良曰："据将军所学所养，虽古孙吴穰苴，不能过也，但未遇识主耳。……苟得遇识主，言听计用，变化风云，振动天地，坐镇中原，出警入跸，享九袭之荣，极人臣之贵，则非今日之碌碌也。"韩信见张良说到此处，不觉长吁慨叹，触动念头，便道："闻先生之言，如照肝胆，信在此日久，一筹未展，百计难言。前屡次上表，霸王不听，今欲迁都，大事已去！信不久亦归故里，苟延岁月耳！"良曰："将军差矣！良禽相木而栖，贤臣择主而佐，以将军之抱负，岂可按迹衡门，为淮阴一钓叟耶？"信又长叹曰："先生今晚来见，语言动人，议论出众，非独卖剑，决有深意也。我于月明之下，灯烛之前，细观举动，先生非韩国之张子房乎？"子房离席起谢曰："久慕重名，不敢遽见，今晚拜候，实有深意，将军看破，岂容自隐？小子便是张良。"韩信大笑，握良手曰："先生天下豪杰，人中之龙也！我欲弃此归汉，但不知先生有何见谕？"良曰："汉王实是长者，暂屈褒中（属汉中郡，

治所在今陕西汉中西北的褒城镇以东一带），终成大事，将军肯从愚见，我有一物与将军为赘。"（《西汉演义》卷三《说韩信张良卖剑》）

▲ 明新刻剑啸阁批评《西汉演义》卷三《说韩信张良卖剑》书影（一）

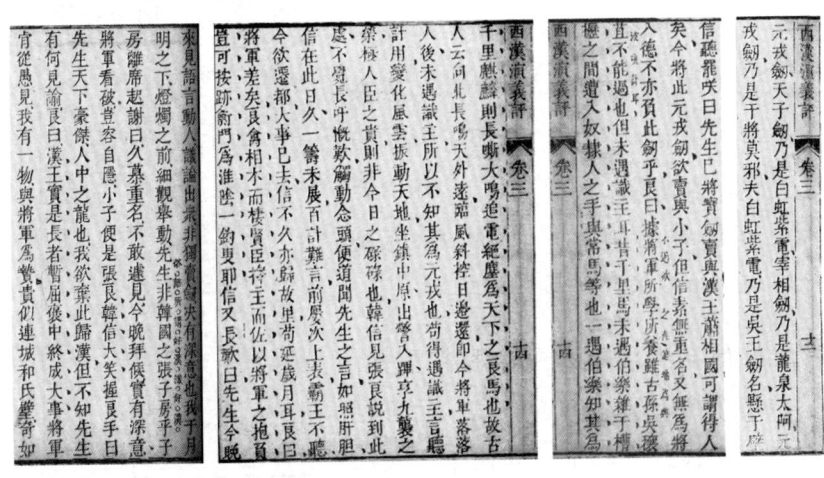

▲ 明新刻剑啸阁批评《西汉演义》卷三《说韩信张良卖剑》书影（二）

张良说完，便从衣襟下取出一封角书和一方丝帕地图，递给韩信说："我当初跟汉王、萧何分别的时候曾经约定，如荐举元帅来汉，以这封角书为凭借，如果有人拿着角书来，就要重用。这方地图是通往褒中的山僻小路，将军他日破三秦，当从此出褒中。"角书是一种作为凭证的书信，将书信裁下一角给某人带走，

向历史借智慧

韩信投汉之初，不仅未被重用，而且险些被斩。

日后两块合为一体时，可以做某种约定的证明。

张良走后，韩信一直在思考如何才能顺利通过沿途的许多关卡，安全地抵达汉中。

第二天夜里，韩信去拜访陈平。两人私交甚厚，又惺惺相惜，陈平也有投汉之意。当韩信提到沿途关卡的问题时，陈平说："这好办，我衙门里有印信文书，给你开一份通关证明，只说入褒中探听消息，所有关口就会顺利放行。"

韩信到了汉营之后，心想："我如果直接去相府见萧何，以角书投献，那是凭着张良的荐举，不是自己的能力。我且不用角书，看看汉王的眼力究竟如何。"可是这样一来，韩信不仅没有受到重用，而且还险些丧命。

汉王之入蜀，信亡楚归汉，未得知名，为连敖。坐法当斩，其辈十三人皆已斩，次至信，信乃仰视，适见滕公，曰："上不欲就天下乎？何为斩壮士？"滕公奇其言，壮其貌，释而不斩。与语，大说之。言于上，上拜以为治粟都尉，上未之奇也。(《史记·淮阴侯列传第三十二》)

▲ 宋淳熙三年（1176年）张杼桐川郡斋刻淳熙八年（1181年）耿秉重修本汉司马迁《史记》卷九十二《淮阴侯列传第三十二》书影

韩信初到汉军中并未引起重视，只做了个接待宾客的连敖官。后来因事犯法，被判处斩刑。同伙十三人都被杀了，轮到斩韩信的时候，他曾想过拿出角书，但转而一想，难道我韩信连自己的命都保不住吗？于是他抬头仰视，正好看见了滕公夏侯婴，韩信在鸿门宴的时候就见过夏侯婴，便高喊道："汉王不是想要成就统一天下的功业吗？为什么要斩杀壮士？"滕公感到这个人的话不同凡响，又见他相貌堂堂，就想把他放了。这时，刽子手已经高高地举起了雪亮的屠刀，滕公突然大喊一声："停！——"刽子手的两臂僵住了，手里的屠刀一动不动地停在了半空。智哉滕公！伟哉滕公！只因你的这一声"停！——"中国的历史从此进入了一个新的纪元！如果没有你的这声"停！——"哪还有什么千古兵仙，一代元戎？哪还有什么威加海内，云扬大风？哪还有什么文景之治，汉武远征？

经过一番交谈，滕公对韩信大为欣赏，于是报告给刘邦，但刘邦却"未之奇也"，只任命韩信为治粟都尉，管理粮仓。

治粟都尉管理着供应几十万大军的储备粮，大小粮仓星罗棋布，还有很多散堆在地上的谷子，像一座座小山似的，真可谓恒河沙数。此前所有治粟都尉上任时都只是看看账目就完事了，谁都不知道储备粮的准确数量。

韩信来到仓所，并没有看账目，而是直接验看仓廒，清点粮仓和粮堆的数量。然后对管理账目的人说，这里的军粮一共是多少多少。管账的人打开账本一看，惊叹不已，居然一点不差。

滕公闻知此事，立刻报告给萧何，萧何感到非常震惊，于是召见韩信。问道："适闻贤公清点粮仓谷堆，不知何法便能知如此大数？"韩信说："算有小九之数，有大九之数，若能精通此法，虽四海九州亦可算出，况区区仓谷乎？"萧何称赏，延之上坐，拱手对韩信说："愿贤公论天下之形势，决天下之安危。"

韩信说："关中（指函谷关、大震关、蓝关、金锁关'四关'之内，位于今陕西中部）百二山河，天府之国，自古为帝王建都之地。项王舍此不居，却迁都彭城，此失天下之形势也！汉王虽左迁褒中，然养精蓄锐，为虎豹在山之势，使智者无以用其谋也。项王虽然所向无敌，但天下诸侯均有背叛之心，从外表上看好像安稳无事，实际上内有隐患。当下项王东迁，诸侯离心，百姓思主，三秦不备，汉兵失此机会而不东征，使齐、魏、赵、燕，或有

项羽门下执戟卫 刘邦将坛点兵侠——择木而栖改变楚汉历史的兵仙韩信

治粟都尉韩信清点军粮，精明神算，震惊萧何。

韩信为萧何分析天下形势。

韩信论为将之道。

智者一言,举兵而西,先取咸阳,次取三秦,阻其要害,汉兵虽老死不得出褒中矣!"

这时,萧何近前附耳说:"前日栈道已烧绝,汉兵无路可出,奈何奈何?"韩信笑道:"前日烧绝栈道,必是智者与丞相计议,定当另有别路可通汉兵,此计只可瞒项王,不可欺智者!"

萧何闻韩信此言,心里暗惊,于是求论为将之道。韩信说:"将有五才十过。所谓五才,乃智、仁、信、勇、忠也。智则不可欺,仁则能爱人,信则不失期,勇则不可犯,忠则不二心。五才具备者,方可以为将。所谓十过者,有勇而轻死者,有急而心速者,有贪而好利者,有仁而不忍杀者,有智而心怯者,有信而妄信者,有廉洁而不爱惜人者,有谋而心缓者,有刚毅而自用者,有懦而喜任人者。有此十过,则不足以为将矣。故善将兵者,具五才,失十过,可无敌于天下矣。"

萧何说:"若以贤公为将则何如?"韩信说:"若信为将,依古圣兵法而行。成汤之伊尹,武丁之傅说,渭水之子牙,燕山之乐毅,皆我之师也。守之以静,发之以动。兵之未出也如山岳,兵之既出也如江河。变化如天地,号令如雷霆,赏罚如四时。运筹鬼神,决胜千里;机变不测,各极其妙。"萧何见韩信议论如江河滔滔万里,心甚奇之,以为破楚元帅,非韩信莫属。

三、登坛拜将 纵论天下

萧何连续几天去见刘邦,力荐韩信,但刘邦却不理睬。时间一天天过去,韩信知道刘邦还在犹豫,于是决定不再被动地等下去,而是采取了欲进反退的策略,来了个"走为上",只不过韩信的"走"是"佯走"。这下可把萧何急坏了,因为萧何知道韩信的真本事,如果韩信跑到别处去,那刘邦的皇帝梦就彻底破灭了。于是,就有了萧何月夜追韩信的千古佳话。

萧何追回韩信之后,便向刘邦极力推荐韩信。刘邦说:"我为了您的缘由，让他做个将军。"萧何说："即使是做将军，韩信一定不肯留下。"刘邦说："那就任命他做大将军。"萧何说："太好了。"于是，刘邦就要把韩信召来任命他。萧何说："大王向来对人轻慢，不讲礼节，如今任命大将军就像呼喊小孩儿一样，这就是韩信要离去的原因啊。大王决心要任命他，就要选择良辰吉日，亲自斋戒，设置高坛和广场，礼仪要完备才可以呀。"汉王答应了萧何的要求。众将听到要拜大将都很高兴，人人都以为自己要做大将军了。等到任命大将时，被任命的人竟然是韩信，全军都感到惊讶。这是《史记》的记载，一切都显得很顺利。但在《西汉演义》中，情节比这还要复杂曲折一些，萧何与夏侯婴虽然都极力推荐韩信，但刘邦还是有些犹豫不决：

> "卿等只闻他议论，见他有一节之能，便以为可用。朕恐为将之道，所系甚重，国家之安危，三军之存亡，仰赖于一人。若一时轻听，用他为将，却将三十万兵马付他统理，七十员将官听他约束，倘依丞相言，三秦可下，项羽可破，深得今日荐举之功，如或能言而不能行，资谈有余，临事不足，非独我等受虏，三十万生命死于无辜，丞相一时悔之何及。朕之所以不敢轻用韩信者，此也。……今日色将晡矣，卿且回，明日早朝，与卿等会议。"
>
> 萧何、滕公退朝，复来与信相见，备言汉王明日会议，拜公为将。信曰："汉王恐尚犹豫，或二公空劳心耳！"何曰："汉王若不用公，我等决弃官而去，不敢欺也。"须臾，萧何（原脱）、滕公辞回宅。韩信因思萧何如此为国求贤，汉王屡次不听用，盖因我家贫贱，以至不肯重用……方欲就寝，只见人报说："丞相出见贤士。"信整衣迎入书斋，信曰："公此时尚未寝乎？"何曰："国事系心，岂能安枕，因思贤士在楚，范增极能知人，当时必曾荐举，贤士必有良策，一向未闻论及。"信曰："在楚范增极为知己，屡次荐举，霸王不听。后闻烧绝栈道，某曾有表上谏。"信遂将表

文，从头念讫一遍。萧何听罢，惊讶曰："若使项王依公此奏，我等终身不出褒中！西楚天下，如磐石固矣。"信曰："项王不用其言，此时某尚无背楚之意，后范增被陈平左使赴彭城，临行之时，奏三事：第一件，不可放汉王入褒中；第二件，不可离咸阳；第三件，当重用韩信，如不用当杀之。某知项王决不能用，恐终被范增谋害，是以背楚归汉，无他意也！公夜深，复兴此问，必是静中想起，恐某为范增心腹，又见昨日匹马逃回，恐打听褒中虚实，传报范增，所以乃有此问。公昼夜为国，竭尽心力，既有疑心，某今有一物与公拆看，管教汉王剖析群疑，免劳相国极言苦谏。"（《西汉演义》卷三《萧何月夜追韩信》）

▲ 明新刻剑啸阁批评明甄伟《西汉演义》卷三《萧何月夜追韩信》书影（一）

▲ 明新刻剑啸阁批评明甄伟《西汉演义》卷三《萧何月夜追韩信》书影（二）

直到这时，韩信才拿出了张良的角书。刘邦见到张良的角书，不再怀疑韩信的才能，这才拜韩信为大将。刘邦为什么只相信张良，对萧何、夏侯婴的多次举荐却犹豫不决呢？这主要是由于刘邦与萧何、夏侯婴距离太近，都是沛县的小吏，彼此太熟悉，因此不觉得二人有什么比自己高明的见识。而张良就不同了，家世显贵，几代相韩。出身卑微的刘邦，对张良颇有崇拜心理，所以同样的观点，出于张良与出于萧何、夏侯婴，在刘邦的心里，接受值是不同的。西哲有言："仆人眼里无伟人。"就是因为仆人与伟人的距离太近，根本就看不出伟人的伟大。

《西汉演义》卷三《萧何月夜追韩信》写道："萧何、滕公退朝，复来与信相见⋯⋯须臾，滕公辞回宅。韩信⋯⋯方欲就寝，只见人报说：'丞相出见贤士。'"这里有一处漏笔，萧何、滕公两人来见韩信，只说"滕公辞回宅"，那就是萧何没有走。萧何没走，韩信怎么能"欲就寝"呢？而且，接着又说丞相萧何来见韩信，既然萧何没有走，就不可能又来，这就让人丈二和尚摸不着头脑。应该是"萧何、滕公辞回宅"，两人都走了，"韩信⋯⋯方欲就寝"，萧何又来了，这才合情合理。查了几种版本，均作"须臾，滕公辞回宅。"漏了萧何，当作"须臾，萧何、滕公辞回宅"。

汉高帝元年（前206年）八月，刘邦在南郑（今陕西汉中南郑区）南郊"择良日"（仲秋戊寅朔丙子日——小说家言，未足征信）"设坛场"，"斋戒""具礼"，正式拜韩信为大将。诸将听说要拜大将，"皆喜，人人各自以为得大将。至拜大将，乃韩信也，一军皆惊"（《史记·淮阴侯列传》）。人人都以为自己要做大将军了。等到任命大将的时候才知道，被任命的竟然是韩信，全军都感到十分惊讶——这小子是干什么的，没听说过啊！

拜将之后，韩信点兵（阅兵）。

"三军听令！左中右军按命令分别列队：

"三人一排，列队！——

刘邦见了张良的角书，不再怀疑韩信的才能，于是拜韩信为大将。

《西汉演义·萧何月夜追韩信》的一处漏笔。

韩信点兵，惊呆刘邦。

项羽门下执戟卫，刘邦将坛点兵侠——择木而栖改变楚汉历史的兵仙韩信

"五人一排,列队!——

"七人一排,列队!——

"⋯⋯⋯⋯"

然后,韩信禀告刘邦,今天受阅三军将士共几十几万几千几百几十几人,请求点兵。

刘邦惊呆了,心里琢磨着:三军将士好几十万人,韩信转眼之间就清点完了,他是怎么数算出来的呢?

萧何见刘邦还在愣神儿,就用手碰了他一下。刘邦这才缓过神儿来:"点兵——开始!"

拜将点兵仪式结束之后,韩信被请入上座。刘邦问韩信说:"丞相屡次称道将军,将军准备用什么谋略来指教寡人呢?"

这既是对韩信的策问,也是对韩信的测试,看看他到底有什么本事。

韩信称谢之后问刘邦说:"如今向东争夺天下,大王的对手难道不就是项王吗?"

刘邦说:"是啊。"

韩信说:"大王自料勇悍仁强,孰与项王?"大王您自己估量一下,在勇敢、猛悍、仁爱、刚强这些方面,与项王比如何?

刘邦沉默了半天,说:"我比不上他。"

这是欲扬先抑,先让刘邦承认自己的不足和劣势,杀杀他的傲慢,然后再讲项羽的不足和劣势,为刘邦出谋划策,增其信心,鼓其勇气。

韩信拜了两拜,赞许道:"我韩信也认为大王在这些方面比不上项王。不过,我曾经事奉过项王,请允许我来谈谈他的为人吧。"

项王喑噁(yìn wù,发怒的声音)叱咤,千人皆废,然不能任属贤将,此特匹夫之勇耳。项王见人恭敬慈爱,言语呕呕(xū xū,温和的样子),人有疾病,涕泣分食饮,至使人有功当封爵者,印刓敝,忍不能予,此所谓妇人之仁也。项王虽霸天下而臣诸侯,不居关中而都彭城。有背义帝之约，而以亲爱王，诸侯不平。诸侯之见项王迁逐义帝置江南，亦皆归逐其主而自王善地。项王所过无不残灭者，天下多怨，百姓不亲附，特劫于威强耳。名虽为霸，实失天下心。故曰其强易弱。今大王诚能反其道：任天下武勇，何所不诛！以天下城邑封功臣，何所不服！以义兵从思东归之士，何所不散！且三秦王为秦将，将秦子弟数岁矣，所杀亡不可胜计，又欺其众降诸侯，至新安，项王诈坑秦降卒二十余万，唯独邯、欣、翳得脱，秦父兄怨此三人，痛入骨髓。今楚强以威王此三人，秦民莫爱也。大王之入武关，秋毫无所害，除秦苛法，与秦民约法三章耳，秦民无不欲得大王王秦者。于诸侯之约，大王当王关中，关中民咸知之。大王失职入汉中，秦民无不恨者。今大王举而东，三秦可传檄而定也。（《史记·淮阴侯列传第三十二》）

▲ 百衲本二十四史汉司马迁《史记》第九十二《淮阴侯列传第三十二》书影（一）

▲ 百衲本二十四史汉司马迁《史记》第九十二《淮阴侯列传第三十二》书影（二）

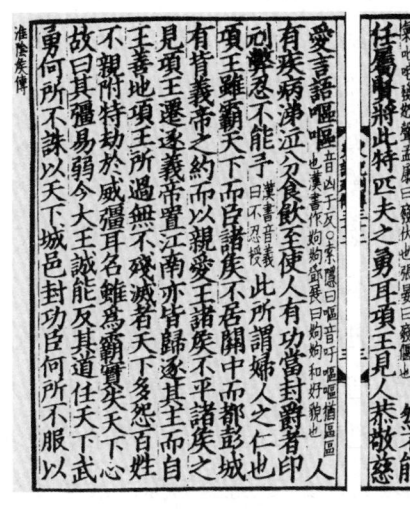

韩信拜将点兵之后的擘画。

向历史借智慧

韩信先说项王的"勇悍":项王一声怒喝,可以把上千人都吓得瘫在地上,真是勇猛无比。但是,他却不能任用有德才的将领,所以,项王的"勇"只不过是匹夫之勇而已。

次说项王的"仁":项王待人恭敬慈爱,言语温和,别人生了病,他会心疼流泪,把自己吃的东西分给病人。但到了给立功的人封赏时,他却把刻好的官印捏在手里把玩,以至官印的棱角都磨没了还是舍不得授给人家。所以,项王的"仁"只是妇人那种小恩小惠的仁慈而已。

再说项王的"强":项王称霸天下,表面上看真是强大无比,但他却不占据关中的有利地形,而是建都彭城。背弃义帝怀王的约定,把自己的亲信和偏爱的将领分封为王。诸侯因此愤愤不平。项王还把义帝迁徙到江南偏远的地方,诸侯们也都纷纷效仿,驱逐了自己原来的国君,占据了好的地方自立为王。项王军队所经过的地方,到处烧杀抢掠,没有不受害的,天下人怨声载道,谁都不愿归附他,只不过是迫于威势勉强服从而已。项王名义上虽然是霸主,实际上却已经失去了民心。所以说,他表面上的强盛很容易转化为衰弱。

韩信透过项羽的表面分析其实质,找出项羽的软肋和死穴,的确是高屋建瓴。

接着,韩信就为刘邦擘画奇谋,先阐述总纲:现在,大王您如果能够反其道而行之,任用天下英勇善战的人才,那还有什么对手不能消灭呢?把天下的城邑封给有功的人,那还有什么人不心悦诚服呢?以正义之师,顺从将士东归的心愿,什么样的敌人不能击溃呢?

再剖判三秦当下的形势利弊,指出光明的前途,增强刘邦的信心:况且项王分封三秦的三个王,章邯、司马欣和董翳,原来都是秦朝的将领,他们率领关中的子弟征战多年,死伤无数。他们又裹挟着部下投降了项羽,后来这二十多万投降的秦军都被项王活埋了,只有章邯、司马欣和董翳得以封官。现在,秦地的父老兄弟对他们恨之入骨。项王却封这三个人为王,但秦地的百姓没有谁爱戴他们。可是大王进入武关（今陕西丹凤东南）之后，却秋毫无犯，废除了秦朝的苛酷法令，与秦地百姓约法三章，秦地百姓都希望大王在秦地做王。而且按照原来楚怀王与诸侯的约定，谁先破秦入关谁就做关中王，大王您也理当做关中王，这是关中百姓无人不知的事。您失掉了应得的王位而到了汉中，秦地的百姓对此没有不怨恨的。现在，大王如果起兵向东进攻，三秦之地只要发布一道征讨的檄文就可以搞定了。

韩信对形势剖析透彻，判断准确，并对刘邦进行了实事求是、不露痕迹的称颂。刘邦听了就别提多舒服了，颇有相见恨晚的感觉。于是就按照韩信的谋划，对各路将领的行动做了具体的部署。

对于韩信的这番宏论，历代名家盛赞不已：

> 韩信登坛之日，毕陈平生之画略，论楚之所以失，汉之所以得，此三秦还定之谋所以卒定于韩信之手也。（元·杨维桢）

> 观信智略如此，真有掀揭天下之心，不但兵谋而已也，所以谓之人杰。（明·董份）

> 孔明之初见昭烈（刘备）论三国，亦不能过。予故曰：淮阴者非特将略也。（明·唐顺之）

> 韩信登坛数语，刘兴项蹶已若指掌。以项羽为匹夫之勇，人人能言之；以为妇人之仁，则信所独见也。（清·乾隆皇帝）

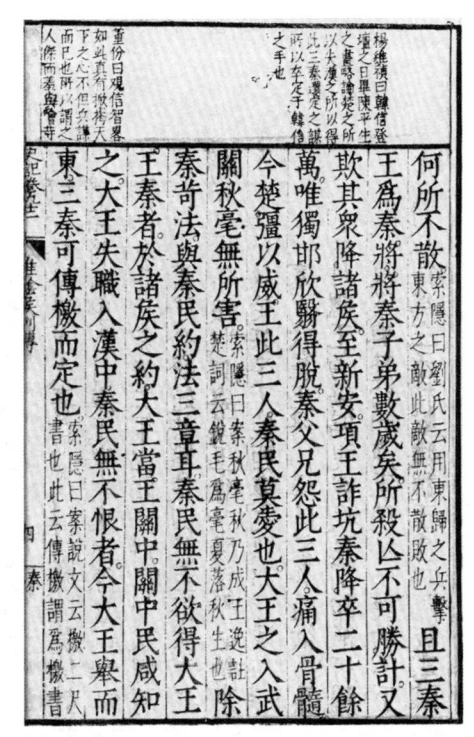

▲ 明万历四年（1576年）吴兴凌氏自刊本明凌稚隆辑《史记评林》卷之九十二《淮阴侯列传第三十二》书影（一）

▲ 明万历四年（1576年）吴兴凌氏自刊本明凌稚隆辑《史记评林》卷之九十二《淮阴侯列传第三十二》书影（二）

▲ 文渊阁四库全书本清高宗（乾隆）《御批历代通鉴辑览》卷十二《汉王以韩信为大将还定三秦》书影

从韩信对楚汉形势的分析来看，他不仅是一位伟大的军事家，而且也是一位了不起的政治家。正如明代儒学大师、军事家、散文家唐顺之所说，即便是诸葛亮的《隆中对》也是无法超越的。

韩信在项羽手下足足干了二十个月，两头都算那是三年的时间，最终还是个执戟郎中。但从汉王元年（前206年）四五月间弃楚投汉"跳槽"，到七八月间登坛拜将，前后不过三个月的时间，就从一个连敖小官跃升为汉军统帅，韩信的跳槽在中国数千年的历史上，可谓空前绝后。

> 韩信的"跳槽"，不仅改变了自己和刘邦、项羽三个人的命运，而且也改变了历史的走向，真可谓空前绝后。

项羽门下执戟卫　刘邦将坛点兵侠——择木而栖改变楚汉历史的兵仙韩信

向历史借
智慧

萧何月夜追韩信
——改写楚汉历史的关键一步

汉王元年（前206年）冬季的农历十月，沛公刘邦率军抵达霸上，秦王子婴向刘邦投降。

> 秦朝的历法，以农历的十月作为每年的第一个月。

汉朝承袭秦朝的制度，用的是秦朝的历法，以农历的十月作为每年的第一个月，因此，史书每年的记事也从十月开始。霸上即灞上，在今陕西西安市东南，因在灞水西高原上而得名，也就是今天的白鹿原。

按照楚怀王当初讨伐暴秦时与各路诸侯的约定，谁先攻入关中谁就做关中王。关中，指函谷关以西整个陕西及其邻近的甘肃、四川的部分地区。那么，刘邦理当成为关中王，但项羽听说沛公已经平定了关中，想要在关中称王，非常恼火，就派黥布等攻克了函谷关，并准备攻打刘邦。

这时的项羽拥兵四十万，号称百万大军；而刘邦当时拥兵只有十万，号称二十万，根本不是项羽的对手。刘邦听从张良的计策，到项羽军中谢罪，这就是著名的鸿门宴，从而缓和了局势。

一、奉劝刘邦　立足汉中

这年二月，项羽划分天下土地，封各位将领为侯王，项羽自立为西楚霸王。

项羽和范增怀疑刘邦有夺取天下的野心，但双方已经在鸿门宴上讲和了，且又不愿意背上违约的罪名，于是仍立刘邦为汉王，但只统辖巴郡、蜀郡两地和汉中郡，建都南郑（今陕西汉中南郑区），理由是巴郡、蜀郡也是关中的土地。

项羽又把关中之地分割为雍国、塞国和翟（dí）国三部分，将秦朝的三位降将封在那里做王，借以抵御阻挡刘邦。立章邯为雍王，建都废丘（秦朝县名，县治在今陕西兴平东南）；立司马欣为塞王，统治咸阳以东到黄河的地区，建都栎阳（治所在今陕西西安阎良区武屯镇）；立董翳为翟王，统治上郡（郡治在肤施，今陕西延安），建都高奴（今陕西延安东北）。这样一来，刘邦从巴蜀和汉中向北出来的通路就全被堵上了。

> 项羽三分关中，立刘邦为汉王。

这年四月，项羽分封的诸侯王各自回归本国。汉军的将士们本以为刘邦先破秦入关应该封个关中王，从此可以在关中享受舒服的生活，回关东故乡与家人团聚也方便，没承想却要西去偏远的巴蜀，实在令人丧气。而汉王刘邦当然更是咽不下这口气，煮熟的鸭子竟然飞了。

> 汉王怒，欲谋攻项羽。周勃、灌婴、樊哙皆劝之。何谏之曰："虽王汉中之恶，不犹愈于死乎？"汉王曰："何为乃死也？"何曰："今众弗如，百战百败，不死何为？《周书》曰'天予不取，反受其咎'。语曰'天汉'，其称甚美。夫能诎于一人之下，而信于万乘之上者，汤、武是也。臣愿大王王汉中，养其民以致贤人，收用巴、蜀，还定三秦，天下可图也。"汉王曰："善。"乃遂就国，以何为丞相。（《汉书》卷三十九《萧何曹参传第九·萧何传》）

> 刘邦想要策划攻打项羽，被萧何劝阻。

萧何月夜追韩信——改写楚汉历史的关键一步

向历史借 智慧

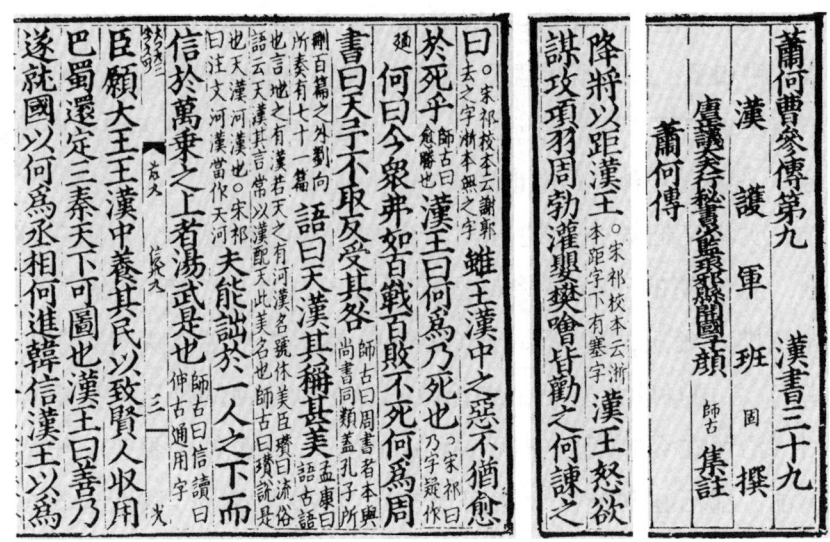

▲ 宋嘉定十七年（1224年）白鹭洲书院刻本汉班固撰唐颜师古注《汉书》卷三十九《萧何曹参传第九·萧何传》书影

刘邦大怒，想要策划攻打项羽。"周勃、灌婴、樊哙皆劝之"，这几员武将也都鼓动他打。这里的"劝"是劝勉、勉励的意思，不是劝阻的意思。但萧何却规劝刘邦说："在汉中当王虽然比不上在关中做王好，但不是比死还强些吗？"汉王说："怎么就会死呢？"萧何说："如今您兵众不如项羽，百战百败，不死又能怎么样呢？《周书》上说：'上天给予却不去接受，反会遭受其害。'俗语说'天汉'，以汉配天，名称非常美好。能够屈居于一人之下受委屈，却在万乘大国之上伸张其志的，是商汤王和周武王。我希望大王您立足汉中，休养百姓，延揽贤才，收用巴郡、蜀郡的资财，然后回师东进，平定雍、翟、塞三秦之地，这样天下就可以夺取了。"汉王说："好吧！"于是就暂且咽下了这口气，到他的封地南郑就任，任用萧何为丞相。

从关中到南郑，六百多里山路，走了十来天。在行军途中，大家思乡心切，于是，就唱起了思乡曲。这曲子如泣如诉，如怨如怒，将士们边唱边流泪。有些将士，干脆三十六计走为上计——逃亡了。

二、萧何"逃亡" 震惊刘邦

汉军到了都城南郑之后,军心仍旧不稳,将士时有逃亡。

一天中午,刘邦刚吃过饭,忽然有人来报告说:"丞相萧何逃跑了!"刘邦大惊且怒,"如失左右手"。别的将领逃亡倒还不打紧,萧何逃亡却非同小可,他是刘邦的"负栋之柱"啊——这根柱子没了,整个大厦就会坍塌。

> 刘邦听说丞相萧何逃跑,大惊且怒。

萧何与刘邦是发小,而且是铁哥们儿,当初萧何在沛县做"主吏掾"时,刘邦还是平民百姓,萧何处处照顾刘邦。

> 萧何与刘邦是发小,而且是铁哥们儿。

> 萧相国何者,沛丰人也。以文无害为沛主吏掾。
>
> 高祖为布衣时,何数以吏事护高祖。高祖为亭长,常左右之。高祖以吏繇(通"徭")咸阳,吏皆送奉钱三,何独以五。
>
> 秦御史监郡者与从事,常辨(通"办")之。何乃给

▲ 宋建安黄善夫家塾刻本三家注《史记》卷五十三《萧相国世家第二十三》书影

萧何月夜追韩信——改写楚汉历史的关键一步

向历史借智慧

萧何比别人多送给刘邦二百文盘缠钱。

萧何为吏，办事干练，公务考核，名列第一。

萧何策动城中父老杀县令，拥立刘邦为"沛公"。

泗水卒史事，第一。秦御史欲入言征何，何固请，得毋行。及高祖起为沛公，何常为丞督事。（《史记·萧相国世家第二十三》）

萧何因为通晓法律条文，便做了沛县县令手下的官吏，但萧何这个刀笔吏却并不刻毒，民望很好。后来刘邦做了泗水郡（郡治在相县，今安徽淮北相山区）的亭长，两人的关系就更铁了。当时"乡"的下面有"亭"，"亭"有亭长，主管缉捕盗贼等事。

刘邦当差押送服徭役的人去咸阳修建阿房宫，官吏们给刘邦赠送盘缠，别人都赠送三百文铜钱，唯独萧何赠送了五百文铜钱。当时的铜钱有两种，一种是小铜钱，每个一文；另一种是大铜钱，每个相当于一百文。《史记》中说的"吏皆送奉钱三，何独以五"，都是指的大铜钱。

秦朝中央派到泗水郡来督察工作的御史，在与萧何打交道的过程中，发现萧何非常干练，办事有条有理、清清楚楚。于是，把萧何提拔到郡里充当管理文书的卒史。秦时每个郡设有卒史和书佐各十人，萧何在公务考核中名列第一。秦朝的御史打算向朝廷推荐萧何，把他调到朝廷里服务，萧何非常坚决地谢绝了，这才没有被调走。等到刘邦起事做了沛公，萧何常常作为他的助手督办公务。

陈涉起义后，沛县县令打算举城响应。萧何说："您身为秦朝命官，要带领百姓反叛朝廷，大家恐怕不会相信。您可以把那些逃亡在外的人召集起来，这才会有号召力。"当时，刘邦亡匿于芒砀山泽之间，有上百人跟随他，县令就派樊哙去召见刘邦。可是，当刘邦率众到了沛县城下时，县令却又后悔了，下令关闭城门。萧何与曹参策动城中父老杀掉了县令，敞开城门迎接刘邦，拥立他为"沛公"。萧何、曹参又为刘邦召集沛县青年三千多人，以响应诸侯抗秦。此后，萧何一直跟随刘邦。

> 沛公至咸阳，诸将皆争走金帛财物之府分之，何独先入收秦丞相御史律令图书藏之。沛公为汉王，以何为丞相。项王与诸侯屠烧咸阳而去。汉王所以具知天下厄塞，户口多少，强弱之处，民所疾苦者，以何具得秦图书也。（《史记·萧相国世家第二十三》）

刘邦攻破咸阳，萧何入宫收取文献资料。

沛公进了咸阳，将领们都争先奔向府库，分取金帛财物，唯独萧何首先进入宫室收取秦朝丞相及御史掌管的法律条文、地理图册、户籍档案等文献资料，并将它们珍藏起来。从而"具知天下厄塞，户口多少，强弱之处，民所疾苦"。这些资料，为后来打败项羽发挥了至关重要的作用。这是后话。

▲ 宋建安黄善夫家塾刻本三家注《史记》卷五十三《萧相国世家第二十三》书影

当年，萧何跟随刘邦出生入死，辛苦备尝，从来也没有说逃跑过。现在，萧何做了丞相，可谓一人之下，万人之上，怎么反倒逃跑了呢？

三 求贤若渴 夜追韩信

其实，萧何并没有逃跑。

这天早晨，萧何正在吃饭，忽然有人来报："治粟都尉韩信逃跑了！"萧何一听，扔下筷子就跑了出去。到了韩信的住所，只见室内的桌案上端正地放着治粟都尉的官印，人却无影无踪了。

萧何顿足痛惜道："咳！再三荐举，汉王就是不重用，到底还是跑了！倘不把他追回来，汉王的大业就没戏了！"于是骑

韩信逃亡，萧何追赶。

萧何月夜追韩信——改写楚汉历史的关键一步

向历史借智慧

上马急忙赶到东门,问守门官说:"你可曾看见过一位将军?骑着银鬃马背着剑出门去了?"守门官急忙回答说:"今早五更刚刚打开城门,就见此人径出东门飞驰而去!"萧何听罢,策马便追。

一路追赶,不见韩信踪影,直追到傍晚时分,见前面有一客栈。萧何进去一问,得知韩信是中午从这里过去的。萧何顾不上吃饭,转身就要走。客栈的主人喊道:"将军,吃了晚饭歇息一夜,明天再赶路吧。下一个客栈还有一百多里呢,又都是山路,马也走不快,而且还时有大虫出没,很不安全哪。"萧何说:"我急着要追赶那位将军,明天怕是赶不上他了。"主人说:"如果将军实在要走,也得喝口水带点干粮啊。"萧何一想也对,而且确实渴了。于是喝了两碗水,买了几张大饼带着,上马继续追赶。

再来说韩信,他驰马来到山脚下时,天色已近黄昏。他边走边想:前面的山路不能骑马,如果萧丞相真的追来,怎么忍心让他在黑夜里翻山越岭走几个时辰呢?再说,如果萧丞相追到山前追不上我,就泄气返回去怎么办?当今天下,除了汉王这里最有前途之外,其他诸侯都没有与项羽抗衡的实力啊!毕竟离开不是目的,通过离开让萧丞相来把自己追回去,从而得到汉王的重用才是目的。也就是说,韩信的逃跑实际上是欲擒故纵的假逃跑。想到这里,韩信停下了脚步。他看到路边不远处有一棵高大的松树亭亭如盖,便来到树下,把马拴好。

时令已是秋季,傍晚的秋风已有些凉意。想到前途的渺茫,韩信不觉悲从中来。

元代杂剧作家金仁杰《萧何月夜追韩信》的优美曲词。

【双调】【新水令】恨天涯流落客孤寒,叹英雄半世取(通"虚")幻。坐下马望(通"妄")踏遍山水难,背上剑柱射得斗牛寒。恨塞于天地之间,云遮断玉砌雕栏,按("书影"误作"接")不住浩然气透霄汉。

【驻马听】回首青山,拍拍离愁满战鞍;举头新雁,呀呀哀怨伴天寒。止望学龙投大海驾天关，划地似军骑赢马连云栈。且相逢觑英雄如匹似闲，堪恨无端四海苍生眼。

【沉醉东风】干功名千难万难，求身仕两次三番。前番离了楚国，今次又别炎汉，不觉的皓首苍颜。就月朗回头把剑看。（忽然伤感，默上心来。）百忙里揾不干我英雄泪眼！（元·金仁杰《萧何月夜追韩信》第二折。按：各本错字已校正）

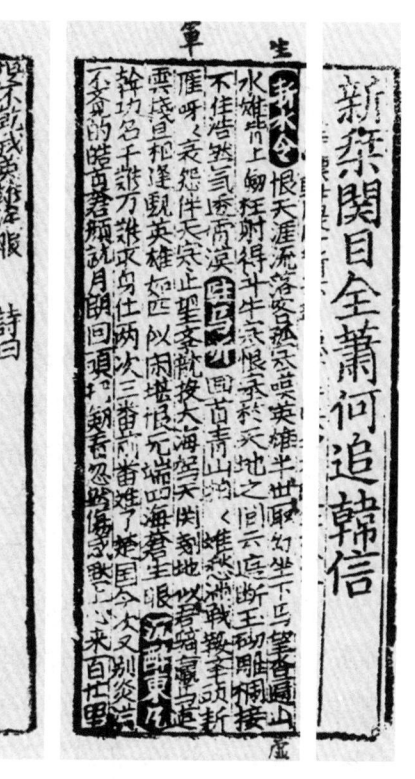

▲ 元刻本古今杂剧元金仁杰《萧何追韩信》书影

天色彻底黑了下来，一轮明月从东方升起。萧何乘着月色追到山脚下，见山路越来越窄，而且蜿蜒崎岖，于是不得不从马鞍上下来。他想："如果不能在天亮之前赶到下一个驿站追上韩信，再想找他，那可就是大海捞针了。"

萧何一边走，一边观察着四周，脑海中忽然飘出一个念头："韩信也许不会连夜翻山越岭，如果是这样的话……"

就在这时，他的马忽然打了两个响鼻。萧何知道，这是马遇到熟悉的人或马的时候发出的信号，于是他立刻警觉起来，停下来屏息静听。不一会儿，右边的树林里也传来两声马的响鼻，萧何在月光下循声望去，一眼就看到了熟悉的银鬃马。他心中一阵狂喜，大声喊道："韩将军——"

这就是传诵千古、脍炙人口的"萧何月夜追韩信"，当然，这都是文学的演义，史书中的记载是极为简单的。

向历史借智慧

> 史书中记载的萧何追韩信极为简单。

> 信数与萧何语，何奇之。至南郑，诸将行道亡者数十人，信度何等已数言上，上不我用，即亡。何闻信亡，不及以闻，自追之。（《史记·淮阴侯列传第三十二》）

韩信多次跟萧何谈话，萧何认为韩信是位奇才。到达南郑之后，各路将领在半路上逃跑的有几十人。韩信揣测萧何等人已经多次向汉王推荐自己，汉王不任用，也就逃走了。萧何听说韩信逃跑了，来不及报告汉王，便亲自追赶韩信。

> 最早以《萧何追韩信》为题，把历史故事写进文学作品的，是元代杂剧作家金仁杰。

就现有资料来看，最早以《萧何追韩信》为题，把历史故事写进文学作品的，是元代杂剧作家金仁杰。虽然元代杂剧作家也有人写过类似题材的杂剧戏文，如武汉臣的《穷韩信登坛拜将》杂剧，王仲文的《遇漂母韩信乞食》杂剧，无名氏的《登坛拜爵》戏文，但均已散佚。

▲ 宋淳熙三年（1176年）张杅桐川郡斋刻八年耿秉重修本《史记》卷九十二《淮阴侯列传第三十二》书影

金仁杰该杂剧前面的总题为《新刊关目全萧何追韩信》，只有元刊本，科白不全。虽然剧本的总题是《萧何追韩信》，但实际剧情几乎涉及韩信一生。

第一折写韩信淮阴乞食和胯下之辱；第二折写韩信初投项羽，因不得意，转投刘邦；又因不受重视而离去，结果被萧何追回；第三折写韩信登坛拜将，做出击败项羽的决策；第四折写项羽的乡人吕马童，向刘邦汇报项羽乌江兵败自刎的情形。

金元杂剧在总题之外，还有四句韵语（也有两句的），以概括剧情大意、提示剧名，称为"题目正名"，或"题目""正名"，一般放在剧本末尾，也有放在剧本开头的。元刊本《新刊关目全萧何追韩信》的"题目"就是放在剧本末尾的。

霸王垓下别虞姬
高皇亲挂元戎印
漂母风雪（当作"雨"）叹王孙
萧何月夜追韩信

各种书目文献著录该杂剧的名称，正名或作《萧何月下追韩信》，或作《萧何月夜追韩信》，简名均作《追韩信》。

金仁杰的《萧何追韩信》，曲词很优美，但故事情节并不出色，这也是元杂剧的普遍情况。到了明代甄伟的《西汉演义》，故事情节就极为丰富了。

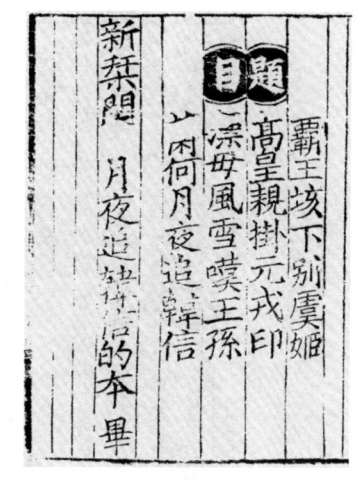

▲ 元刻本古今杂剧元金仁杰《萧何追韩信》剧末书影

元杂剧《萧何追韩信》的情节远不如明代甄伟的《西汉演义》丰富。

却说萧何闻知韩信去了，急到公馆……壁间留诗一首……萧何到壁看诗，乃是短歌一篇，歌曰：

日未明兮，小星竞光。运未遇兮，才能晦藏。
霜蹄蹇滞兮，身寄殊乡。龙泉埋没兮，若钝无钢！
芝生函谷兮，谁为与采？兰长深林兮，孰含其香？
何得美人兮，愿从与游。同心断金兮，为鸾为凰！

何见歌，跌脚曰："屡次荐举，汉王不用，直被他走了！若不追回，使我终日不安枕矣？"随呼从者五六人，各备驿马，不脱朝服，不奏知汉王，带领从人……急策马追赶……远远的见一人匹马沿溪寻渡，萧何大喜："此必信也！"……各相违拗之际，后边又一匹马急趋而来，乃滕公夏侯婴也。萧何甚喜，问曰："公何亦追耶？"婴曰："某方朝回，有仓大使来报韩将军匹马出东门，吾料贤士因汉王未曾大用，欲投他国去，某遂急趋而来。适遇丞相亦来追赶，足见丞相荐贤为国之忠，不辞山险，不恤劳苦，夜深至此，真宰相也！"（《西汉演义》第三十八回《萧何月夜追韩信》）

萧何月夜追韩信——改写楚汉历史的关键一步

向历史借 智慧

▲ 明新刻剑啸阁批评明甄伟《西汉演义》卷三《萧何月夜追韩信》书影（一）

▲ 明新刻剑啸阁批评明甄伟《西汉演义》卷三《萧何月夜追韩信》书影（二）

作者甄伟让韩信在公馆墙壁上留下了一首诗。诗的大意是说：

太阳尚未明亮的时候，天上的一群小星星竞相发光。一个人时运不顺的时候，再大的才能也只能隐藏而无法展示。駃騠（jué tí）骏马艰难受挫的时候，只能寄居在异乡。龙泉宝剑被沙土埋没的时候，就好像毫不锋利没有钢一样！灵芝生在深险的山谷中，有谁会来探访它呢？兰花长在茂密的森林里，有谁能知道它的馨香呢？如何才能得遇美人呢？我愿跟从她一同漫游。二人同心，其利断金，愿我们在一起如同鸾鸟如同凤凰一样比翼齐飞！

甄伟这段故事，有两处败笔。

一是萧何在追韩信出发前，作者让萧何"呼从者五六人，各备驿马"，这就延缓了时间，冲淡了萧何要追回韩信的急切心情。而且，又造成了情节漏洞——既然萧何有时间"呼从者五六人"，那就应该吩咐一人向汉王汇报，说自己去追韩信，为什么却"不奏知汉王"？

二是加上了"滕公夏侯婴"也骑马急赶而来，结果把萧何独自月夜追韩信弄成了萧何、夏侯婴两人月夜追韩信，削弱了萧何的形象。再者，夏侯婴既然猜到萧何是追韩信去了，他就应当先向汉王禀告，然后再追韩信。至少也要派人向汉王禀告一声，否则，又会有人向汉王禀告，说滕公夏侯婴也逃跑了。关键是让夏侯婴也来追韩信，毫无意义，纯属画蛇添足。

这是因为小说是作者虚构的，往往是顾了吹笛顾不了捂眼儿，编来编去，就编出漏洞了。而史书一般就不会出现这样的问题，因为史书是史实的记载，除非史料本身有问题，或是编造的史书。

话说刘邦坐立不安，饮食俱废，无论如何也想不明白萧何为什么要离自己而去。

《西汉演义·萧何月夜追韩信》的两处败笔。

向历史借智慧

萧何向刘邦举荐韩信为大将军。

居一二日,何来谒上,上且怒且喜,骂何曰:"若亡,何也?"何曰:"臣不敢亡也,臣追亡者。"上曰:"若所追者谁何?"曰:"韩信也。"上复骂曰:"诸将亡者以十数,公无所追;追信,诈也。"何曰:"诸将易得耳。至如信者,国士无双。王必欲长王汉中,无所事信;必欲争天下,非信无所与计事者。顾王策安所决耳。"王曰:"吾亦欲东耳,安能郁郁久居此乎?"何曰:"王计必欲东,能用信,信即留;不能用,信终亡耳。"(《史记》卷九十二《淮阴侯列传第三十二》)

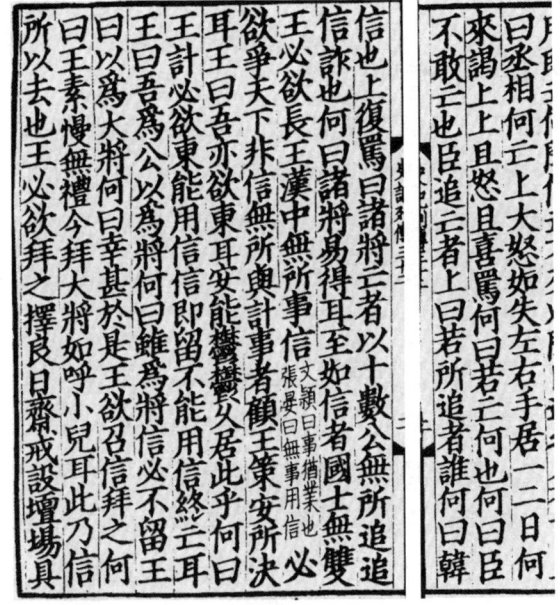

▲ 宋淳熙三年(1176年)张杅桐川郡斋刻八年耿秉重修本《史记》卷九十二《淮阴侯列传第三十二》书影

过了一两天,萧何来拜见汉王,刘邦又是恼怒又是高兴。其实,怒只是佯装作态,喜才是发自内心,因为毕竟自己是汉王,不能在丞相面前跌份儿啊。

于是假意怒斥萧何说:"你为什么逃跑啊?"

萧何说:"我哪敢逃跑啊?我是追赶逃跑的人去了。"

"你追赶谁去了?"

"追赶韩信。"

刘邦冷笑道:"哼!将领逃跑了数十位你都不去追,却说去追韩信,纯粹是撒谎,鬼才相信呢!"

萧何说:"那些将领都很容易得到,但像韩信这样的杰出人才,那可是天下无双啊!大王如果只满足于在汉中称王,那自然用不着韩信;如果要想跟项羽争夺天下,除了韩信就再也没有可以和您计议大事的人了。就看大王怎么抉择了!"

刘邦说:"我当然想要东进啊,怎么能长期苦憋在这里呢?"

萧何说:"大王如果决意向东发展,能够重用韩信,韩信就会留下来;如果不能重用,韩信终究还是要逃跑的。"

刘邦说:"问题是你举荐的这位韩信到底怎么样啊?有人说韩信这个人没什么能耐,以前连饭都吃不上。而且还是个胆小鬼,竟然从淮阴一个年轻屠户流氓的胯下爬了过去。再说了,他在项羽那里只是个执戟郎中,来到咱这里先是做连敖官,接着又升任治粟都尉,很短的时间就连升两级,也可以了。如果我重用这样的人,不仅三军不服,而且诸侯也会讪笑啊!"

萧何说:"自古将相多出自寒微,岂可以门户而论人?伊尹、太公、宁戚、管仲,都出身贫寒,后来都成就了大事。韩信虽出身微贱,但却满腹经纶。范增见而奇之,荐于项王,项王不识人,韩信这才弃楚投汉。愿大王听微臣之谏,重用韩信,项羽可灭,咸阳可复。如负所举,可治臣之罪。"

听萧何这么一说,刘邦也改变了态度。

> 王曰:"吾为公以为将。"何曰:"虽为将,信必不留。"王曰:"以为大将。"何曰:"幸甚。"于是王欲召信拜之。何曰:"王素慢无礼,今拜大将如呼小儿耳,此乃信所以去也。王必欲拜之,择良日,斋戒,设坛场,具礼,乃可耳。"王许之。诸将皆喜,人人各自以为得大将。至拜大将,乃韩信也,一军皆惊。(《史记》卷九十二《淮阴侯列传第三十二》)

萧何月夜追韩信——改写楚汉历史的关键一步

刘邦虽然瞧不起韩信,但被萧何说服了,拜韩信为大将军。

向历史借智慧

刘邦说:"我为了您的缘故,让他做个将军。"这话有两层含义,一是我给你这个丞相的面子,二是你也要为这个人负责,一旦韩信名不副实,你萧何也要承担举荐不当的责任。

萧何看出刘邦的勉强,于是说:"即使让韩信做将军,韩信也一定不会留下。"

刘邦说:"那他还想怎么样?难道还要做大将军不成?好吧好吧,你就去召韩信来,我就任命他为大将军。"

萧何说:"大王向来傲慢无礼,现在要任命大将军了,却如同呼唤小孩儿一样,这就是韩信所以要离开的原因啊。您如果要授给他大将军官职,就请选择吉日良辰,沐浴斋戒,设坛拜将,举行盛大隆重的授职仪式才行啊。"

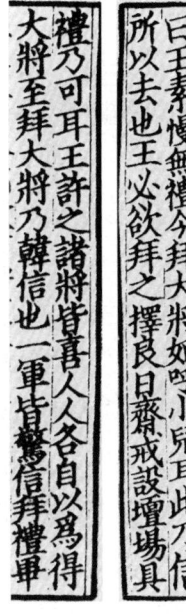

▲ 百衲本《史记》卷九十二《淮阴侯列传第三十二》书影

刘邦一想,觉得萧何说得有道理,于是答应了萧何的要求。

众将听说要拜大将军都非常高兴,人人都以为自己要做大将军了。可是,等到任命大将军的时候,被任命的竟然是韩信,全军都感到十分惊讶。

正是因为萧何月夜追回了韩信,而且说服刘邦任用韩信为大将军,这才改写了楚汉的历史。经过五年的楚汉之争,刘邦最终消灭了项羽,建立了汉王朝。

曹冲称象的方法是否最优？

——一篇经典故事的智慧思辨

二〇一七年九月二十六日，笔者在上海《解放日报》发表了《"曹冲称象"背后有怎样的历史悬疑》。文章反响很大，许多网站纷纷转发，但有的网站只有文章，没有作者名，也没有注明转自《解放日报》。还有人在自媒体上把该文稍事改动，变成自己的文章，说这是他的原创。产生这种情况的原因，我想可能有两条：一是我的文章太好，二是我的名气太小。如果我的名气足够大，那我的名字就不仅不会被忽略和取代，而且他们自己写的文章还会冒用我的大名。

譬如网上有很多假托"莫言"大名的文章，却没有谁把莫言先生的大作写上自己名字的。有一次莫言先生讲座，在与观众互动时，有位女士称赞莫言先生的诗写得太好了，她还当即背诵了一首。莫言先生说，你背诵得真好，如果这首诗是我写的，那该有多好啊！

启功先生也有同样的遭遇，有一次记者陪同启功先生去逛琉璃厂，发现到处都在卖启功的字，当然都是假冒的。记者问启功先生怎么看这些字，启功先生说："比我写得好。"

启功当年画很好，但字却不好。有位长辈亲戚让启功给画一幅画，但不让他在画上写字落款，要让别人写字，因为嫌他的字不好。这对启功触动很大，于是他发愤练字，后来成了大书法家，以致淹没了画名，很多人根本不知道启功先生还是画家。

启功先生的成功经验是补上了书法的短板，我也要借鉴启功

向历史借智慧

同阅一卷书，
各自领其奥。

先生的经验智慧，补上自己名气的短板。

《"曹冲称象"背后有怎样的历史悬疑》，原文发表时只有三千多字。本书则分为三篇，对"曹冲称象"进行全面的思辨解读，为读者奉上新鲜的智慧盛宴，而绝不是炒冷饭。

清代著名史学家、文学家、诗人赵翼诗云：

> 人面仅一尺，竟无一相肖。
> 人心亦如面，意匠戛独造。
> 同阅一卷书，各自领其奥。
> 同作一题文，各自擅其妙。
> 问此胡为然，各有天在窍。
> 乃知人巧处，亦天工所到。
> 所以才智人，不肯自弃暴。
> 力欲争上游，性灵乃其要。

（《瓯北诗钞》五言古一《闲居读书作六首》其五）

"性灵"就是天性灵智，就是聪慧的悟性。由于天性灵智不同，悟性不同，虽然"同阅一卷书"，但不同的人却会"各自领其奥"。赵翼所说的"性灵"，类似于契悟力，是智慧的高级阶段，而通往契悟的引桥则是思辨。思辨是契悟的基础，因此，就智慧阅读来说，"思辨乃其要"。

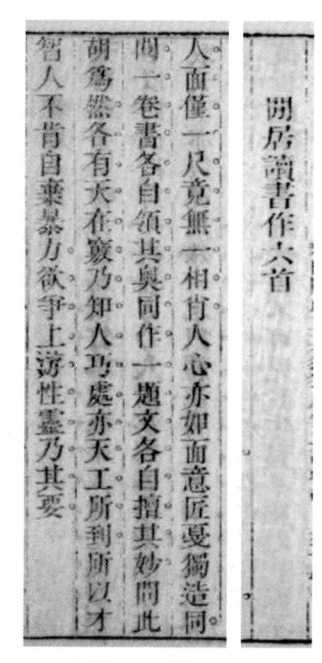

▲ 清乾隆湛贻堂初刻本清赵翼《瓯北诗钞》五言古一《闲居读书作六首》其五书影

一、三种语文课本中的曹冲称象

曹冲称象的故事几乎尽人皆知，它一直被当作智慧故事而编入小学语文教材，早已成了公认的经典课文。

课程教材研究所小学语文课程教材研究开发中心编著的《义

务教育课程标准实验教科书》，将这个故事编在一年级下册（《语文》第 21 课），题目是《称象》（人民教育出版社 2001 年 12 月第 1 版，以下简称"人教版《称象》"）。

教育部组织编写的义务教育教科书，将此故事编在二年级上册（《语文》第 4 课），题目是《曹冲称象》（人民教育出版社 2017 年 1 月版，以下简称"人教版《曹冲称象》"）。

语文出版社教材研究中心编著的《义务教育课程标准实验教科书》，将此故事编在一年级下册（《语文》第 31 课），题目也是《曹冲称象》（语文出版社 2003 年 1 月第 1 版，以下简称"语文版《曹冲称象》"）。

三种语文课本中的曹冲称象，文字大同小异。人教版《称象》是这样的：

> 古时候有个大官，叫曹操。别人送他一头大象，他很高兴，带着儿子和官员们一同去看。
>
> 大象又高又大，身子像一堵墙，腿像四根柱子。官员们一边看一边议论："这么大的象，到底有多重呢？"
>
> 曹操问："谁有办法把这头大象称一称？"有的说："得造一杆大秤，砍一棵大树做秤杆。"有的说："有了大秤也不成啊，谁有那么大的力气提得起这杆大秤呢？"也有的说："办法倒有一个，就是把大象宰了，割成一块一块的再称。"曹操听了直摇头。
>
> 曹操的儿子曹冲才 7 岁，他站出来，说："我有个办法。把大象赶到一艘大船上，看船身下沉多少，就沿着水面，在船舷上画一条线。再把大象赶上岸，往船上装石头，装到船下沉到画线的地方为止。然后，称一称船上的石头。石头有多重，就知道大象有多重了。"
>
> 曹操微笑着点点头。他叫人照曹冲说的办法去做，果然称出了大象的重量。

语文版《曹冲称象》对人教版《称象》做了几处文字上的修改。

人教版小学语文课本中的《称象》。

语文版《曹冲称象》对人教版《称象》的修改。

向历史借智慧

第一处，是把"他很高兴"改为"曹操很高兴"。这处改动，如果单从语义上看，并没有什么高下，主要是为了"避复"，因为这两个"他"距离太近，给人以重复的感觉。

第二处，是把"他站出来，说"的逗号删去了，这使得表达更为连贯一点，原文有这个逗号，语言显得舒缓一些，二者并没有什么高下之分。

第三处，是把"一艘"改为"一条"，口语性更强，但不如原文的"一艘"更准确。

第四处，是把"赶到"和"赶上岸"中的"赶"都改成了"牵"，这可能是考虑到船漂泊在水上是晃动的，人在大象后面或骑在大象身上赶大象往船上走，大象虽然是驯化的，但也未必情愿自己上那晃晃悠悠的船。如果是人在前面牵引着大象，大象跟着人上船，那就可以了。

其实，如果船体很大，船在水上比较稳，赶着大象上船也是可以的。三国时期已经能造出载重上百吨的船了，孙权"长安"号大船，就可以载三千人左右。不过，船越大，称出的大象重量误差也会越大。这就好比用能称五百斤的大杆秤来称量几斤重的东西，称出的重量肯定是不怎么准确的。

另外，赶象一般是人坐在象耳朵后面用棍子戳大象的耳朵，而不是赶象的人在后面驱赶大象往前走。

有的《曹冲称象》故事书的绘图，是人骑在大象身上，手里拿一根竹竿，竹竿尖上挑着一串香蕉，引诱着大象上大船，应该也是可以的。只是船画得太小了，人骑着大象上这样的小船，太不稳了。

第五处，是把"装到船下沉到画线的地方为止"改为"等船下沉到画线的地方"。原文"装到船下沉到"，两个"到"在一句中，距离又很近，读起来有重复之嫌。从

▲ 新蕾出版社2013年5月版杨永青编绘《曹冲称象》书影

修辞的角度来说，应该回避这样的重复用字，这叫作避复。改句"等船下沉到画线的地方"，读起来就舒服多了。

第六处，是把"石头一共有多重，就知道大象有多重了"改为"石头一共有多重，大象就有多重"，表达更为简洁清通，因此，人教版《曹冲称象》也这样改了。

第七处，是把末句"他叫人照曹冲说的办法去做"改为"他叫人照曹冲说的方法去做"。把"办法"改成了"方法"，表达更为准确。"办法"和"方法"虽然是同义词，但"办法"侧重选择，而"方法"则侧重过程，是指为达到某种目的所采取的方式和步骤。从表面上看，称象的办法有三种，但实际上只有一种，前两种根本就不具有可行性，当然也就算不上什么办法了。"叫人照曹冲说的方法去做"，就是叫人按照曹冲说的方式和步骤去做。人教版《曹冲称象》仍然用"办法"，可能是觉得"办法"比"方法"更浅近、更口语一些。

人教版《曹冲称象》对人教版《称象》的修改不多，除了上面说的第六处之外，还有三处修改：

一是把第一句"古时候有个大官"改为"古时候有个叫曹操的人"，因为"古时候有个大官"这种说法过于笼统，"大官"的概念过于宽泛，究竟是哪位大官，是多大的官，都不得而知。

我们的小学语文课本和一些少儿读物，编者每每低估了少儿的接受能力。其实，少儿的接受能力是很强的。胡适先生曾经在《四十自述》中回忆说，他八岁的时候，就已经开始在课外阅读古白话小说了，其中有《水浒传》《三国演义》《正德皇帝下江南》《七剑十三侠》《双凤珠》《红楼梦》《儒林外史》《聊斋志异》《琵琶记》《夜雨秋灯录》《兰苕（tiáo）馆外史》《寄园寄所寄》《虞初新志》《薛仁贵征东》《薛丁山征西》《五虎平西》《粉妆楼》等。而且，他还自读了翻译小说《经国美谈》。那时的书不仅是繁体字，而且都是没有标点的。

可是，现在二年级七岁的孩子，还在读"古时候有个大官"这样的课文，实在太幼稚了。

二是把"有了大秤也不成啊"改为"有了大秤也不行啊"。"不成"和"不行"意思相同，只是"不成"的北京味道更浓一些。普通话虽然"以北京语音为标准音，以北方话为基础方言"，北方话虽然包括北京话，但不是北京话的所有方言词都是普通话词汇，北京的一些土语词就不属于普通话词汇。正如"以北京语音为标准音"并不是把北京话的读法全部照搬一样，普通话并不等于北京话。

三是删去了把大象宰了分开称的方法，可能觉得曹操身边的官员，不会愚蠢到如此地步。

二、曹操的官员为什么不会称象？

曹操手下的官员，有的说要"砍一棵大树做秤杆"，还有的说"谁有那么大的力气提得起这杆大秤呢？"

砍一棵大树做秤杆不合常理，违背常识。

大秤的秤杆虽然要比小秤的秤杆长一些，但也不至于长到"一棵大树"几十米那么长。

秤匠制作大小秤，秤杆上的星号所表示的重量是不同的。比如中药铺一般只能称一到二斤（市斤）的小秤，秤杆上每个星一般表示一钱的重量，十个星才表示一两（旧秤一斤为16两，即600克，一两为37.5克。为了方便，这里用1959年改制后的秤计算，一斤为10两，一两50克）的重量。稍大一些的秤，是集市上卖菜的那种秤，一般能称十到二十斤，秤杆上每个星一般表示一两重。这样的秤，不能用来称一两以内的东西。一般常见的大秤能称五百斤到一千斤，秤杆上每个星一般表示一斤或二斤的重量，这样的大秤称不出几两的重量。这就是说，大小秤的秤杆长度，并不是与重量等比的。说得具体一点，比如能打一斤的秤，秤杆长度是一尺；能打十斤的秤，秤杆长度并不是十尺；能打一千斤的秤，秤杆长度更不是一千尺。因此，即使真的要做大秤，也是在秤杆可以使用的长度内，确定秤杆上每个星的重量，而不是用几十米长的"一棵大树"做秤杆，那么长的秤杆是没法使用的。

另外，大秤不是一般集市上那种最多只能称十斤或二十斤的小秤，小秤称东西的时候是一只手提着秤系，一只手把着秤杆移动秤砣使之平衡。大秤称东西的时候是在环形秤系中穿上一根杠子之类的东西，由两个人（或更多人）抬起所要称的东西，另有一个人专门掌管着秤杆和秤砣，看称出的重量是多少。

曹操手下的这些官员，不可能愚蠢到连这些起码的常识都不懂。

有人甚至说："把大象宰了，割成一块一块的再称。"这就太愚蠢了，简直是脑袋进水了！这也许就是后来人教版《曹冲称象》把它删去的原因吧？其实不必删去，可以这样修改一下：

> 有个人说："我倒是有个好办法，很简单——"说到这儿，他却停下不说了。
>
> 另一个人着急地催促说："你就别卖关子了，有办法快说吧！"那人不紧不慢地说："把大象宰了，割成一块一块的再称，不就行了吗？"
>
> 大家这才知道，原来他是在开玩笑，于是都哈哈大笑。曹操听了直摇头。

这样一改，就不再是愚昧，而是一种幽默的智慧调侃了。而且，人物也更加鲜活，语言也更为生动，情节也更加有趣了。

其实，这些情节都是后来编故事的人虚构演义的，而史书上根本就没有课文中的这些情节。

曹冲称象的故事出自古代史书《三国志》：

> 邓哀王冲，字仓舒。少聪察岐嶷（ní），生五六岁，智意所及，有若成人之智。时孙权曾致巨象，太祖欲知其斤

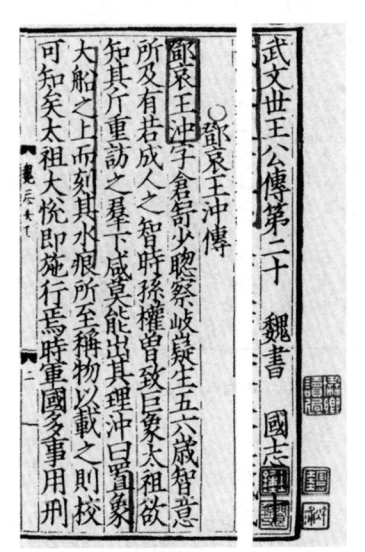

▲ 宋刻本晋陈寿撰南朝宋裴松之注《三国志》卷二十《魏书·武文世王公传第二十·邓哀王冲传》书影

向历史借智慧

重,访之群下,咸莫能出其理。(《三国志》卷二十《魏书·武文世王公传第二十·邓哀王冲传》)

曹冲,名冲,字仓舒。古人在本名之外,再取一个与本名有所关联的名字,以表示取名的意义或品性德行,所以又称"表字"。最初取字一般是在虚岁二十岁举行加冠礼的时候,后来也有上学开蒙就取字的。"邓哀王"是曹冲死后追封的,曹冲于建安十三年(208年)病死,年仅十三岁。黄初二年(221年),曹丕给曹冲追赠谥号为"邓哀侯",又追加称号为"邓公"。太和五年(231年),追赠曹冲谥号为"邓哀王"。

《三国志》说曹冲"少聪察岐嶷",所谓"聪察"即明察,就是观察入微,不受蒙蔽。"岐嶷"这个典故出自《诗经·大雅·生民》第四章:"诞实匍匐,克岐克嶷。"

"岐嶷"这个典故出自《诗经·大雅·生民》。

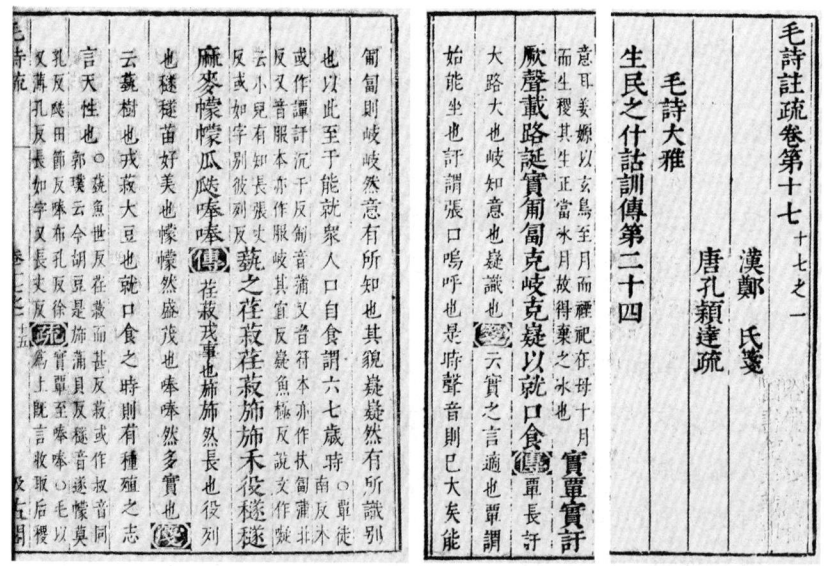

▲ 明汲古阁本汉郑玄笺唐孔颖达疏《毛诗注疏》卷第十七《生民之什诂训传第二十四》书影

《生民》是一首歌颂周人始祖后稷的诗篇,诗中叙述了后稷生长的神奇传说和在农业等方面的丰功伟绩。后稷的母亲姜嫄(yuán,一作"原")是有邰(tái)氏部落酋长之女,后为帝喾(kù)的元妃。帝喾号高辛氏,姬姓,名俊,是黄帝的曾孙,"五

224

帝"之一。因为姜嫄婚后一直没有怀孕，所以帝喾与姜嫄就到郊外去祭祀禖（méi）神以求子。禖是古代帝王为求子所祭的神，因为禖的祠堂在郊外，所以又称"郊禖"。姜嫄在郊外"履帝武敏歆"，"履"就是践、踩，"帝"就是天帝，"武"就是足迹，"敏"就是脚拇指，"歆"就是心里感到欢喜。姜嫄踩了天帝巨大的脚拇指印，心里感到一阵欢喜，于是就怀孕了，这肚子里的孩子就是后稷。后稷刚会爬的时候就显示出了超凡的智慧：

诞实匍匐，克岐克嶷。

"诞"就是"当"的意思，"实"就是"是""此"的意思，"匍匐"就是爬行。"克"就是"能够"。《毛诗故训传》说："岐，知意也；嶷，识也。"东汉许慎《说文解字·口部》："嶷（nì），小儿有知也。从口，疑声。《诗》曰：'克岐克嶷。'"东汉著名经学家郑玄笺注云："能匍匐，则岐岐然意有所知也。其貌嶷嶷然，有所识别也。"这两句诗的意思就是说，当周人始祖后稷这个孩子刚刚会爬的时候，就显示出智慧，既聪明又乖巧。后来诗文中便多用"岐嶷"这个典故来形容幼年聪慧。

曹冲自幼聪明异常，五六岁时就赶上成人的智商了。当时，吴国国君孙权派人送来一头巨硕的大象。大象是陆地上最大的哺乳动物，生活在热带及亚热带地区。当时的中国，只有南部边境才有大象，曹操当时所在的首都是河南许昌，因此大家都没有见过这个庞然大物。曹操想要知道这头大象有多重，就向手下的官员们询问怎样才能称出大象的重量，可是，官员们却"咸莫能出其理"，大家都想不出称象的办法。

但是，我们今天的读者，千万不要以为这些官员真的谁都不知道如何称象。有的人虽然知道用船称象的方法，但却假装不知道。因为曹操特别喜欢曹冲，总是称赞他如何如何的聪明。当时曹冲就在现场，曹操是要让曹冲露脸出彩，这是明摆着的事儿。如果哪个官员不知趣，说出了称象的方法，抢了风头，那不是让曹操扫兴吗？曹操权倾朝野，"挟天子以令诸侯"，顺我者昌逆我

曹冲称象的方法是否最优？——一篇经典故事的智慧思辨

史书中只说群臣都想不出称象的办法。

官员"咸莫能出其理"的背后有怎样的玄机？

向历史借智慧

者亡,连汉献帝都得听他的。试想,如果有谁扫了曹操的兴,那还有你的好果子吃吗?

俗语云:"伴君如伴虎。"何况曹操生性多疑,心狠手辣,所以聪明的官员,言行都十分谨慎。主簿杨修不就是因为聪明太过外露,而被曹操所杀吗?前车之覆,后车之鉴,殷鉴不远啊!

因此,在这个时候,官员们都是一问三不知,看似愚昧,实则是最明智的做法。曹操阴险狡诈,嫉贤妒能,杀人无算,因此,他身边的智者都在效法宁武子之愚。

春秋时卫国大夫宁俞,死后谥号"武",故称宁武子。孔子称赞他说:

> 宁武子,邦有道,则知(同"智");邦无道,则愚。其知可及也,其愚不可及也。(《论语·公冶长第五》)

孔子为什么说宁武子佯愚不可及?

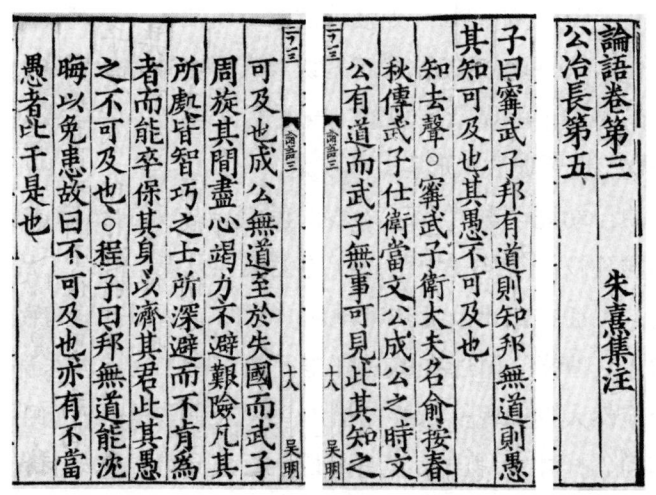

▲ 宋嘉定十年(1217年)当涂郡斋刻嘉熙四年(1240年)淳祐八年(1248年)递修本宋朱熹《四书章句集注·论语·公冶长第五》书影

宁武子在国家走正轨、政治清明的时候,他就表现出自己的智慧,施展自己的才能。在国家走邪路、政治昏暗的时候,他就韬光养晦,表现得很愚昧。他所表现的智慧,别人还能够赶得上;但他所表现的愚昧,别人就赶不上了。

西汉经学家孔安国在"其愚不可及也"句下注释说:"佯愚似

实,故不可及也。"宁武子在装傻表现愚昧的时候,竟然能够表现得像真傻真愚昧一样,别人看不出来他是假装的。这种境界,一般人是达不到的,难怪连孔子都赞叹宁武子的大智佯愚。

"愚不可及"后来用作成语,意思与原文的意思截然相反,意思是说愚蠢得别人比不上,形容极其愚笨。这是古今用法的不同。

美国成功学大师戴尔·卡耐基说:"真正的智慧是懂得收敛自己的光芒,避免刺伤别人和树敌。"收敛自己的光芒,也许还可以做得到,而"佯愚似实"可就太不容易了。

当然,曹操手下的大臣们也不会说出"砍一棵大树做秤杆",更不会直接说"把大象宰了割成一块一块的再称"之类的傻话,因为如果有谁真的这样直说了,曹操可能会觉得他真是愚不可及了。

三、曹冲称象的方法费时费钱

很多教学参考材料都说,学习这篇课文,就是要"让学生感悟曹冲是个遇事爱动脑筋、能找出解决问题办法的聪明孩子"。那么,曹冲"往船上装石头"的做法真的聪明吗?我们不妨来分析比较一下。

用船称象至少需要两个人,一个人在船上牵着大象,另一个人在船舷边上画线做记号。牵着大象是为了不让它在船上动,因为大象随便动,船就可能倾侧,晃动不稳,画线的人就画不准了。另外,不让大象随便走动也是为了安全。可是,《曹冲称象》故事的很多绘图,都是大象自己在船上,并没有人牵着。

画完线之后,把大象牵走,接下来就是往船上装石头了。《三国志》中说:"孙权曾致巨象。"所谓"巨象",就是体形巨硕的大象。据《不列颠百科全书》介绍,一头非洲象的体重可达八吨,但孙权送给曹操的象应该是亚洲大象,体重大约为三到六吨,就算是五吨,那就是一万斤。如果到处找石头,一万斤石头那要找

▲ 人民教育出版社2001年12月版《语文》一年级下册《称象》书影

▲ 人民教育出版社2017年1月版《语文》二年级上册《曹冲称象》书影

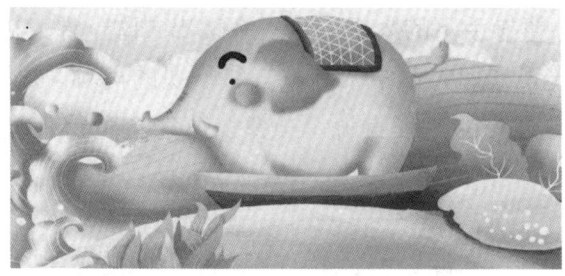
▲ 上海科学普及出版社2014年1月版《曹冲称象》书影

到猴年马月啊？就算不用到处去寻找石头，在岸边五百米左右的地方恰好有一堆石头，那我们算一下经济账吧。

两个人把五百米之外的一万斤石头装到船上，要怎么装呢？课本上只说"往船上装石头"，却没有说明怎么装。岸边的这堆石头，一般来说是大小不一，徒手搬运，大块的石头一个人搬不动，而小块的石头一次搬几块又不好搬，只能选择重量适中的来搬。理想假定这堆石头中有的是适中的可供选择，一个人一次可以搬五十斤左右的石头（已经很重了），一万斤石头需要搬两百趟。而搬上船的这些石头，还要再搬回原处，又需要两百趟。装石头和卸石头两项加起来，两个人要各搬两百趟。

这两百趟需要多长时间呢？平常人步行的速度是每小时五千米，五百米需要六分钟，从船到石头堆一个往返需要十二分钟。而搬着五十斤重的石头走路，那就远没有这么快了。而且，人是会疲乏的，不可能像机器那样总是一个频率运行。开始搬的时候可能会快一点，后来疲乏了就会越来越慢，还需要休息。石头卸下船之后，还要称出它们的重量，然后再把这些石头的重量加起来，这又需要一些时间。把这些时间都匀到装卸石头中，每趟大约二十多分钟。每人搬运两百趟的时间，大约需要七十个小时。如果每人工作一小时的费用是五十元，七十个小时的费用就是三千五百元，两个人的费用就是七千元。只是给大象称个重量，竟然要等上七十个小时，还要花费七千元，这是不是太费时费钱了？

当然，我们可以通过增加人力来节省时间，比如用十个人，那就需要七个小时，但经济成本是节省不了的。

也有人提出可以用人代替石头，人自己能上船，这就不用来回搬运了。但是，一万斤的重量需要大约八十个人，这些人下船之后，还要用大杆秤一个一个地称，再把每个人的重量加到一起，这又要花费一些时间。称象的时间虽然会缩短一些，但经济成本却会高出许多。

人教版《曹冲称象》（第29页）的插图，倒是画得特理想，石头就在岸边，好像是专门为称象准备的，这也太巧合了！不过没关系，无巧不成书嘛！按照这样的插图来计算，距离是近了，但插图的堤岸要比水面上的船高出一米多，怎么往船上装石头呢？总不能往船上扔吧？也许有人说，往船上扔石头更快捷，就算这样扔快捷，那往下卸石头的时候又要往岸上扔，那可就扔不动了，时间就慢多了！即使我们再理想假设，堤坝这有一个上下的台阶，装卸石头很方便。搬着五十斤重的石头上下台阶上下船，劳动强度更大了，速度也快不了多少。

那么，有没有既省时间又省钱的办法呢？

有，那就是用水桶往船舱里面装水。因为水就在船边，往船舱里面装水很方便。先用秤约一下一桶能装多少斤水，然后，两个人就可以一边往船舱里面倒水，一边数数：甲往船舱里面倒一桶水喊一声"一桶"，乙往船舱里面倒一桶水喊一声"两桶"。甲再往船舱里面倒一桶水喊一声"三桶"，乙再往船舱里面倒一桶水

喊一声"四桶"……就这样像数数一样快。等到船舷上画的线与水面平齐时，算一下总共往船舱里面倒了多少桶水，就知道大象的重量了。譬如说，一桶水是五十斤，每人往船舱里面倒了一百桶水，两人总共往船舱里面倒了二百桶水，那大象的重量就是一万斤。

往船舱里面倒一桶水大约需要六秒钟，一百桶水总共需要十几分钟就把大象的重量称出来了。船上都有放水的孔，把放水的孔塞一拔，船舱里面的水就自动放出去了。即使加上放水的时间，总共也不过半小时，每人费用为二十五元，两个人费用五十元，称象这件事儿就搞掂儿了。

两种方法称象，装石头用七十小时（至少三十五小时），装水用不了半小时；装石头要花七千元（至少三千五百元），而装水只花五十元。真是不比不知道，一比吓一跳。

由此可见，曹冲往船上装石头的称象方法并不是最优的。

曹冲称象的方法从何而来？

——从燕王称猪到曹冲称象

曹冲称象的故事，我们在小学的时候都学过，因为它是小学语文课本中的经典课文。但不知道大家有没有注意到，小学课本中的曹冲称象和史书中的曹冲称象，有一个重要的不同，那就是曹冲的年龄。

一、课本为什么要改曹冲的年龄？

小学课本中的曹冲称象说，当年称象的时候，曹冲的年龄是七岁：

> 曹操的儿子曹冲才7岁。（课程教材研究所小学语文课程教材研究开发中心编著的《义务教育课程标准实验教科书》，一年级下册《语文》第21课《称象》，人民教育出版社2001年12月第1版；教育部组织编写的义务教育教科书二年级上册《语文》第4课《曹冲称象》，人民教育出版社2017年1月版）

可是，史书《三国志》却说，称象的时候曹冲的年龄是"五六岁"。

> 邓哀王冲，字仓舒。少聪察岐嶷（ní），生五六岁，智意所及，有若成人之智。时孙权曾致巨象，太祖欲知其斤重，访之群下，咸莫能出其理。（《三国志》卷二十

向历史借智慧

课文《曹冲称象》是根据《三国志》相关内容改写的。

《魏书·武文世王公传第二十·邓哀王冲传》）

再者，课文中所说的"7岁"是周岁，史书中所说的"五六岁"是虚岁，如果也按照周岁来说，那就应该是"四五岁"。

那么，作为小学语文教材的课文，为什么要把周岁"四五岁"的曹冲改为"7岁"呢？是不是课文另有根据呢？

人教版《称象》没有注明这个故事的史料依据，当下出版的曹冲称象的故事，大多也没有注明史料依据。人教版《曹冲称象》在页下注中说："本文根据《三国志·魏书·邓哀王冲传》相关内容改写。"

▲ 明万历二十四年（1596年）南监刊本晋陈寿撰南朝宋裴松之注《三国志》卷二十《魏书·武文世王公传第二十·邓哀王冲传》书影

既然是根据史书《三国志》相关内容改写的，那就说明人教版《曹冲称象》改动曹冲的年龄并没有另外的史料依据，我们也确实没有见到曹冲称象的时候才七岁的史料依据。既然没有其他史料依据，那为什么要改曹冲的年龄呢？

"四五岁"的曹冲不可能有这样高的称象智慧。

这很可能是教材的编者觉得，"四五岁"的孩子不可能有这样高的智慧，即便是"7岁"也已经够聪明了，所以在"7岁"前还加了个"才"字。就曹冲称象的方法本身来说，确实表现出了曹冲很广博的知识和较高的智慧。他首先要知道，船上装载的东西越重，船舷没入水的部分就越深；船上装载的东西越轻，船舷没入水的部分就越浅。这就是物理学上所讲的水的浮力。他又要知道，一个重量大的物体，和很多重量小的物体，如果用同一条船来装载，只要重量相等，船舷没入水的部分就是一样的。他还要知道，装在同一条船上的这些重量小的物体，加在一起的重量总和，等于装在同一条船上的那个大物体的重量。所有这些，对于今天还在幼儿园里玩耍的"四五岁"的孩子来说，恐怕是不大可能的。

如果是"7岁"，那就大不一样了，因为今天"7岁"的孩子已经是二年级了，加减乘除都学了，生活实践的阅历也丰富多了，智商当然也高多了。但即便如此，一个"7岁"的孩子，如果没有自己的实践经验，没有对前人类似经验的借鉴，也很难凭空想出这种称象的方法。因此，教材的编者就特意在"7岁"的前面加了一个"才"字——"才7岁"，那意思分明是说，这么小的年龄竟然有如此高的智慧，真不愧是神童啊！

其实，神童不过是智商高，但智商并不等于智慧，智商是先天的，智慧是后天的。智慧不是空想出来的，而是从经验的思辨中获得的。经验既包括自己的实践经验，也包括对前人经验的借鉴。称象的智慧也是一样，"四五岁"的曹冲，自己不大可能有如此丰富的实践经验。如果没有对前人经验的借鉴，无论你神童的智商有多高，恐怕也是不大可能空想出来的。

二、战国时燕昭王浮舟称猪

其实，中国古代很早就有类似以船称象的经验。

魏武帝时，孙权曾致巨象，武帝欲知其斤重。邓哀王曰："置象大船之上，而刻其水痕所至，称物以载之，则不校可知矣。"武帝即时行焉。时王方五六岁。

予按：《符子》曰："朔人献燕昭王以大豕，曰：'养奚若？'使曰：'豕也，非大圊（qīng）

▲ 清钱塘吴焯校钞本宋吴曾《能改斋漫录》卷一"事始"类《以舟量物》书影

向历史借智慧

不居，非人便不珍。今年百二十矣，人谓豕仙。'王乃命豕宰养之，十五年，大如沙坟，足如不胜其体。王异之，令衡官桥而量之，折十桥，豕不量。命水官浮舟而量之，其重千钧，其巨无用。"云云。乃知以舟量物，自燕昭时已有此法矣，不始于邓哀王也。（宋·吴曾《能改斋漫录》卷二"事始"类《以舟量物》，书影作"卷一"，他本均作"卷二"）

战国的时候，北方一个部落的首领给燕昭王（前335年—前279年）进献了一头巨大的猪。燕昭王问献猪的使者说："怎样饲养它呢？"使者回答说："这头猪，除了大厕所，别的地方不待；除了人的大便，别的东西都不爱吃。现在已经一百二十岁了，人们把它称为'豕仙'。"

燕昭王派负责养猪的官员专人饲养它，十五年之后，这头猪的身体长得像一座沙丘那么大，四条腿好像支撑不起身体了，整天坐着。燕昭王命令掌管衡器的官员称一下这头猪到底有多重。起初，掌管衡器的官员拿来十杆最大的秤来称这头猪。

从史料可知，当时每杆大秤可以称五百斤，那十杆大秤就可以称五千斤。他们用很多绳索把猪兜住，然后把十杆大秤的秤钩分别挂在不同的绳索上，每杆大称由两个身强力壮的大小伙子来抬。可是，二十个小伙子不仅抬不起来，而且这十杆大秤也打不起来。由于抬秤的小伙子们用力过猛，而掌管秤砣的人便猛用力拽秤砣，结果十杆大秤的秤杆都被折断了。

燕昭王问大臣们还有什么办法可以称这头大猪，水官说可以用"浮舟"来称量，就是用船来称量。燕昭王就命令水官用"浮舟"来称量，最终称出这头大猪"其重千钧"。一钧是三十斤，千钧就是三万斤。大猪的重量或许有所夸张，但用船称猪的方法和用船称象的方法是类似的。

据明归有光辑《诸子汇函》卷二十所载：符子是"西汉人，避王莽之乱，隐姓名，著书数卷行世"。所著《符子》一书早已失传，《诸子汇函》中虽然收录此书，但只有《愿足》（目录作《颖足》）

《符子》一书已失传。

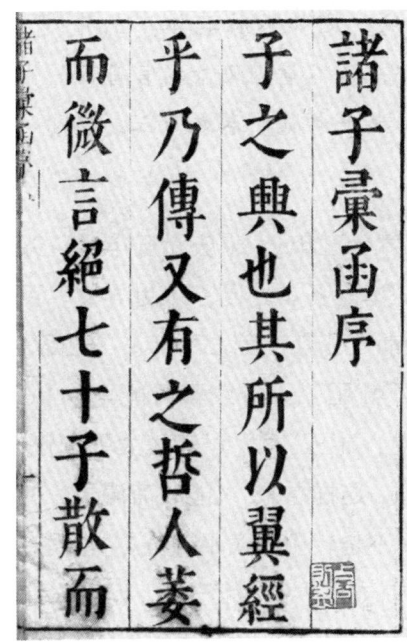
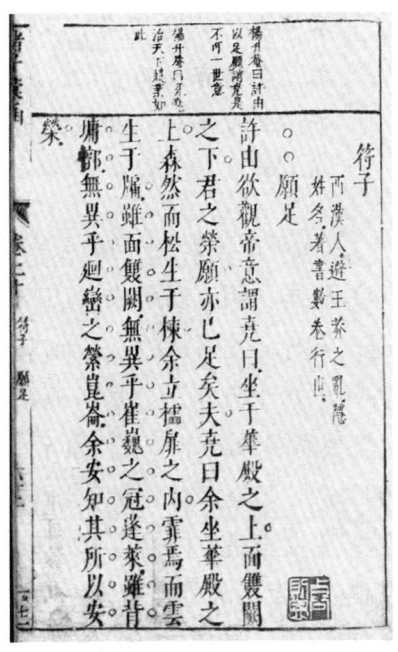

▲ 明天启六年（1626年）序刊本明归有光辑《诸子汇函·序》书影　　▲ 明天启六年（1626年）序刊本明归有光辑《诸子汇函》卷二十《符子·愿足》书影

与《鳌形》两则，而没有《能改斋漫录》所引述的称猪这则。

《能改斋漫录》所引述的《符子》称猪，只说水官用船来称量这头大猪，但具体用船怎么称却语焉不详。不知是《符子》原书如此，还是《能改斋漫录》概引删略所致。

《符子》称猪的故事，在《太平御览》中也有记载，文字与《能改斋漫录》小异：

> 《符子》曰：朔人献燕昭王以大豕，曰："养奚若？"使曰："豕也，非大圈不居，非人便不珍，今年百二十矣，人谓豕仙。"王乃命

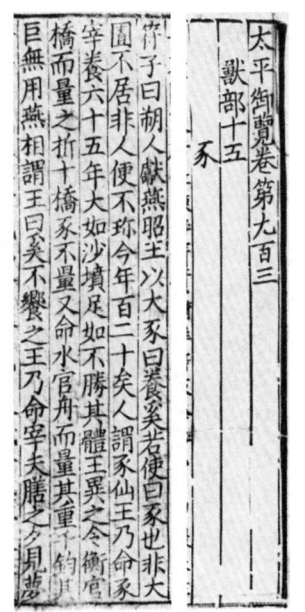

▲ 宋庆元五年（1199年）刊本宋李昉等编《太平御览》卷九百三《兽部十五·豕》书影

豕宰养，六十五年，大如沙坟，足如不胜其体。王异之，令衡官桥而量之，折十桥，豕不量。又命水官舟而量，其重千钧，其巨无用。(《太平御览》卷九百三《兽部十五·豕》)

《太平御览》"王乃命豕宰养，六十五年"，宋庆元五年（1199年）刊本、明万历甲戌（1574年）本等各本均同，未见异文。可是，燕昭王总共在位三十二年（前311年—前279年），"仙豕"养了"六十五年"之后，燕昭王早就死了，当然不可能再称猪。《能改斋漫录》作"王乃命豕宰养之，十五年"，可知《太平御览》的"六"乃是抄写之误，当作"之"。这样看来，《能改斋漫录》的这段引文当是直接引自《符子》，而不是转引《太平御览》，也没有删略。《太平御览经史图书纲目》中虽然列有《符子》，但并没有标明作者，更没有作者介绍。

《世说新语》中记载了一段苻朗的轶事，南朝梁刘孝标在《世说新语》注释中，说苻朗"著《符子》数十篇，盖《老》《庄》之流也"。

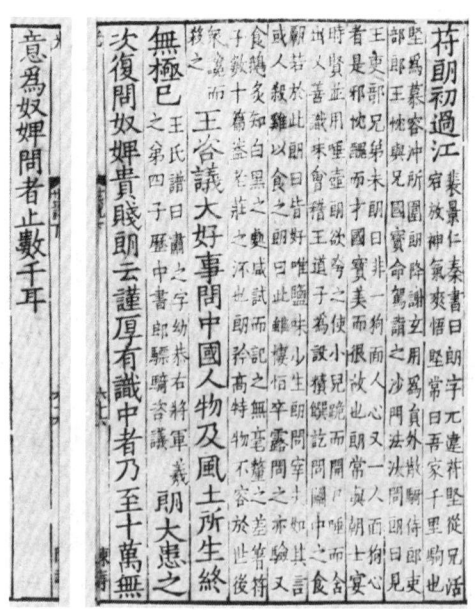

▲ 南宋绍兴八年（1138年）刻本南朝宋刘义庆撰南朝梁刘孝标注《世说新语》卷下《排调第二十五》书影

苻朗，字元达，是前秦苻坚的侄儿，在前秦（351年—394年）任青州刺史。晋国讨伐青州时，苻朗向谢玄（343年—388年）投降，被任用为员外散骑侍郎。《晋书》说苻朗是苻坚的"从兄子"，就是苻坚堂兄的儿子。而刘孝标却说苻朗是"苻坚从兄"（堂兄），或误。另外，刘孝标说苻朗"著《符子》数十篇"，也令人怀疑，苻朗的"苻"是草字头，而《符子》的"符"是竹字头，"苻"与"符"虽然有时可通，但毕竟是两个姓，苻朗所著的《符子》，怎么会是竹字头的"符"呢？或许就是因为这个缘故，《晋书》便将《符子》改成了《苻子》：

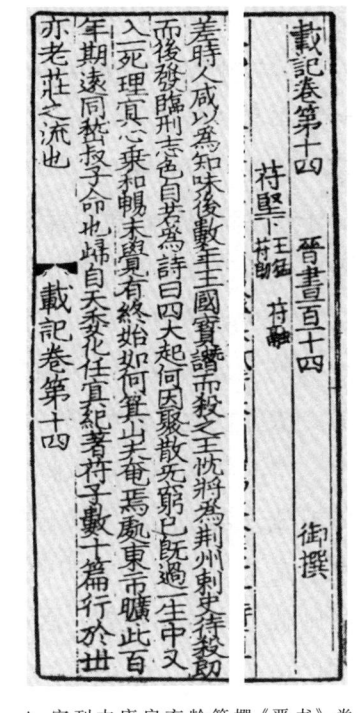

▲ 宋刊本唐房玄龄等撰《晋书》卷一百十四《载记第十四·苻朗》书影

"（苻朗）著《苻子》数十篇行于世，亦《老》《庄》之流也。"

《晋书》没有"经籍志""艺文志"，也就没有《符子》的其他信息。《旧唐书·经籍志下》有"《符子》三十卷（符朗撰）"，但并不作《苻子》。

《新唐书》也说"《符子》三十卷（符朗）"，也不作《苻子》。从目前的记载来看，《符子》和苻朗撰的《苻子》，很可能是两部书，刘孝标混淆成了一部书，《晋书》和《旧唐书》《新唐书》又因袭了刘孝标的说法。

归有光是明代"唐宋派"代

▲ 清乾隆四年（1739年）校刊本后晋刘昫《旧唐书》卷四十七《经籍志下》书影

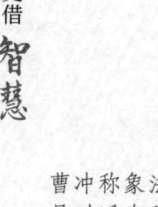

向历史借智慧

曹冲称象法是对浮舟称猪法的因袭。

表作家,被称为"今之欧阳修",他的散文被后人誉为"明文第一",与唐顺之、王慎中并称"嘉靖三大家"。他在《诸子汇函》中说符子是"西汉人",必有所据。另外,吴曾引述《符子》称猪旧事,认为"以舟量物","不始于邓哀王",似乎也隐含着《符子》早于曹冲称象的信息。真是要感谢吴曾,如果没有他的《能改斋漫录》,我们就真的以为用船称象是曹冲的发明。

曹冲所受的教育,应该是当时最好的,他的老师一定是博古通今的大学问家,这样的老师不会不知道《符子》中称猪的故事。依理揆之,老师很可能给曹冲讲过如何用船称猪的故事。因此,曹冲就想到用前人称猪的方法来称象。也就是说,曹冲称象的方法来自对前人经验智慧的借鉴因袭,而不是他自己的发明创造,更不是单靠神童的智商凭空想出来的。智慧必须有创造性,否则就不成其为智慧,因袭前人的智慧只能算是知识的学习运用而已。

吴曾生卒年不详,约公元一一六二年前后在世,此时《符子》一书尚有流传,但到明代归有光编纂《诸子汇函》时,《符子》已经散佚,只剩下《愿足》与《鳌形》两则了。

《符子》一书著于公元九年王莽称帝之后,曹冲(196年—208年)称象的时候周岁四五岁,距《符子》成书不到两百年。当时曹操手下的文臣不乏饱学之士,诸如荀彧(163年—212年)、贾诩(147年—223年)、荀攸(157年—214年)、程昱(141年—220年)等,他们应该都读过《符子》,对浮舟称猪的故事应当耳熟能详。曹操欲知大象"斤重,访之群下",群臣绝对不是真的"咸莫能出其理",他们不过是明哲保身、大智佯愚而已。

古代很多充满智慧的故事,往往都是语焉不详。譬如《符子》中的浮舟称猪,只说"命水官浮舟而量之,其重千钧",并没有说明具体的称量方法。曹冲称象虽然进了一步,但也只是说"称物以载之",把同等重量的其他小东西装到船上,并没有说往船上装什么具体的东西。这就要靠名师来点拨了,俗话说:"苦学十年,不如名师一指!"说的就是这个道理。

为什么说苦学十年不如名师一指?

三、"校可知"与"不校可知"

《三国志》曹冲称象的故事颇有名气,后来的很多书籍都引述过。譬如唐代书法家欧阳询主持编撰的《艺文类聚》:

> 《魏志》曰:邓哀王冲,字仓舒,少聪察歧嶷,生五六岁,智意所及,有若成人,孙权曾致象,太祖欲知其斤重,访之群下,咸莫能出其理,冲曰:"置象大船之上,而刻其所至,称物以载之,则立可知矣。"太祖大悦,即施行。(《艺文类聚》卷七十一《舟车部》)

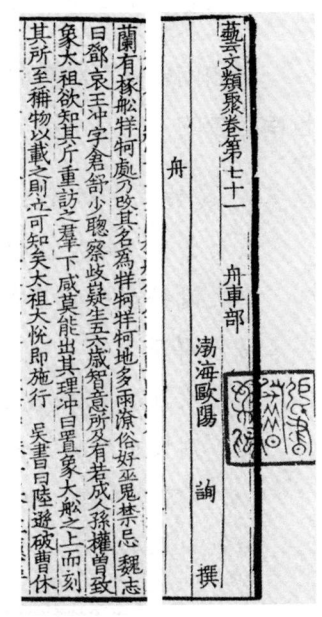

▲ 宋刻本唐欧阳询《艺文类聚》卷七十一《舟车部》书影

《艺文类聚》引述曹冲称象的故事。

又如五代至北宋初年名相、文学家李昉等编撰的《太平御览》:

> 《魏志》曰:邓哀王冲,字仓舒,少聪察歧嶷。生五六岁,智意所及,有若成人。孙权曾致巨象,太祖欲知其斤重,访之群下,咸莫能出其理。冲曰:"置象大船之上,而克其水所至,称物以载之,则立可知矣。"太祖大悦,即施行焉。(《太平御览》卷八百三十《资产部十·秤》)

> 《江表传》曰:孙权遣使诣阙,献驯象二头。魏太祖欲知其斤重,咸莫能出其理。时邓王冲尚幼,乃曰:"置

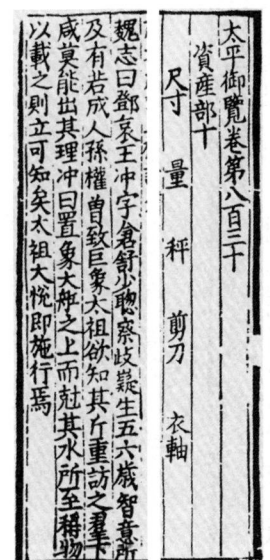

▲ 四部丛刊三编影宋本宋李昉等《太平御览》卷八百三十《资产部十·秤》书影

《太平御览》引述曹冲称象的故事。

曹冲称象的方法从何而来?——从燕王称猪到曹冲称象

向历史借智慧

《北堂书钞》引述曹冲称象的故事。

象大船，刻其所至，称物以载之，可知也。"太祖大悦，即施行焉。（《太平御览》卷八百九十《兽部二·象》）

又如南朝陈至隋唐时期书法家、文学家虞世南编撰的《北堂书钞》：

《魏志·邓哀王冲传》云：冲少聪察岐嶷，生五六岁，智意所及，有若成人之智。时孙权曾致巨象，太祖欲知其斤重，访之群下，咸莫能出其理。冲曰："置象大船之上，而刻其水痕所至，称物以载之，则校可知矣。"太祖大悦，即施行焉。（唐·虞世南撰、明·陈禹谟补注《北堂书钞》卷第七十）

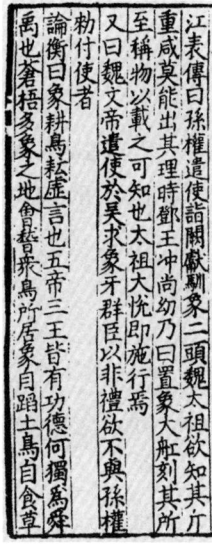

▲ 四部丛刊三编影宋本宋李昉等《太平御览》卷八百九十《兽部二·象》书影

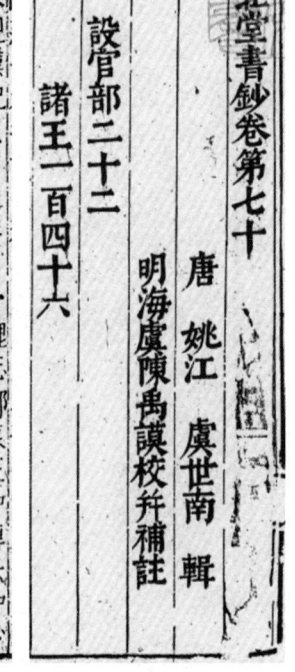

▲ 文渊阁四库全书本唐虞世南撰、明陈禹谟补注《北堂书钞》卷第七十书影

这些引文，与《三国志》原文大同小异，而南宋吴曾《能改斋漫录》卷二的引文，却有一处与原文意思完全相反：

> 魏武帝时，孙权曾致巨象，武帝欲知其斤重。邓哀王曰："置象大船之上，而刻其水痕所至，称物以载之，则不校可知矣。"武帝即时行焉。

清代钱熙祚辑刻的守山阁丛书共收录图书一百一十二种，是在墨海金壶丛书残版的基础上，又从文澜阁四库全书中录出流传较少的一些图书，增补删汰而成的。参加编校的有张文虎、顾观光等学者，校勘向称精审。但该丛书本《能改斋漫录》卷二引《三国志》却作："称物以载之，则不校可知矣。"衍一"不"字。

《三国志》的原文说："称物以载之，则校可知矣。"而《能改斋漫录》的引文却作："称物以载之，则不校可知矣。"虽然只多了一个"不"字，但两者的意思可就完全相反了。

所谓"校可知矣"，就是把其他与船载大象吃水线同等重量的东西加以比较，大象的重量就可以知道了。"校"就是比较的意思，通过两相比较，就能知道大象的重量。而"不校可知矣"，

▲ 清钱熙祚守山阁丛书本宋吴曾《能改斋漫录》卷二《以舟量物》书影

▲ 清张海鹏刊墨海金壶丛书本宋吴曾《能改斋漫录》卷二《以舟量物》书影

守山阁丛书本《能改斋漫录》引曹冲的话有误。

曹冲称象的方法从何而来？——从燕王称猪到曹冲称象

241

向历史借智慧

墨海金壶丛书本《能改斋漫录》引曹冲的话有误。

守山阁本与墨海金壶本《能改斋漫录》，都说底本是四库本。

意思就不对了，因为不比较，大象的重量是不可能知道的。这个"不"是个衍文。所谓"衍文"就是因缮写、刻版、排版等错误而多出来的字词或句子。

遇到这种版本的异文，如果同一部书有多个版本，首先要比勘一下各种版本的情况，然后再综合研判。现在我们就来看看《能改斋漫录》几种版本该处异文的情况。

守山阁丛书所依据的清代张海鹏刊印的墨海金壶丛书，《能改斋漫录》卷二引《三国志》亦作："称物以载之，则不校可知矣。"也出现了衍文。

守山阁丛书本与墨海金壶丛书本《能改斋漫录》，所用底本都说是四库全书本，两种丛书本《能改斋漫录》在第一卷首页都清清楚楚地印着"四库全书原本"。

▲ 清钱熙祚守山阁丛书本宋吴曾《能改斋漫录》卷一书影　　▲ 清张海鹏刊墨海金壶丛书本宋吴曾《能改斋漫录》卷一书影

那么，我们就来看看文渊阁四库全书本《能改斋漫录》，该处的引文是什么样的。

文渊阁四库全书本《能改斋漫录》与《三国志》同，作："称物以载之，则校可知矣。"并不是守山阁丛书本与墨海金壶丛书本

《能改斋漫录》的:"称物以载之,则不校可知矣。"也就是说,文渊阁四库全书本《能改斋漫录》,该处并没有衍文。

如果到此为止,不做进一步的研究,那可能就会得出这样一个结论:墨海金壶丛书本《能改斋漫录》衍了一个"不"字,守山阁丛书本依据墨海金壶丛书本刊刻时又以讹传讹。但只要再看看武英殿聚珍版丛书本《能改斋漫录》,就会发现,情况并非如此。

武英殿聚珍版丛书本《能改斋漫录》作:"称物以载之,则不校可知矣。"也衍了一个"不"字。

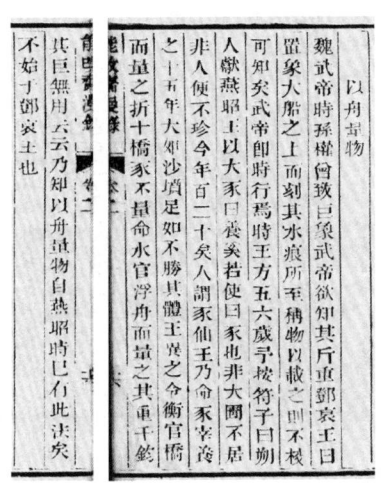

▲ 文渊阁四库全书本宋吴曾《能改斋漫录》卷二"事始"类《以舟量物》书影

▲ 武英殿聚珍版宋吴曾《能改斋漫录》卷二书影

武英殿是清宫内的殿名,设有修书处。清乾隆三十八年(1773年)编纂四库全书的时候,清高宗弘历因四库全书编修告成尚需时日,于是命儒臣校辑《永乐大典》中的散简零篇和世所罕见的宋元善本,先行刊印流传。用木活字排版,定名"聚珍版"。至嘉庆八年(1803年),共出版印刷图书一百三十八种,二千四百一十六卷。由于各书大多随到随印,因此,并无总书名和总目录,后人称之为"武英殿聚珍版书"或"武英殿聚珍版丛书"。

武英殿聚珍版丛书《能改斋漫录》的书前《提要》云:"自元初

四库全书本《能改斋漫录》引曹冲的话不误。

武英殿聚珍版丛书《能改斋漫录》引曹冲的话有误。

以来，刊版久绝。此本乃明人从秘阁抄出，原缺首尾两卷。焦竑家传写之本，遂以第二卷、第十七卷各分为二，以足其数，实非完帙。"

文渊阁四库全书本《能改斋漫录·提要》，虽然内容更为详细，但对所据版本的说明，与武英殿聚珍版丛书本《能改斋漫录》的书前《提要》基本相同。

▲ 武英殿聚珍版宋吴曾《能改斋漫录·提要》书影

对照两种《提要》，后者只改了两个字："刊版"改为"刊本"，"刊版"是刊刻或排成的书版，"刊本"则是用木刻版印成的书籍。"自元初以来""久绝"的是用木刻版印成的书籍，而非书版。"今本"改为"此本"，"今本"语义宽泛，"此本"指代明确。可见，纪晓岚对《四库全书总目提要》也是"拈毫一字几踌躇"啊！

武英殿聚珍版丛书本《能改斋漫录》，虽然与四库全书本《能改斋漫录》用的是同一个底本，都是"明人从秘阁抄出"的，但两个版本的类目等却不完全一样。譬如武英殿聚珍版丛书本《能改斋漫录》卷十二为"记事"类，而文渊阁四库全书本《能改斋漫录》卷十二却是"谨正"类。

▲ 武英殿聚珍版宋吴曾《能改斋漫录》卷十二"记事"书影　　▲ 文渊阁四库全书本宋吴曾《能改斋漫录》卷十二"谨正"书影

守山阁丛书与墨海金壶丛书的《能改斋漫录》卷十二也是"记事"类，而非"谨正"类：

▲ 清钱熙祚守山阁丛书本宋吴曾《能改斋漫录》卷十二"记事"书影　　▲ 清张海鹏刊墨海金壶丛书本宋吴曾《能改斋漫录》卷十二"记事"书影

守山阁丛书与墨海金壶丛书的《能改斋漫录》，底本并非"四库全书原本"。

为什么说"不校可知矣"的衍文，不是《能改斋漫录》本身的错误？

由此可知，守山阁丛书与墨海金壶丛书的《能改斋漫录》，虽然都在第一卷首页印着"四库全书原本"，但实际依据的却是武英殿聚珍版丛书本，而并非真正的"四库全书原本"。所以，才会出现"不校可知矣"的衍文。

武英殿聚珍版丛书是木活字排印本，检字排字的速度要比楷书抄写的速度快得多，但差错率也会高得多，一旦校对不精，就会出错，这可能就是武英殿聚珍版丛书本《能改斋漫录》出现衍文的主要原因。

"不校可知矣"的衍文，无论如何也不应该是《能改斋漫录》本身的错误。《四库全书总目提要》称作者吴曾："记诵渊博，故援据极为赅洽，辨析亦多精核。"按照吴曾的史学功底，像《三国志》这样的正史要籍，他应该是烂熟于心的，不可能将"校可知矣"误作"不校可知矣"。而且，四库全书本《能改斋漫录》，该处也没有衍文。

武英殿聚珍版丛书与墨海金壶丛书、守山阁丛书，都是影响很大、流传很广的丛书，所以，后来印行的《能改斋漫录》基本是以这三种丛书为底本。这样一来，"不校可知矣"的衍文之误也就一直以讹传讹，谬种流传了。

譬如商务印书馆《丛书集成初编》（1939年12月版）本《能改斋漫录》（卷二），江苏广陵古籍刻印社《笔记小说大观》（1984年6月版）第八册《能改斋漫录》（卷一），台北新兴书局有限公司《笔记小说大观》（1988年版）中的《能改斋漫录》（卷一），都是以武英殿聚珍版丛书为底本，所以均误作"不校可知矣"。

中华书局上海编辑所标点本《能改斋漫录》引曹冲的话有误。

中华书局上海编辑所整理出版的标点本《能改斋漫录》（上海古籍出版社1960年11月版，1979年重印），"用聚珍版本为底本，用临啸书屋刊本、守山阁丛书本即上海图书馆藏明抄本（小琅嬛仙馆旧藏）校过"（出版说明）。但卷二该处亦误作"不校可知矣"。

读书要有自己的慧眼，要细细咀嚼，不能一目十行，走马观花，读古书尤其如此。正所谓：

> 人心惟危，道心惟微，惟精惟一，允执厥中。（《尚书·虞书·大禹谟第三》）

人心是危险的，道心是精微的，只有精研专一，才能切实地把握合理的中道。人心危则难安，道心微则难明。要想明道，必须精心，这是智慧训练的基本功。

曹冲称象的故事虽然被很多书引述，但大多是摘录原文，保存资料，以广见闻，因而价值不大。这就如同今天一样，关于曹冲称象的故事书虽然出版了很多，包括小学的语文教材，但大同小异，都是把这个故事再说一遍，充其量不过是添点枝加点叶，添点油加点醋而已。偶有评述，也不过是称赞年幼的曹冲如何聪明，并无任何新意，更无智慧可言。如南宋思想家、文学家叶适，他在《习学记言》中对曹冲称象是这样评述的：

> 仓舒（曹冲的字）童孺，而有仁人之心，痕舟称象，为世开智物理，盖天禀耶？（四库全书本《习学记言》卷二十七）

叶适乃永嘉学派的集大成者，宋孝宗赵昚（shèn）淳熙五年

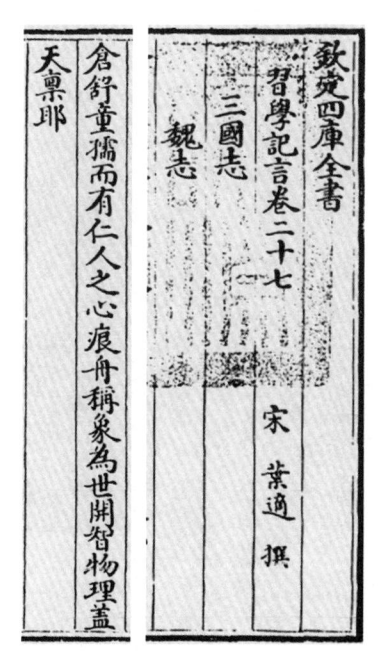

▲ 宋刻本汉孔安国传《尚书》卷第二《大禹谟第三》书影

▲ 文渊阁四库全书本宋叶适《习学记言》卷二十七《三国志·魏志》书影

南宋思想家、文学家叶适对曹冲称象的评述毫无新意。

曹冲称象的方法从何而来？——从燕王称猪到曹冲称象

(1178年)中进士榜眼(殿试第二名),世称水心先生,曾任太学博士、尚书左选郎、国子司业等职。他所代表的永嘉事功学派,与当时朱熹的理学、陆九渊的心学并列为"宋三大学派"。《习学记言》是很有名的读书札记,但这里所发的议论竟然是老生常谈,毫无新意,真是盛名之下,其实难副。这样的评议,不仅可有可无,而且是有不如无。

相比之下,宋代吴曾的《能改斋漫录》却大不一样,它在引述了曹冲称象的故事之后写了一段按语,援引《符子》中的相关材料进行比较,阐发了自己的看法。这就颇有价值了,因为他揭示了曹冲称象的"智慧"来源。

曹冲称象的真假与故事新编

——曹冲的称象与佛经的称象

曹冲称象虽然是一则很有趣味的故事，又是小学语文课本中的经典课文，但这个故事很可能是后人虚构的。

一、何焯对曹冲称象的质疑

关于曹冲称象故事的真假问题，第一个质疑的是清代著名学者、书法家何焯（号义门），他在《义门读书记》中说：

> 《邓哀王冲传》"时孙权曾致巨象"至"即施行焉"。
>
> 孙策以建安五年死，时孙权初统事。至建安十五年，权遣步骘为交州刺史，士燮率兄弟奉承节度，此后或能致巨象。而仓舒已于建安十三年前死矣，知此事之妄饰也。置船刻水，疑算术中本有此法。《能改斋漫录》引《符子》所载燕昭王大豕命水官浮舟而量之事。（《义门读书记·三国志》第一卷《魏志·邓哀王冲传》）

清代著名学者何焯对曹冲称象的质疑。

▲ 清乾隆三十四年(1769年)刊本清何焯《义门读书记·三国志》第一卷《魏志·邓哀王冲传》书影

向历史借智慧

何义门不愧为著名的学者,他的观点颇有见地。《三国志》曹冲本传只说"时孙权曾致巨象",却没有说明具体的时间是哪年。

根据《资治通鉴》的记载:

初,苍梧士燮为交趾太守。交州刺史朱符为夷贼所杀,州郡扰乱,燮表其弟壹领合浦太守,䵋(wěi)领九真太守,武领南海太守。燮体器宽厚,中国士人多往依之。雄长一州,偏在万里,威尊无上,出入仪卫甚盛,震服百蛮。朝廷遣南阳张津为交州刺史。津好鬼神事,常著绛帕头,鼓琴、烧香,读道书,云可以助化,为其将区(ōu)景所杀。刘表遣零陵赖恭代津为刺史。是时苍梧太守史璜死,表又遣吴巨代之。朝廷赐燮玺书,以燮为绥南中郎将,董督七郡,领交趾太守如故。巨与恭相失,巨举兵逐恭,恭走还零陵。孙权以番阳太守临淮步骘为交州刺史,士

▲ 日本天保七年(1836年)刻本《资治通鉴》卷六十六《汉纪五十八》建安十五年书影(一)

▲ 日本天保七年(1836年)刻本《资治通鉴》卷六十六《汉纪五十八》建安十五年书影(二)

燮率兄弟奉承节度。吴巨外附内违,骘诱而斩之,威声大震。权加燮左将军,燮遣子入质。由是岭南始服属于权。

(《资治通鉴》卷六十六《汉纪五十八》建安十五年)

据《三国志》记载,曹冲所称的这头巨象,是孙权献给曹操的。孙权是在建安五年(200年)哥哥孙策死后继承大统的,而这时的东吴地区并没有大象。直到建安十五年(210年),孙权才任命步骘为交州(辖今中国广东、广西及越南北部和中部,州治在番禺)刺史。此前,交州归东汉朝廷统治,苍梧

▲ 日本天保七年(1836年)刻本《资治通鉴》卷六十六《汉纪五十八》建安十五年书影(三)

人士燮担任交趾郡太守。交州刺史朱符被夷人乱贼杀死,州郡陷入混乱。士燮上表推荐自己的弟弟士壹代理合浦郡太守,士䵋代理九真郡太守,士武代理南海郡太守。步骘为交州刺史后,原来的交趾太守士燮便率领自己的兄弟们都来听从步骘的命令。孙权提升士燮为左将军,士燮派遣自己的儿子到孙权那里充当人质。从此,五岭以南的地区开始归属于孙权。

这就是说,孙权给曹操进献大象,不会早于建安十五年,而曹冲在建安十三年(208年)就已经死了,故"知此事之妄饰也"。因此可以得知,所谓曹冲称象不过是虚妄的夸饰而已。其实,曹冲根本就不可能有称象这回事。

清代著名学者梁章钜在《三国志旁证》(卷十四)曹冲称象之下,也引述了何焯的观点,认为此事不可信。

> 孙权给曹操进献大象时曹冲已经死了。
>
> 清代著名学者梁章钜对曹冲称象的质疑。

向历史借 **智慧**

▲ 清道光三十年（1850年）刊本清梁章钜《三国志旁证》卷十四书影

二、陈寅恪对曹冲称象的质疑

陈寅恪先生认为曹冲称象源于佛经。

国学大师陈寅恪先生在《三国志曹冲华佗传与佛教故事》一文中认为，曹冲称象是附会佛经故事，以表现曹冲的智慧。

考北魏吉迦夜共昙曜译《杂宝藏经》卷一《弃老国缘（书影误作"录"）》云：

"天神又问，此大白象有几斤？而群臣共议，无能知者。亦募国内，复不能知。大臣问父，父言，置象船上，着大池中，画水齐船，深浅几许，即以此船量石着中，水没齐画，则知斤两。即以此智以答天神。"

案：《杂宝藏经》虽为北魏时所译，然其书乃杂采诸经而成，故其所载诸国缘，多见于支那先后译出之佛典中。如卷八之难陀王与那伽斯那共论缘与那先比丘问经之关系，即其一例。因知卷一之《弃老国缘》亦当别有同一内容之经典，译出在先。或虽经译出，而书籍亡逸，无可征考。或虽未译出，而此故事仅凭口述，亦得辗转流传于中土，遂附会为仓舒之事，以见其智。但象为南方之兽，非曹氏境内所能有，不得不取其事与孙权贡献事混成一谈，以文饰之，此比较民俗文学之通例也。（《陈寅恪先生全集》，台北里仁书局1979年12月版第1120页，原载1930年6月《清华学报》第陆卷第壹期）

南北朝时北魏僧人吉迦夜与昙曜翻译的《杂宝藏经》卷一《弃老国缘》中，就已经有了用往船上装石头的方法来称象的故事了。碛砂大藏经本中的这个故事，与陈寅恪先生的引文小异：

> 天神又复问言："此大白象有几斤两？"群臣共议，无能知者。亦募国内，复不能知。大臣问父，父言："置象船上，着大池中，画水齐船深浅几许。即以此船量石着中，水没齐画，则知斤两。"即以此智以答。（北魏·吉迦夜、昙曜译《杂宝藏经》卷一《弃老国缘》）

《杂宝藏经》共十五卷（另有八卷本与十卷本），属于佛本缘经类，

▲ 台北里仁书局1979年12月版《陈寅恪先生全集》下册《三国志曹冲华佗传与佛教故事》书影

▲ 碛砂大藏经北魏吉迦夜、昙曜译《杂宝藏经》卷第一《弃老国缘第四》书影

向历史借**智慧**

由北魏吉迦夜、昙曜合译。该书并非依据某一部佛经翻译成的,而是采撷众多佛经汇集而成的。据南朝梁僧祐《出三藏记集》卷二记载,此书有十三卷,"宋明帝时西域三藏吉迦夜于北国以伪延兴二年(472年),共僧正释昙曜译出,刘孝标笔受"。入梁后又有增补,成十五卷本。《杂宝藏经》包括了一百二十一缘,其主旨是"劝人作福、持戒、出生死、成菩提"。

《弃老国缘》说的是佛在舍卫国说:"要恭敬父母及有名望有学问的老年人,这对自己会有很大的益处。从老人那里可以听到没有听过的事情,并且明白很多道理,增益自己的智慧,从而使自己名声远播,被智慧的人们尊敬。"众位比丘说:"如来世尊,常常赞叹恭敬父母及有名望有学问的老年人。"佛说:"不仅是现在,我在过去无数劫中,一直恭敬父母及有名望有学问的老年人。"众位比丘对佛说:"过去恭敬的那些事是什么呢?"

佛说,过去很久之前,有一个国家名字叫弃老国,在这个国家里,所有的老人都被驱逐抛弃。有一位大臣,他的父亲年老了,依照这个国家的法律,应该在驱遣之列。但这位大臣很孝顺,就私自在地下建造了一所密室,把父亲安置在里面,随时孝敬,供养吃喝用度。

《弃老国缘》中的孝子。

有一天,天神手拿着两条蛇,降落在国王的宫殿上,说:"如果你们国家的人能够分辨这两条蛇的雌雄,你的国家就能够安定;如果不能分辨,你本人和你的国家,在七天之后都将覆灭。"国王无法分辨蛇的雌雄,就立即召见群臣共同商议此事,群臣都说不能分辨。

国王就下令招募国内的人,谁能分辨,给予丰厚的赏赐,加官晋爵。这位大臣回家后就去问他的父亲,父亲回答说:"这件事容易分别,用纤细柔软的丝绸之类的东西,把蛇放在上面,那个躁动不安的就是雄性,静止不动的就是雌性。"大臣立即按父亲的话去做,果然分辨出了两条蛇的雄雌。

如何分辨蛇的雌雄?

如何知道一个正方体的木块哪一面是头?

天神拿出一块正方体的檀香木块,问道:"哪一面是头?"大臣们把檀香木块传来传去地看,正方体的六个面都是一样的,谁也不知道哪一面是头。这位大臣又回家问父亲,父亲告诉他说:

"这个容易分辨,把木块放在水里,木块在水里漂着,树根部的那面必然下沉,树梢(头)的那面必然向上。"大臣就用这话回答天神,果然对了。

天神用手一指,眼前出现了两匹大小、形状和颜色没有差别的骒马,天神对国君说:"这两匹骒马是母女俩,如何分辨母女?"国君和群臣左看右看,哪都一样,怎么也分辨不出母女来。国君又向全国招募能够分辨的人,可是全国没有一个应招的。这位大臣晚上回家之后,又到地下室问他的父亲。他父亲说:"拿些草给两匹马吃,母马就会用嘴巴将草推给小马。"这位大臣就按照父亲说的去回答了,又答对了。

天神还问了一些问题,国人都回答不了,最后都是这位大臣的父亲告诉他如何回答,问题都答对了。天神很高兴,馈赠给国王大批的奇珍财宝。并对国王说:"我现在保佑你的国土不受外敌侵犯。"天神说完就升天而去。国王赏赐了这位大臣,然后问道:"这些疑难的问题是你自己知道,还是有人教你呢?"大臣回答说:"不是臣的智慧,臣希望陛下施恩,容臣可以直言无惮,然后我才敢一一陈述。"国王说:"朕赦你无罪,但说无妨。"这位大臣对国王说:"国家有制度命令,不允许养老。臣有老父,不忍心遗弃,冒犯王法,藏在地下密室中,臣的应答全是父亲的智慧。臣希望大王,国土之内,准许赡养老人。"国王赞叹大臣孝敬老人的美德,尊他为师。立刻宣布命令,普告天下,本国不允许抛弃老人,如果有不孝敬父母,不尊敬师长的,严惩不贷。

陈寅恪先生认为,曹冲称象是附会佛经以显示曹冲的智慧。虽然《杂宝藏经》在北魏时才翻译成中文,比《三国志》晚了一百多年,但称象的故事可能早就在其他佛经中译出了。即便没有译出过,这个"故事仅凭口述",也能够在中国大地上"辗转流传"。

陈先生的推理前提,全都是假设的,而且都是可能性的假设,这种可能性的假设前提,是推不出必然结论的。

再者,陈先生说陈寿附会佛经是为了显示曹冲的智慧,这说明陈先生认为,佛经中的这个称象故事是很有智慧的。但我们在《曹冲称象的方法是否最优？》一文中已经做过分析比较，往船上装石头的称象方法，不仅毫无智慧可言，而且可以说是很蠢笨的。

另外，《三国志》中的曹冲称象，并没有像佛经那样往船上装石头。如果说陈寿附会，那也只能说他是附会战国时的燕王称猪，而绝不是附会佛经。真正把佛经的称象方法附会在曹冲身上的另有其人，但不是陈寿。

三、《三国志》曹冲称象的真假

《杂宝藏经·弃老国缘》中的称象故事乃北魏时翻译的，晚于《三国志》一百多年。陈寅恪先生的解释虽然有一定的道理，但也只是推想而已。况且，《三国志》的曹冲称象只说："称物以载之，则校可知矣。"并没有说往船上装石头。因此，陈寅恪先生的结论只能是或然的，不能就此得出必然的结论。

《三国志》的作者陈寿乃一代良史，东晋史学家常璩（qú）称赞他说：

> 陈寿……治《尚书》《三传》，锐精史、汉，聪警敏识，属（zhǔ）文富艳。……蜀郡郑伯邑、太尉赵彦信及汉中陈申伯、祝元灵、广汉王文表皆以博学洽闻，作《巴蜀耆旧传》。寿以为不足经远，乃并巴、汉撰为《益部耆旧传》十篇。……著魏、吴、蜀三书六十五篇，号《三国志》，又著《古国志》五十篇，品藻典雅，中书监

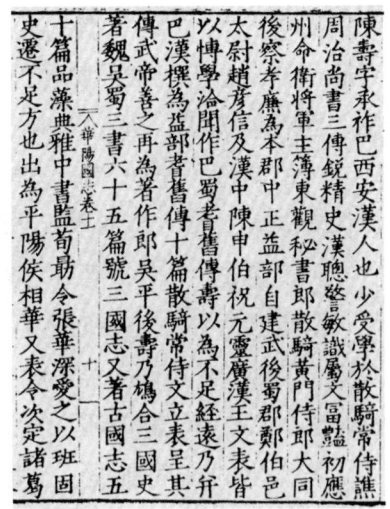

▲ 明嘉靖四十二年（1563年）张佳胤刻本晋常璩撰《华阳国志》卷十一《后贤志·陈寿传》书影

荀勖（xù）、令张华深爱之，以班固、史迁不足方也。（《华阳国志》卷十一《后贤志·陈寿传》）

陈寿对《尚书》《三传》都有研究，尤其精通《史记》《汉书》。他聪明机警，博学多识，文章气势宏阔，词采华丽。蜀郡的郑伯邑、太尉赵彦信和汉中的陈申伯、祝元灵以及广汉的王文表，均以博学多识而闻名，他们共著了《巴蜀耆旧传》，但陈寿认为此书不够经典，不能长久流传。于是又汇合巴、汉两地的人物故事，撰写了《益都（一作"部"）耆旧传》，共十卷。陈寿又汇合三国史，撰写了魏、吴、蜀三书共六十五篇，取名《三国志》，还撰写《古国志》五十卷。书中品鉴人物，有理有据，文章言辞，高雅不俗。中书监荀勖、中书令张华都非常喜爱《三国志》，认为班固的《汉书》、司马迁的《史记》，都不能与之相提并论。荀勖和张华都是西晋时期著名的政治家、文学家，张华是西汉留侯张良的十六世孙，唐朝名相张九龄的十四世祖，两位学界文坛的泰斗如此称赞《三国志》，可见这书写得该有多好。

但是，即便是这样的史书，也仍然出现了"妄饰"的瑕疵，难怪孟子说"尽信书不如无书"（《孟子·尽心下》）。孟子所说的"书"指的是《书经》，也就是《尚书》，《尚书》意即"上古帝王之书"（《论衡·正说篇》），这是我国最古的官方史书，也是我国第一部上古历史文献和部分追述古代事迹著作的汇编。就连《尚书》这样的儒家经典，也不能全信，又遑论其他！

因此，读者在阅读任何一本书时，都要有自己的思辨。正如曾任芝加哥大学哲学研究所所长的美籍犹太学者、教育家莫提默·J.艾德勒所说："怀疑是智慧的开始，从书本上学习跟从大自然学习是一样的，如果你对一篇文章连一个问题也提不出来，那么你就不可能期望一本书能给你一些你原本就没有的视野。"〔(美) 莫提默·J.艾德勒《如何阅读一本书》〕

在马克思所喜爱的座右铭中，有一条就是"怀疑一切"〔(德) 马克思《自白》，见马克思的长女燕妮的纪念册〕，因为"怀疑是

走向真理的第一步"〔(法)狄德罗《哲学思想录》〕,"真正的科学首先教人们怀疑"〔(西班牙)乌纳穆诺《对生活的悲戚感情》〕,"没有怀疑便没有信任;哪里有怀疑,哪里就有真理——怀疑是真理的影子"〔(意)菲·贝利《浮士德·村镇》〕。

"怀疑就是探索"〔(法)蒙田《人生随笔·怀疑就是探索》〕,"所谓探索就是从怀疑开始,以找出消除怀疑的依据而告终"〔(美)杜威《探究的理论》〕,要想"找出消除怀疑的依据",你必须丰富自己的知识,"人只有学到知识之后才能怀疑"〔(奥)维特根斯坦《纸条集·410》〕,"怀疑随着知识的增长而增长"〔(德)歌德《散文箴言》〕。

当然,怀疑并不是什么都不相信,而是不盲目相信。胡适先生说:"怀疑以后,相信总要相信,但是相信的条件,就是拿凭据来……有了怀疑的态度,就不会上当……不致盲从了。"(胡适《科学的人生观》)

另外,怀疑也只是怀疑,怀疑并非就是铁定的事实。把"拿凭据来"作为"相信的条件",看似正确,实际上却未必合于情理。譬如曹冲称象,距今已经一千八百多年,《三国志》的作者陈寿也已去世一千七百多年,你让他们如何"拿凭据来"?

尽管何义门的质疑有一定的道理,但也不能断言孙权获取大象的途径只此一条。有个犹太故事就足以发人深省,说一位拉比(老师)来上课,学生们猜测拉比进门时先迈哪只脚。有的猜测拉比先迈左脚,有的猜测拉比先迈右脚,于是他们静静地看着拉比向教室走来。拉比走到教室门口,双脚并拢跳过了门槛。

按照学生的猜测,拉比进门,不是先迈左脚,就是先迈右脚。如果拉比既没有先迈左脚,也没有先迈右脚,那拉比就进不了教室的门。其实,拉比进门的方法有好多种,而学生想到的只是最常见的两种。

因此,尽管何义门的质疑有一定的道理,但这并不足以证明曹冲称象就是陈寿虚构的故事。

四、瑕疵斑斑的曹冲称象新编

曹冲称象的故事,在宋元笔记中也有记载,如南宋费衮的《梁溪漫志》(卷八)等,但基本上都是抄录《三国志》,并没有添枝加叶,更没有说"往船上装石头"。

曹冲称象最早是什么时候作为蒙学教材的,因为资料所限,目前尚难断定。但宣统元年(1909年)由学部第一次编纂的《初等小学国文教科书》,已经正式将这个故事编入五年制小学三年级上学期的教材了。

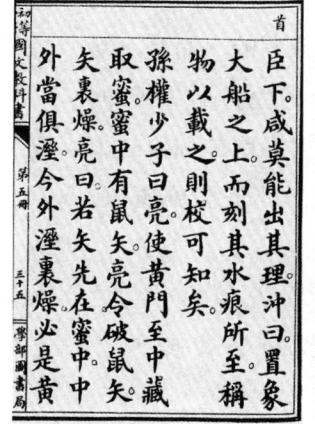

▲ 清宣统元年(1909年)《初等小学国文教科书》第五册第三十四课书影

这里的曹冲称象,仍然用的是《三国志》的原文,曹冲当然也没有说"往船上装石头"。

就笔者所见,最早把佛经的称象故事与曹冲称象嫁接的,是黎锦晖先生。

黎锦晖(1891年—1967年)先生是现代著名音乐教育家、中国流行音乐的奠基人、中国儿童歌舞剧之父,他与大哥黎锦熙及六个弟弟被誉为湘潭"黎氏八骏"。那首著名的儿歌《小兔子乖乖》的词曲,就是黎锦晖先生在一九二〇年创作的,后来发表于一九二二年《小朋友》杂志特刊《凉风》中,原名《老虎叫门》:

> 小兔子乖乖,把门开开!
> 快点开开,我要进来……

一九三三年二月,上海大众书局出版了黎锦晖先生编著

向历史借智慧

曹冲是曹操的小儿子吗?

的《曹冲》,朱凤竹先生绘图,书中就有了往船上装石头的称象情节。

这本《曹冲》的故事,是后来所有白话曹冲称象故事的祖本,也是目前所见到的诸多曹冲称象故事中写得较生动丰富的一种,作者的层次也是最高的。而且,绘图也比较出色。但《曹冲》和后来的诸多曹冲称象故事新编一样,都是瑕疵斑斑,问题多多。

《曹冲》开篇第一句话就说:"曹冲是曹操的小儿子。"

▲ 大众书局1933年2月版黎锦晖《曹冲》第一页书影

上海科学普及出版社出版的《曹冲称象》,第一句话也说:"魏王曹操的小儿子曹冲自小聪明。"

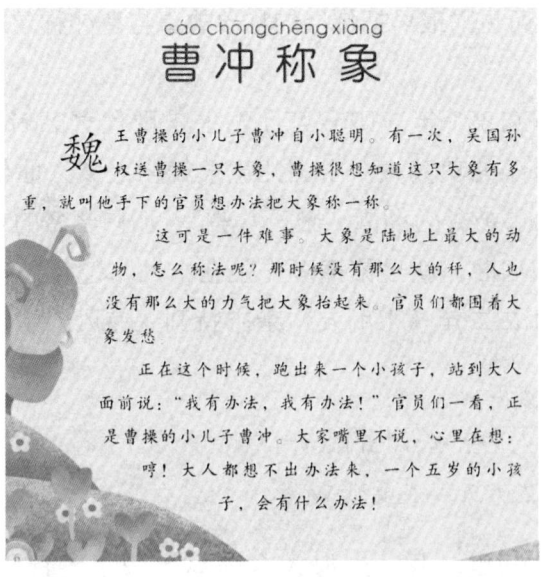

▲ 上海科学普及出版社2014年1月版《曹冲称象》书影

中国少年儿童出版社出版的《曹冲称象 司马光砸缸》也说:"曹操一看,是心爱的小儿子曹冲……"

▲ 中国少年儿童出版社 2016 年 1 月版《曹冲称象 司马光砸缸》书影

辽宁师范大学出版社出版的《曹冲称象》也说:"孙权送给曹操一只大象,曹操十分高兴。很多人都没见过大象,曹操就带领文武百官和小儿子曹冲,一同去看。"

▲ 辽宁师范大学出版社 2017 年 12 月版《曹冲称象》书影

又如吉林美术出版社出版的《曹冲称象》说："大象运到的那天，曹操带领许多官员还有小儿子曹冲一同去看。"

其实，曹冲并不是曹操的小儿子。

据《三国志》记载：

武皇帝二十五男：卞皇后生文皇帝、任城威王彰、陈思王植、萧怀王熊，刘夫人生丰愍（mǐn）王昂、相殇王铄，环夫人生邓哀王冲、彭城王据、燕王宇，杜夫人生沛穆王林、中山恭王衮，秦夫人生济阳怀王玹、陈留恭王峻，尹夫人生范阳闵王矩，王昭仪生赵王幹，孙姬生临邑殇公子上、楚王彪、刚殇公子勤，李姬生谷城殇公子乘、郿戴公子整、灵殇公子京，周姬生樊安公均，刘姬生广宗殇公子棘，宋姬生东平灵王徽，赵姬生乐陵王茂。（《三国志》卷二十《魏书·武文世王公传第二十》）

▲ 吉林美术出版社2014年6月版《曹冲称象》书影

▲ 宋刻本《三国志》卷二十《魏书》二十《武文世王公传第二十》书影

据史料记载，武皇帝也就是魏武帝曹操，一共娶了十五个妻妾。除了上引《三国志》记载的十三位之外，还有正妻丁夫人和张绣叔叔张济的妻子某氏，《三国志通俗演义》中称为"邹氏"。

曹操生了二十五个儿子，其中八个儿子"早薨（hōng）"，就是很小的时候就死了。在曹冲之前，曹操还有六个儿子。

长子曹昂（？—197年），字子修，刘夫人所生，刘夫人早亡，曹昂由曹操的正室丁氏抚养大。建安二年（197年），曹昂随曹操征讨张绣，张绣投降后，曹操却纳骠（piào）骑将军张济的遗孀邹夫人为妾。张济是张绣的叔叔，张绣因此怀恨曹操。曹操听说后就准备暗中杀掉张绣，张绣得知消息后，便先下手为强，偷袭了曹操。曹操战败，绝影战马阵亡，曹昂就把自己的战马让给曹操，步行保护父亲脱身，最终与大将典韦等一同战死于宛城（今河南南阳宛城区），后被追谥为丰愍王。养母丁夫人得知曹昂战死后痛哭不已，大骂曹操。于是回到故乡，与曹操断绝关系。曹操后来就以卞夫人为正妻（继室）。

次子曹铄，刘夫人所生，从小由后来的卞皇后抚养。英年早逝，后追谥为相殇王。

三子曹丕（187年—226年），卞皇后所生长子，字子桓。最终继承曹操的魏王位，他胁迫汉献帝刘协禅让帝位取代汉朝建立曹魏，史称魏文帝。

四子曹彰（189年—223年），字子文，卞皇后所生第二子。后被封为任城王，死后谥号为"威"，因此又称任城威王。

五子曹植（192年—232年），字子建，卞皇后所生第三子。著名文学家，建安文学的代表人物。因生前曾为陈王，逝世后谥号"思"，所以又称陈思王。

六子曹熊，卞皇后所生，早亡。魏文帝黄初二年（221年）追封萧怀公，魏明帝太和三年（229年）追升为东平王，称"萧怀王"。

> 曹冲有六个哥哥与十八个弟弟。

向历史借智慧

曹操的败类小儿子是怎样的?

曹冲生于汉献帝刘协建安元年（196年），是曹操的第七个儿子。母亲环夫人与曹操生了三个儿子，曹冲是老大，另外两个一个是彭城王曹据，另一个是燕王曹宇。

这就是说，曹冲身后还有十八个弟弟，两个是同父同母的弟弟，十六个是同父异母的弟弟。无论是同父异母兄弟，还是同父同母兄弟，曹冲都不是最小的，因此，不能说"曹冲是曹操的小儿子"。

曹操的小儿子，应该是赵姬所生的乐陵王曹茂。据《三国志》记载：

乐陵王茂，建安二十二年封万岁亭侯。二十三年，改封平舆侯。黄初三年，进爵，徙封乘氏公。七年，徙封中丘。茂性傲佷（hěn，毒辣凶狠），少无宠于太祖。及文帝世，又独不王。太和元年，徙封聊城公，其年为王。诏曰："昔象之为虐至甚，而大舜犹侯之有鼻。近汉氏淮南、阜陵，皆为乱臣逆子，而犹或及身而复国，或至子而锡土。有虞建之于上古，汉文、明、章行之乎前代，斯皆敦叙亲亲之厚义也。聊城公茂少不闲礼教，长不务善道。先帝以为古之立诸侯也，皆命贤者，故姬姓有未必侯者，是以独不王茂。太皇太后数以为言。如闻茂顷来少知悔昔之非，欲修善将来。君子与其进，不保其往也。今封茂为聊城王，以慰太皇太后下流（指子孙，后辈）之念。"六年，改封曲阳王。正始三年，东平灵王薨，茂称嗌痛，不肯发哀，居处出入自若。有司奏除国土，诏削县一，户五百。五年，徙封乐陵，诏以茂租奉少，诸子多，复所削户，又增户七百。嘉平、正元、景元中，累增邑，并前五千户。（《三国志》卷二十《魏书·武文世王公传·乐陵王茂传》）

▲ 宋刻本《三国志》卷二十《魏书》二十《武文世王公传第二十·乐陵王茂传》书影

曹茂这个人，几乎是继承了曹操身上的所有缺点，生性骄慢不恭，凶恶残暴，执拗怪僻。"少无宠于太祖"，从小的时候曹操就不待见他，对他毫无宠爱。到了曹操临死前的两三年，才给曹茂封侯。建安二十二年（217年）封为万岁亭侯，二十三年（218年）改封平舆侯。

黄初元年（220年）曹丕称帝之后，其他兄弟，包括已经逝世，哪怕是夭折的，都封了王，唯独曹茂没有被封王。黄初三年（222年），文帝曹丕下诏郡国荐举计吏、孝廉等人才，曹茂才被晋爵，徙封为乘（shèng）氏公。乘氏是一个小县，故城在今山东省巨野县西南。黄初七年（226年），文帝曹丕在临死之前，又把曹茂徙封到中丘。中丘也是个县，故城在今河北省内丘县西。

文帝曹丕逝世后，长子曹叡继位，这就是魏明帝，改元太和。曹叡是曹茂的侄子，别的伯叔都封王了，老叔不封王也太说不过去了。于是，曹叡先徙封曹茂为聊城（故城在今山东聊城西北）公，然后才给这位不争气的老叔也封了个聊城王。在封王的诏书中还把老叔好一顿教训：

向历史借智慧

曹叡在封王诏书中是怎样教训曹操的小儿子曹茂的?

古时候帝舜的同父异母弟弟象，为人狠毒，曾经多次想害死舜，可以说是作恶到了极点。可是当尧帝禅位于舜之后，舜还是把象封到有鼻（亦作"有庳""有卑""鼻墟""鼻亭"等，"有"是词头。故址在今湖南道县北，接零陵区界）做诸侯。汉代的淮南王刘长是刘邦的儿子，他却在汉文帝前元六年（前174年）谋反。大臣们大多认为应该把刘长处死，但汉文帝还是赦其死罪，把他遣送到蜀地。刘长在途中绝食而死，汉文帝后来把刘长的四个儿子都封为侯。阜陵王刘延是光武帝刘秀的儿子，被封为淮阳王，后来却参与私作图谶活动。图谶是用文字和图片来预言国运兴衰或改朝换代征兆的活动，常常被用作政治舆论的工具。汉明帝刘庄不忍杀他，迁为阜陵王。有人告发他与儿子刘鲂密谋造反，汉章帝还是不忍将刘延处死，把他贬为阜陵侯，只享有一个县的封地，并不许他和官员人民来往。后来汉章帝刘炟（dá）出巡时见到他，又恢复了他的王位。淮南王和阜陵王，虽然都是乱臣逆子，但皇帝还是恢复他的封国，或者赐封他的儿子。大舜是在上古做出的榜样，汉文帝、汉明帝、汉章帝的行为就在前代，这都表现了重视骨肉亲族的深情厚谊。聊城公曹茂从小不习礼教，长大后又不走正道。先帝认为古代建立诸侯国，都是任命贤能的人，所以周代的姬姓宗族有的就没有封侯，因此唯独曹茂没有封王。太皇太后曾经多次谈起过这件事，比如说听到曹茂近来逐渐知道悔恨过去的错误了，准备以后变好了。君子应该赞赏别人的进步，不能总是看他的过去。现在封曹茂为聊城王，以告慰太皇太后对后代子孙的关爱和顾念。

从诏书的训词中可以看出，曹茂这个"老疙瘩"可不是一般的不成器，那简直就是个祸害啊！封王诏书，本应表彰受封者的功德，以示褒奖，这份诏书可好，完全是谴责教训，简直就跟檄文差不多了。可见魏明帝是多么的无奈，他是顶着朝中很多压力来做这件事的。

曹操的小儿子曹茂，为什么不去哀悼逝世的哥哥?

太和六年（232年），改封曹茂为曲阳王。正始三年（242年），曹操的第二十四子东平灵王曹徽逝世，曹茂竟然声称咽喉疼

266

痛，不肯去哀悼这位最小的哥哥，居家和外出都和平常一样，看不出任何丧亲的悲痛。主管的官员实在看不下去，便上奏皇帝弹劾他，要求削除他的封地。但齐王曹芳只是诏令削减了他一个县的五百户食邑。后来，皇帝不仅恢复了他被削减的封地，而且又给他增加了七百户。算上以前多次增加的食邑，共有五千户。

请记住：这个败类的曹茂才是曹操的小儿子，真是龙种生跳蚤！

黎本《曹冲》的绘图虽然画笔挺好，但却出现了一个错误，那就是曹冲的发髻。

古代男童三四岁到八九岁以前，头发是自然下垂的，称为"垂髫"，也作"垂髫"。八九岁至十三四岁时，就将头发分成左右两半，在头顶各扎成一个结，形状像两个羊角，称为"总角"。到了十五岁时，就把原先的总角解散，扎成一束，称为"束发"。

曹冲的发型是什么样的？

《三国志》中称象时的曹冲只有"五六岁"，黎锦晖先生编撰的《曹冲》说："小儿子曹冲，刚刚五岁。"这时曹冲的头发应该是"垂髫"，也就是自然下垂的。而黎本《曹冲》绘图中的曹冲，头发却都是梳起来用簪子簪上的发髻，这是古代男童十五岁时才梳成的发式。

▲ 大众书局 1933 年 2 月版黎锦晖《曹冲》第二页书影

人教版《称象》、语文版《曹冲称象》和人教版《曹冲称象》，都说称象时的"曹冲才七岁"。不管是五六岁还是七岁，这时曹冲的头发都应该是"垂髫"。可是，人教版《称象》和语文版《曹冲称象》的两幅插图中，曹冲的头发也都是梳起来用簪子簪上的发髻。

▲ 人民教育出版社 2001 年 12 月版《语文》一年级下册《称象》书影

▲ 语文出版社 2003 年 1 月版《语文》一年级下册《曹冲称象》书影

很多《曹冲称象》故事插图中的曹冲，头发也都是梳起来用簪子簪上的发髻。譬如赵镇琬主编的中国古代智童故事汉英对照《曹冲称象》。

▲ 新世界出版社 2015 年 1 月版汉英对照《曹冲称象》书影

再如新蕾出版社的《曹冲称象》，曹冲也是梳着高高的发髻。

▲ 新蕾出版社2013年5月版杨永青编绘《曹冲称象》书影

又如上海科学普及出版社的《曹冲称象》，插图中的曹冲也有高高的发髻。

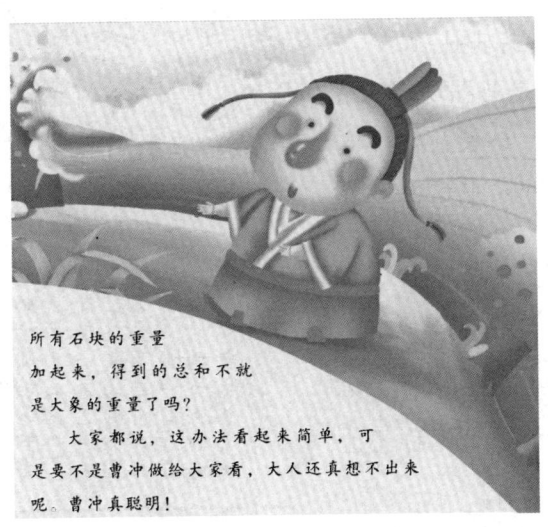

▲ 上海科学普及出版社2014年1月版《曹冲称象》书影

另外，中国少年儿童出版社出版的《曹冲称象 司马光砸缸》绘图的曹冲，也都是束着发髻（书影见前）。

《曹冲》第三页对大象之大做了简要的说明：

向历史借智慧

> 象被牵来了！喝，这么大呀！身长一丈，高一丈，鼻子长八尺，二根门牙也有二尺长。

这个说明很必要，它不仅给从来就没有见过大象的读者普及了一点知识，而且也为下文的称象之难做了铺垫，但说明却不够准确，甚至与真实的大象差距很大。

《三国志》说"孙权曾致巨象"，《曹冲》第四页还称赞这头大象说："那真是一个伟大的动物啊！"

亚洲象是亚洲现存的最大陆生动物，体长五至六米。可是，《曹冲》中这头大象"身长一丈"，一丈是十尺，也就是三米多，只有六米的一半多点，形体实在太短了。这只能是小象，而绝不是什么"巨象"，更称不上什么"伟大"了。

可是，《曹冲》第三页又说这头大象"高一丈"，从高度来说，《曹冲》中的这头大象又确实是一头"巨象"（亚洲象的身高，以头顶为最高点约 2.1—3.6 米）。体长一丈，身高也一丈，这个比例严重失调。

▲ 大众书局 1933 年 2 月版黎锦晖《曹冲》第三页书影

▲ 大众书局 1933 年 2 月版黎锦晖《曹冲》第四页书影

曹冲称的大象为什么身长与身高比例失调？

《曹冲》第三页又说："二根门牙也有二尺长。"目前世界上最长的象牙是采自刚果东部的一对象牙（不包括史前期），其右牙长三米半，左牙稍短（长 3.35 米）。这虽然是特例，但一般成年非洲雄象的象牙长度也在两米半左右。亚洲雄象的象牙虽然比非洲雄象的象牙小一些，但收藏于曼谷暹罗国立博物馆里的一对象牙，左牙长为三米，右牙稍短（长为 2.74 米）。普通亚洲雄象的象牙，长度可达一米半以上。而《曹冲》说："二根门牙也有二尺长。"二尺长只有半米多，还不到普通亚洲雄象象牙的一半长，实在太短了。

另外，这里的"二根门牙"应改为"两根门牙"，在一般量词前用"两"不用"二"。

《曹冲》第三页还说这头大象的"鼻子长八尺"，八尺就是两米半多（2.67 米），可是普通亚洲象的平均鼻长还不到一米半（1.43 米）。这就是说，这头大象的鼻子又超长出奇，已经接近普通亚洲象鼻长的两倍了，这可能是作者本身对大象缺乏基本常识所致。

按照书中的尺寸，这头大象体长只有普通亚洲象的一半多点，而身高却与体长相等，远远高于普通亚洲象的身高。门牙还不到普通亚洲雄象象牙的一半长，而鼻子却又接近普通亚洲象鼻长的两倍。各部分比例，与真实的大象差距很大，几乎成了一头畸形的大象。

《曹冲》第五页在船舷上画线之前，先写了大象用鼻子卷人的一段"闲笔"，以增强文章的趣味性与可读性：

> 那时，有一个武官，恃着他自己力大，又恃着象的性情和善，他贸然用右手抓住象的鼻尖，想使象鼻不动。不料象忽然不大客气了，随意将长鼻子一翘，将武官举到空中；再随便将长鼻子一摔，武官飞去了。
>
> 曹操叫人去寻，那武官飞到二三十丈以外的池水中，跌落下去，算是洗了一个澡。曹操说："象的力气

向历史借 **智慧**

真大,虽然性情和顺,总宜防备。"便叫曹冲走开一点,他自己也步上阶来。曹冲听见母亲呼唤,忙进去了。

曹操说:"叫人来,把这象称上一称,看有多少斤?"一个文官答道:"不过要叫秤匠来,先做一根大秤。"曹操一想不错,非另做大秤不可,便发了一个命令,叫人去定做大秤,要乘得起四五千斤。

▲ 大众书局1933年2月版黎锦晖《曹冲》第五页书影

▲ 大众书局1933年2月版黎锦晖《曹冲》第六页书影

▲ 大众书局1933年2月版黎锦晖《曹冲》第七页书影

 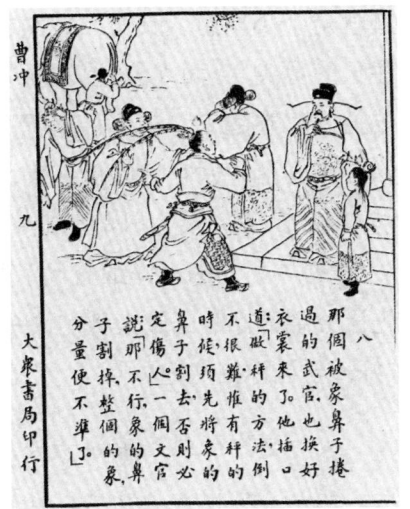

▲ 大众书局1933年2月版黎锦晖《曹冲》第八页书影　　▲ 大众书局1933年2月版黎锦晖《曹冲》第九页书影

这里面有几个问题，一是大象"随便将长鼻子一摔，武官飞去了"，句中的"摔"就是"抛"的意思。现代汉语中的"摔"没有这个义项，表达这个意思一般用"甩"。

二是"那武官飞到二三十丈以外的池水中"，这可能吗？二十丈约六十七米，三十丈就是一百米，而武官身体总要魁梧一些，就说体重一百公斤吧，大象"将长鼻子一摔"，就把一百公斤的人抛到八九十米乃至百米以外，这恐怕不大可能。再说，这个武官如果真的被大象一鼻子抛出百米以外，即便落在水塘里，那也不能安然无恙地回来吧？

三是曹操"发了一个命令，叫人去定做大秤，要乘得起四五千斤"。这里的"乘得起"，当作"称得起"。定做大秤来称量大象的重量，说"要乘得起四五千斤"，那就是认为这头大象的重量不会超过"四五千斤"。前文说过，亚洲大象体重约为三至六吨，就算五吨也应该是一万斤。"乘得起四五千斤"的秤，那根本就没法称这头大象的重量，当然可以同时用几杆秤来称。但是《曹冲》第十八页通过称石头算出的这头大象的重量"总计是二千三百四十五斤"，只有一吨多重，这哪里是什么"巨象"，简

直就是个小象崽。其实,按照文中的描写,武官只是"用右手抓住象的鼻尖",而大象也只是"随意将长鼻子一翘",并没有用鼻子把武官卷起来。在这种情况下,武官的右手就会自觉不自觉地松开或脱落,武官只能倒在地上,不可能被大象甩出去,更不可能"飞到二三十丈以外的水池中"。

《曹冲》一书,详细交代了曹冲怎样安排称象的全过程。曹冲先让父亲曹操收回做大秤的命令,说自己有办法称象。曹操就说:"好,全让你指使吧!"

> 曹冲得到父亲的允许,便叫侍卫出去,将普通的大秤,拿十根来,每一根秤派三个人管理,两个抬秤,一个看秤,另外预备竹篓二十个,每个派三个人管理,两个抬,一个装,预备铲子。(《曹冲》第十一页)

▲ 大众书局1933年2月版黎锦晖《曹冲》第十页书影

▲ 大众书局1933年2月版黎锦晖《曹冲》第十一页书影

曹冲让侍卫"将普通的大秤,拿十根来,每一根秤派三个人管理",这里大杆秤的量词有误,大杆秤的量词是"杆",一般都是说一杆大秤,而不说一根大秤。应改为"将普通的大秤,拿十杆来,每一杆秤派三个人管理"。

曹冲安排好了之后，就请父亲曹操和文武百官去看称象。

大家一同走出府门，走到那武官曾经跌下去的池子边立定。池中清水，平如明镜。府墙下堆着几十堆石块，是预备加造房屋的石料。一群人便在石料与池子之间，看曹冲的表演。（《曹冲》第十四页）

▲ 大众书局1933年2月版黎锦晖《曹冲》第十四页书影

《曹冲》的这几段叙述交代，都很明白。拿多少杆秤，多少个竹篓，各由多少人负责，都写得清清楚楚。而"府墙下堆着几十堆石块，是预备加造房屋的石料"，就在水池旁边，这就为往船上装石头做好了铺垫。

我们先来看看曹冲动用了多少人：十杆秤，每杆秤"派三个人管理，两个抬秤，一个看秤"，这是三十个人；"另外预备竹篓二十个，每个派三个人管理，两个抬，一个装"，这是六十个人，共九十个人。

称一头两千多斤的小象，何必要用九十个人？

曹冲……叫许多派好的兵夫，将石块一担一担地装在船中。（《曹冲》第十六页）

四十个兵挑着石块上船，每一竹篓石块放下船舱之后，就叫武官注意池水，是不是与船的外身上所刻的刀痕相齐。不一会儿，水与刀痕刚刚相合。曹冲便叫管秤的兵丁预备，将船中的石块分次挑出来。（《曹冲》第十七页）

一篓一篓地在秤上称着，将斤数记下来，总计二千三百四十五斤。于是曹冲向大家说："象的重量，已经明白了。"（《曹冲》第十八页）

向历史借**智慧**

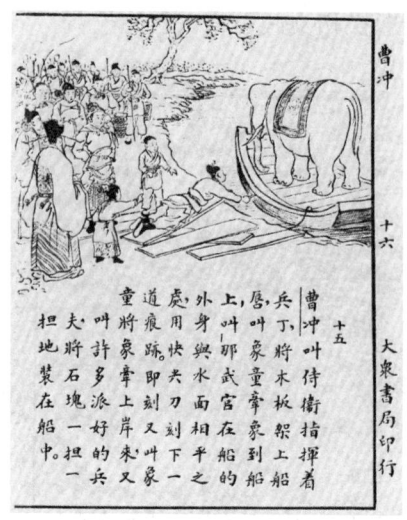

▲ 大众书局1933年2月版黎锦晖《曹冲》第十六页书影

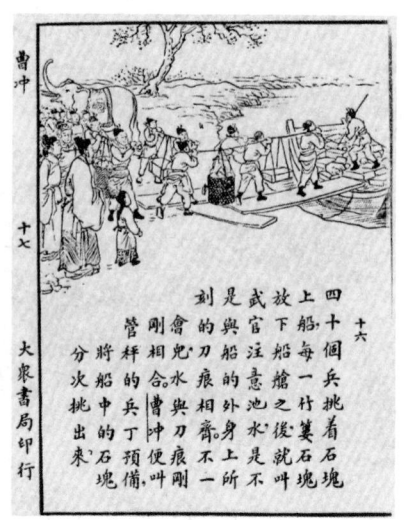

▲ 大众书局1933年2月版黎锦晖《曹冲》第十七页书影

十六页和十七页的这两段叙述，跟前面曹冲吩咐"预备竹篓"有矛盾。前面说："另外预备竹篓二十个，每个派三个人管理，两个抬，一个装。"一共是六十个人，其中二十个人是往竹篓里装石头的，四十个人是抬竹篓的，两个人抬一个竹篓。而第十七页却说"四十个兵挑着石块上船"，既然是挑着，就是一个兵挑两个竹篓，"四十个兵"应该挑八十个竹篓。可是之前只预备了"竹

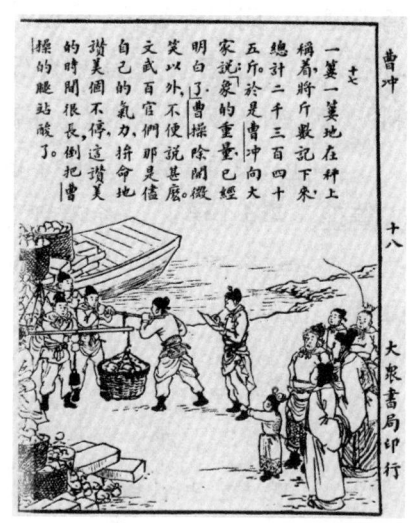

▲ 大众书局1933年2月版黎锦晖《曹冲》第十八页书影

篓二十个"，这就没法分配了。因为竹篓只有二十个，只够十个人挑，其余三十个兵只能在一边等着。这十个人挑一趟，在一边休息，另十个人再用竹篓挑。这就太耽误工夫了。这里的"四十个兵挑着石块上船"，应改为"四十个兵抬着石块上船"才对。这可

能是检字排版之误，校对也没校出来。另外，十六页的"将石块一担一担地装在船中"，这里的"担"当改为"篓"，因为"一担"是两篓，与"挑"相呼应，"挑"改为"抬"，"担"就得相应地改为"篓"了。

这头大象称完之后的重量是"二千三百四十五斤"，如果一篓装一百斤石块，二十篓就是两千斤，一共还不到二十四篓。也就是说四十个人还抬不到两趟，然后就等着另外三十个人约秤，一共十杆秤，每杆秤还约不上三篓。这的确用不了多少时间，但问题是称一头两千多斤的小象，竟然动用了九十个人！这么多人忙忙乱乱的，一折腾也得个把小时。这还是两千多斤的象，如果是一万斤的大象，那至少也得两个小时。而用水桶往船舱里装水的办法，十个人装二百桶水，每人装二十桶水，每桶水六秒钟，总共只要两分钟就完活了。两种方法的差距实在太大了！

再说，四十个人抬着竹篓上下船，很是拥挤。船与岸之间要搭上跳板才便于抬竹篓的人上下船，而且上下船的人不能用同一条跳板，否则会因为互相避让耽误很多时间。如果搭四条跳板，上下船各两条，上船的两条跳板就各有二十人排队。而且抬着竹篓的人上跳板不是很稳，为了安全，只能等前面两个人从跳板下到了船上，后面两个人才能上跳板。这样排队等候也会浪费很多时间。当然可以多放些跳板，但前面说过，这头大象身长一丈，那用两丈长的船就完全可以称这头大象了。两丈长还不到七米，也只能安放四条跳板了。要想安放更多跳板，就得用更长的大船，但船越大，所称出的大象重量误差就越大。

其实，不必安排二十个人专门往竹篓里装石块，抬石块的四十个人自己往竹篓里装石块就可以了。另外，也不必安排三十个人专门负责十杆秤，抬竹篓的两个人装上石块，自己就可以抬秤看重量。

另外，曹冲吩咐："预备竹篓二十个，每个派三个人管理，

为什么要安排四十个人抬竹篓？

往竹篓里装石块能用铲子吗？

向历史借智慧

在船舷上画线的人是曹冲吗？

两个抬，一个装，预备铲子。"（《曹冲》第十一页），这铲子是往竹篓里装石块用的。但下文又说："府墙下堆着几十堆石块，是预备加造房屋的石料。"（《曹冲》第十四页）也就是砌墙用的石料，而造房屋砌墙用的石料，就不是碎石，也不会太小。因此，往竹篓里装石块根本就不能用铲子，直接用手搬就可以了。其实，九十个人，每人只要搬一块三十斤重的石头就是两千七百斤，已经超过这只象的重量了，哪里还用得着什么竹篓、铲子、扁担呢？

> 曹冲……叫那武官在船的外身与水面相平之处，用快尖刀刻下一道痕迹。即刻又叫象童将象牵上岸来……
> （《曹冲》第十六页）

这里，用尖刀在船舷上刻痕迹的人是武官。可是，语文版《曹冲称象》的插图，竟然是曹冲亲自往船舷上画线，而且曹冲就在大象的鼻子底下。

《曹冲》在前面有一段武官被大象用鼻子抛出去的情节，因此，曹操绝不可能让曹冲处在大象的鼻子底下，也绝不会让曹冲亲自往船舷上画线。语文版《曹冲称象》的插图显然不合情理。

▲ 语文出版社2003年1月版《语文》一年级下册《曹冲称象》书影

同样的错误，其他一些版本的"曹冲称象"也有，如中国少年儿童出版社出版的《曹冲称象 司马光砸缸》。

应该怎样在船舷上画线？

怎样在船舷上画线，也是有讲究的。《三国志》只说"刻其水痕所至"，语焉不详。人教版《称象》说"沿着水面，在船舷上画一条线"，也不很清楚。

▲ 中国少年儿童出版社 2016 年 1 月版《曹冲称象　司马光砸缸》书影

其实，画线是极为重要的一环，因为在船舷上画线，必须是在两侧的船舷上都画线才行。如果只在某一侧的"船舷上画一条线"，装上石头只看这一条线，就看不出船的左右倾侧程度，那船上的石头重量与大象的重量就可能会差很多。也就是说，如果船上装的石头多在画线的一侧，那石头的总体重量就会比大象的重量少。如果船上装的石头多在没有画线的一侧，那石头的总体重量就会比大象的重量多。倾侧程度越大，重量的差距也就越大。

如果在两侧的船舷上都画上线，然后再往船上装石头，等船下沉到两侧画线的地方为止，这时船上的石头重量与大象的重量就相差不多了。严格来讲，不仅两侧的船舷上都要画线，而且每一侧的线，最好是从船头画到船尾。因为如果只在两侧船舷的中间画一条短线，那就看不出船只前后俯仰的程度，称出来的石头重量跟大象的重量仍然会有相当的差距。画线如果从船头画到船尾不太方便，也可以在船舷的首尾两侧各画一条短线，共画四条短线。石头装在船上，需要船舷的四条线都下沉到与水面平齐，

向历史借智慧

船上石块的重量等于大象的重量吗？

这样，船上石头的重量才能与大象的重量最接近。

装上石头的船，不可能四条线正好都下沉到与水面平齐，这就需要找平衡，把船上的石头移动一下，使四条线都能下沉到与水面平齐，这也是要花费一些时间的。而往船上装水就无须找平衡了，因为水可以自动平衡，这又可以节省一些时间。

《曹冲》一书中说："那武官在船的外身与水面相平之处，用快尖刀刻下一道痕迹。即刻又叫象童将象牵上岸来……"可知，也是只在船舷一侧的中间部位"刻下一道痕迹"，这样称出来的石头重量与大象的重量可能会差不少。

曹冲称的大象到底有多重，三种小学课本上都没有说，当下出版的曹冲称象的故事也没有见。《曹冲》一书中说称出船上石块的总重量是"二千三百四十五斤"，于是"曹冲向大家说：'象的重量，已经明白了。'"意思是说，石块的重量也就是大象的重量。

其实，用往船上装石头的方法来称象，数字绝对不可能如此精确。而且，像《曹冲》书中所说的那样，"在船的外身与水面相平之处，用快尖刀刻下一道痕迹"，石头与大象的重量相差几十斤甚至上百斤，都在正常的范围之内。如果是一万斤的大象，船上石头的重量与大象的实际重量，相差一两百斤都是正常的。而且，船越大，石头与大象重量的差距就越大。因此，我们只能说：船上石块的重量约等于大象的重量。

不要说用船称象误差较大，即使用大秤来称小东西，也会有一定的误差。比如你用能打二十斤的盘秤买三斤半黄瓜，如果用能打五百斤的大秤再来称，就可能是四斤，也可能是三斤，甚至差距更大，道理是一样的。

《曹冲》一书说：

> 曹操除开微笑以外，不便说什么。文武百官们那是尽自己的气力，拼命地赞美个不停，这赞美的时间很长，倒把曹操的腿站酸了。（第十八页）

如此的称象方法并不智慧，也不值得赞美。